Horst Engel

AF200474

Die Welt der Abkürzungen

frisch gepresst und neu interpretiert

Die Welt der Abkürzungen

80 neue Interpretationen

Horst Engel

Illustration

Andreas Becker

Bibliografische Information der Deutschen Bibliothek
Die Deutsche Bibliothek verzeichnet diese Publikation in der Deutschen
Nationalbiografie; detaillierte bibliografische Daten sind im Internet über
http://dnb.d-nb.de abrufbar.

Lektorat: Ariela Cataloluk, schreibenundreden.de
Layout | Satz | Illustration: Andreas Becker, www.creative-vision.de
Foto: Gabriele Protze, www.bildnis.de

Herstellung und Verlag: BoD – Books on Demand, Norderstedt

ISBN: 978-3-7448-1613-7

In eigener Sache

Häufig wird man in Büchern auf den Inhalt vorbereitet. Einleitungen und Vorwörter dienen dazu, dass der Leser sich einen ersten Überblick verschaffen kann. Der Autor erhält für seine Arbeit lobende Worte. Daran ist nichts auszusetzen. Wie ist es aber um das Buch selbst bestellt? Um den Rohstoff. Den Baum. Das Holz. Das einzelne Blatt. Haben sie nicht genauso unsere Zuneigung verdient?

Damit Sie dieses Buch in den Händen halten können, bin ich in die Schweiz gefahren. In den Kanton Wallis. Im Walliser Wald wurde auf einer Höhe von 2000 m ü NN die Lärche, deren Holz zu Papier verarbeitet werden soll, durch mich persönlich begrüßt. Es ist wichtig, die Bäume über das Vorhaben zu informieren, dass ihre weitere Verwendung zu Buchseiten vorgesehen ist. Nur so erhalten Sie Zustimmung und die Bäume erfahren eine Art Wertschätzung. Das Rohmaterial dieses Buches stammt von der europäischen Lärche. Sie wurde 48 m hoch und 350 Jahre alt. Nach dem ersten Kennenlernen trafen wir uns erneut. Die Lärche aus dem Wallis erkannte mich wieder und freute sich. Das Lärchenholz war mittlerweile geschnitten und zu Papier geworden. Der nächste Arbeitsschritt besteht darin, dass jedes einzelne Blatt auf einer geeichten Papierwaage gewogen wird. Nichts ist verhängnisvoller für ein Buch, als wenn einzelne Blätter Übergewicht haben sollten. Das führt später zu einer irreparablen Unwucht. Anschließend wird jedes Blatt von Hand massiert. Eigens dafür wurden zwei Geishas angestellt (die gleichen, die die Koberinder in Japan massieren). So wird garantiert, dass sich die Blätter wohlfühlen, denn nichts ist schlimmer, als wenn den Seiten kein Respekt entgegengebracht wird. Das merken Sie spätestens beim Umblättern der Seiten: Das Buch wehrt sich, zieht sich zusammen wie ein Kauz und schlägt Wellen.

Genauso wichtig ist das Aroma des Papiers. Um einen unverwechselbaren Geruch zu erzeugen, wurde das neuseeländische Bier Pink Elephant ausgewählt. Die elfprozentige Geschmacksbombe ist dick, triefend vor Schokolade, Lakritz und einem Hauch von Anis. Es gehört zu den besten Bieren der Welt. Achtundvierzig Stunden vor Druckbeginn wird das Buch von beiden Seiten mit einem Edelzerstäuber behandelt. Die Geruchsaromen müssen vierundzwanzig Stunden auf den Blättern ruhen und bei Raumtemperatur einziehen.

In den Händen halten Sie nicht nur ein Buch über Abkürzungen, sondern ein durch und durch selbstbewusstes, gesundes und unvergleichliches Exemplar. Es neigt nicht zu Diarrhö und verfügt über ein abgeschlossenes Blattchelor Studium. Die Welt der Abkürzungen ist Träger des silbernen Lesezeichens am Bändchen. Im Frühjahr 2017 hat es zusätzlich eine kapitalgedeckte Leseversicherung abgeschlossen.

Kapitelübersicht

Das Hohle Haus

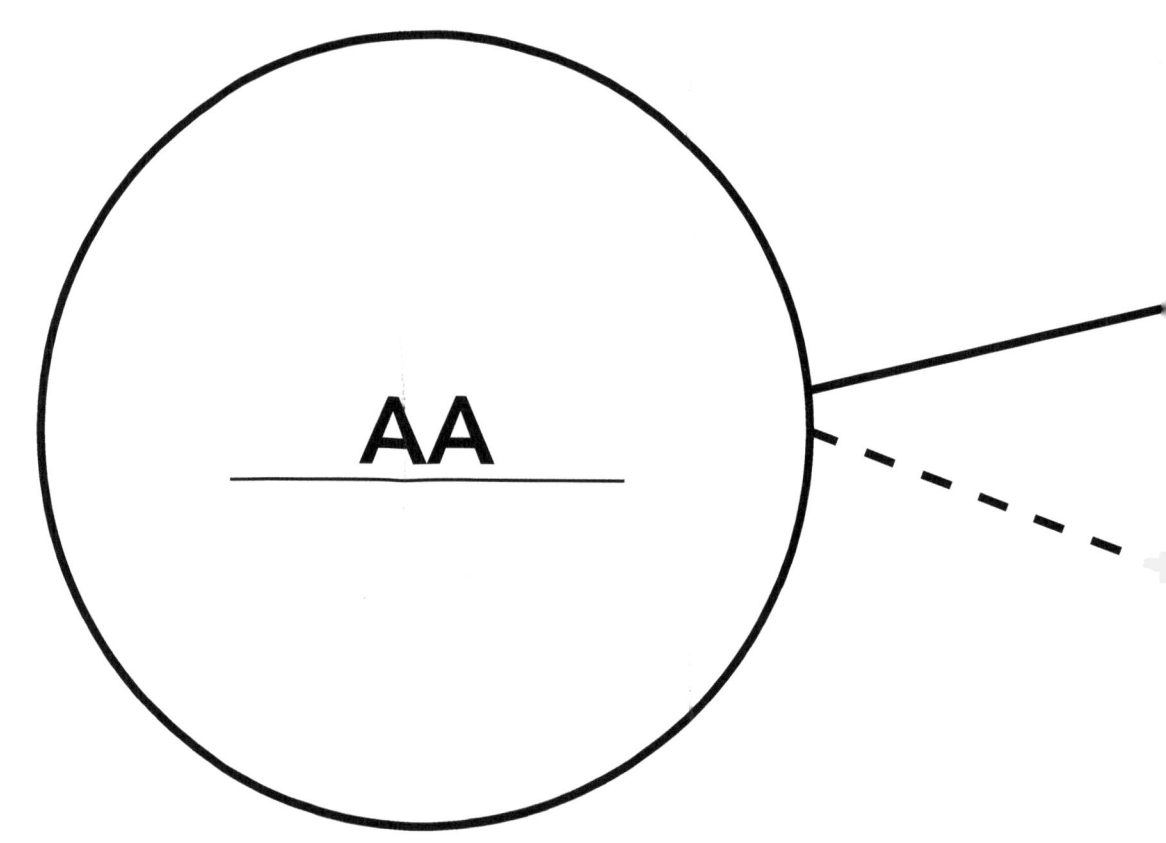

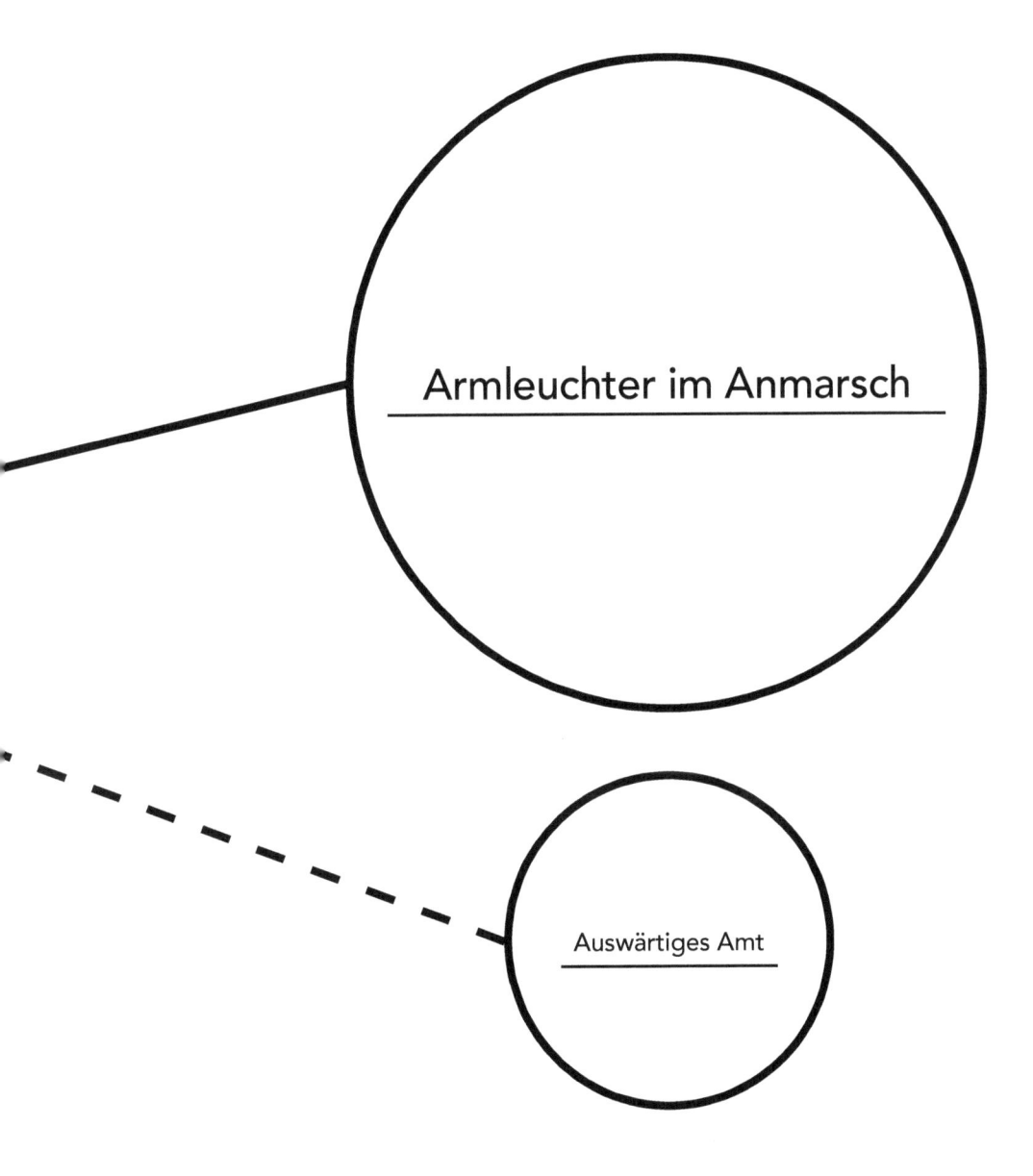

Armleuchter im Anmarsch

Auswärtiges Amt

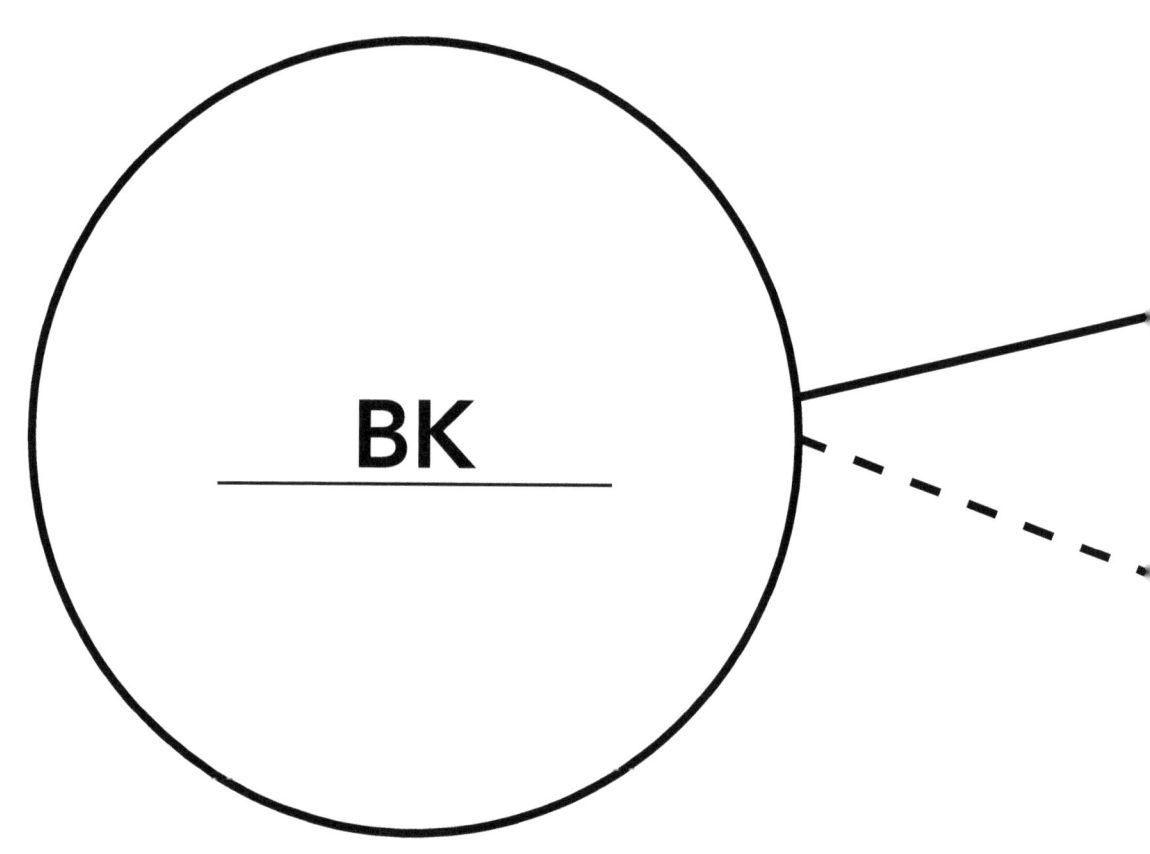

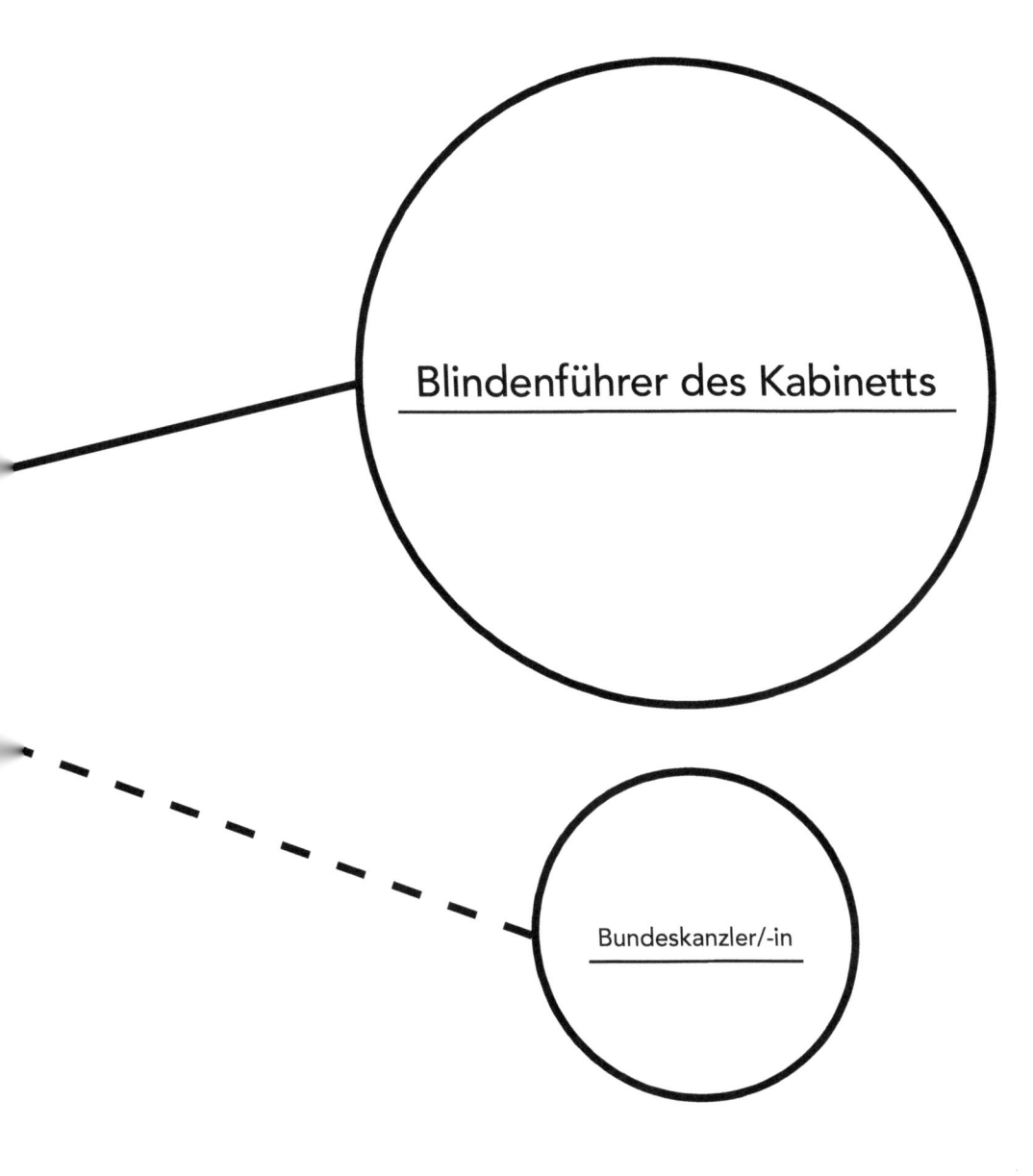

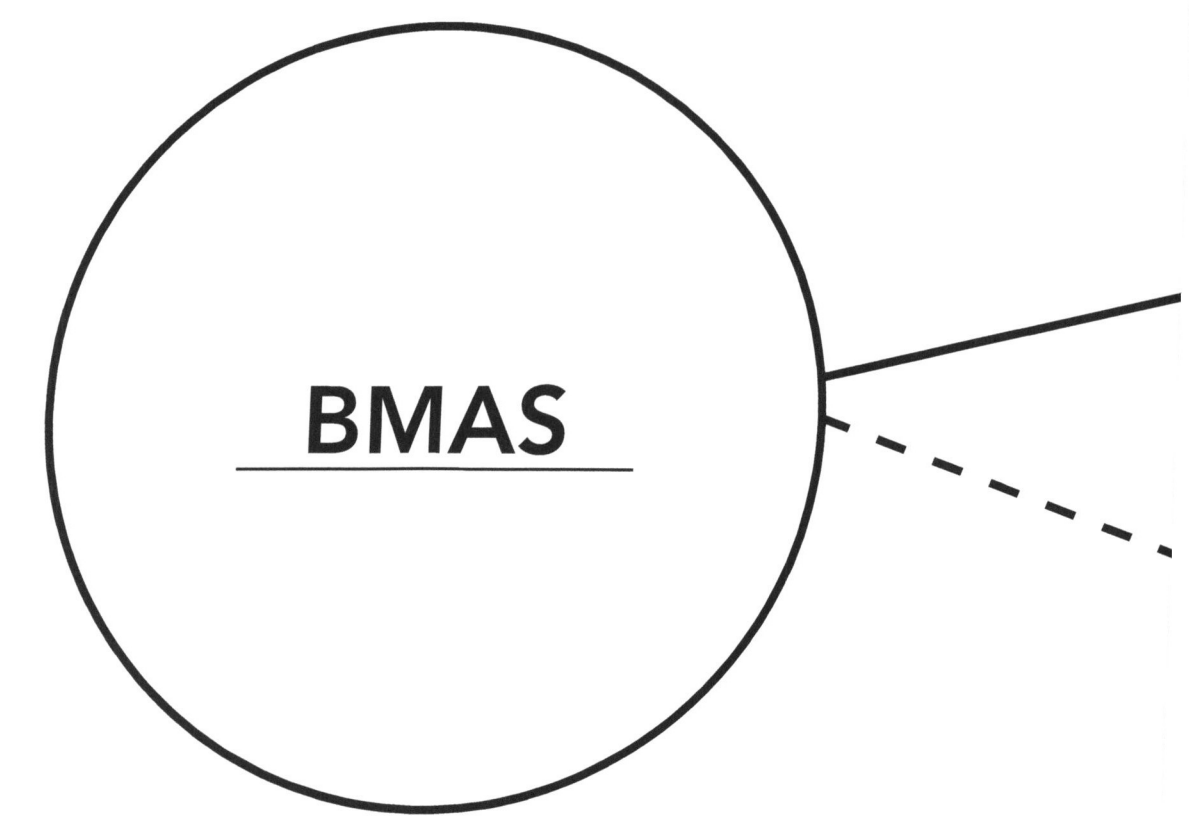

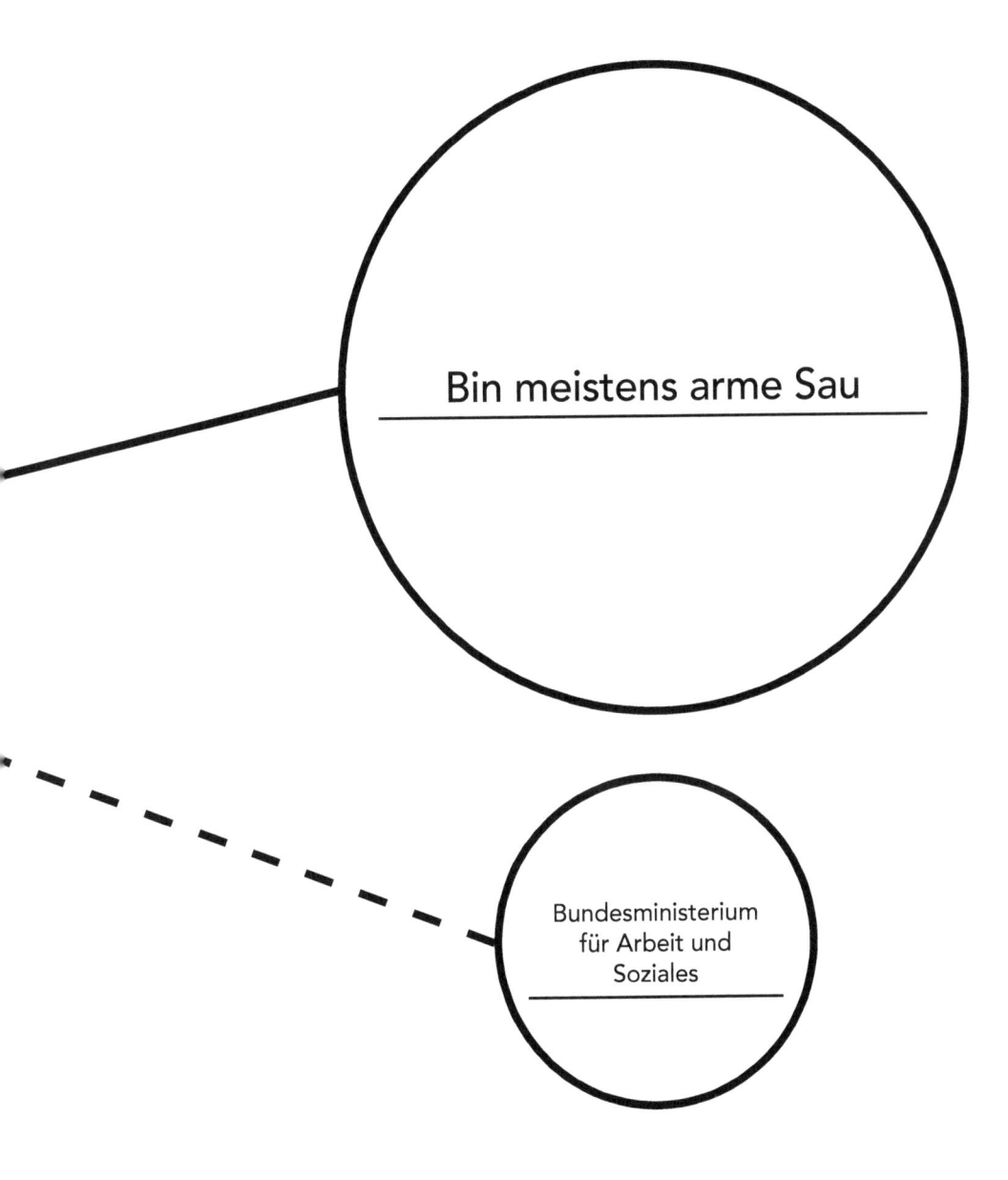

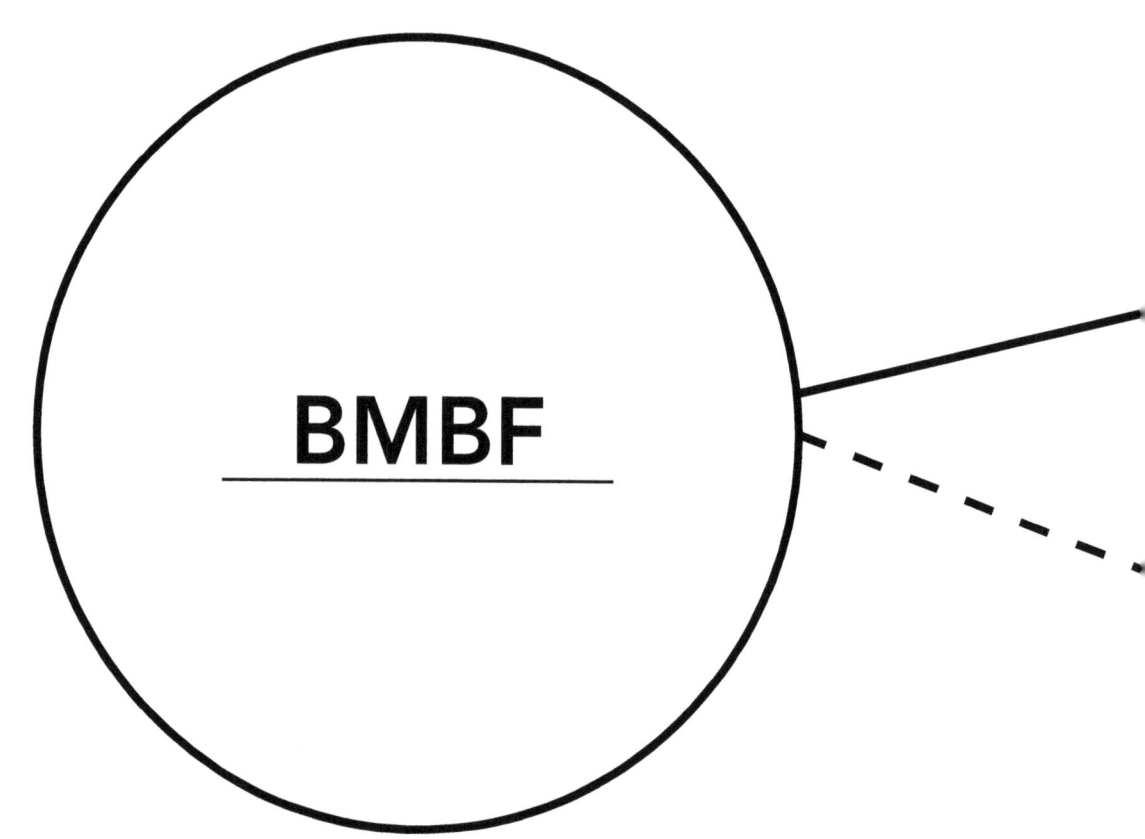

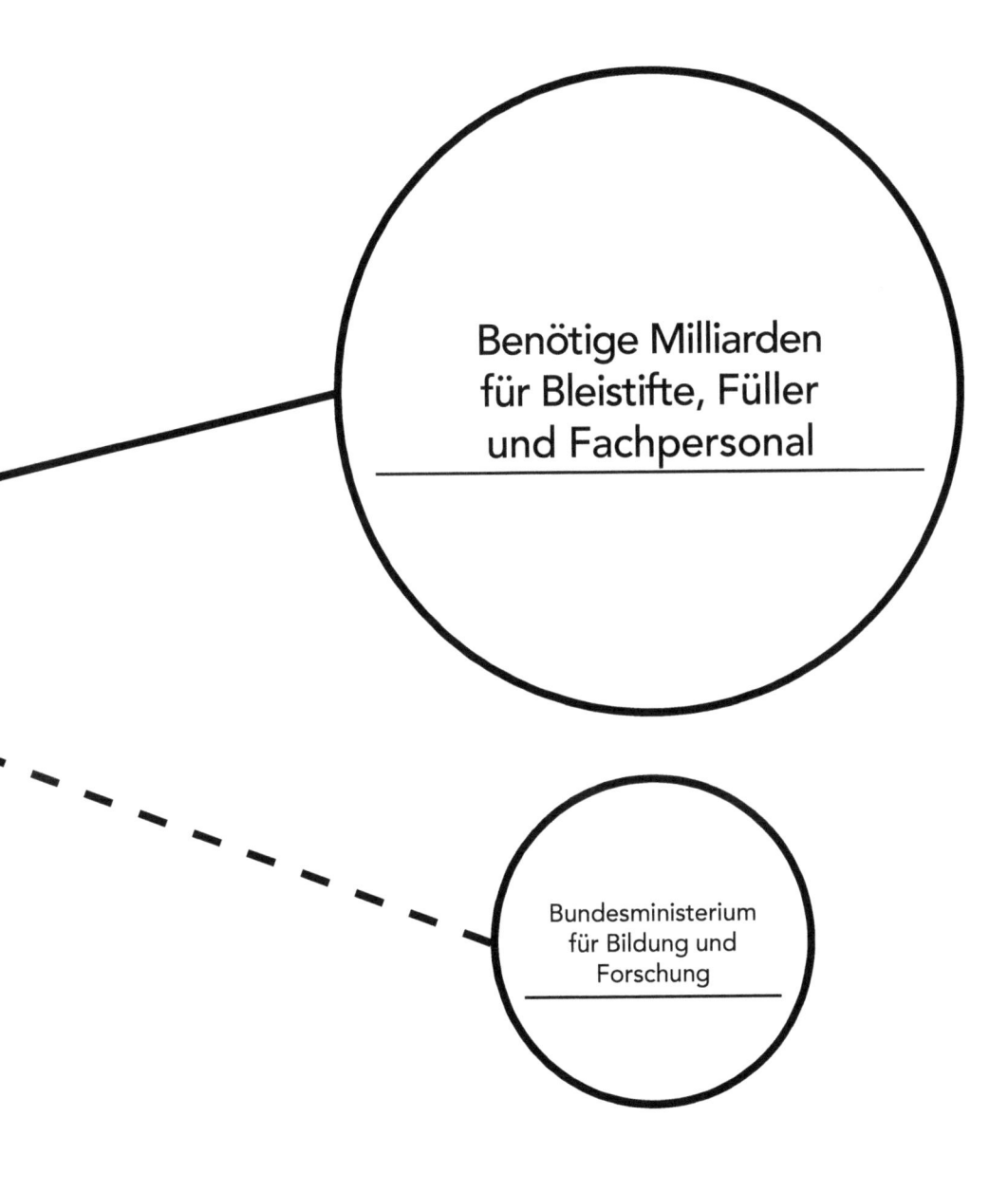

Benötige Milliarden
für Bleistifte, Füller
und Fachpersonal

Bundesministerium
für Bildung und
Forschung

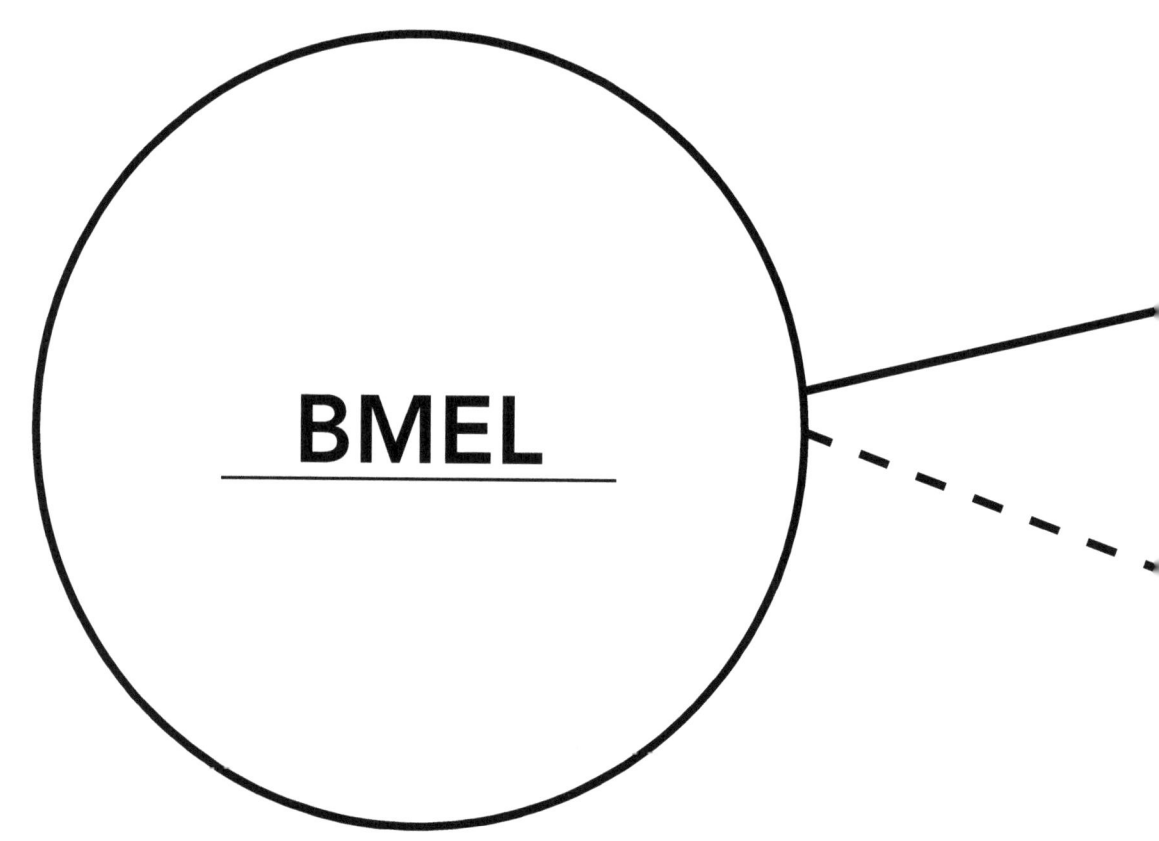

Beamteter Misthaufen
eitler Lackaffen

_____

Bundesministerium für
Ernährung und Landwirt-
schaft

_____

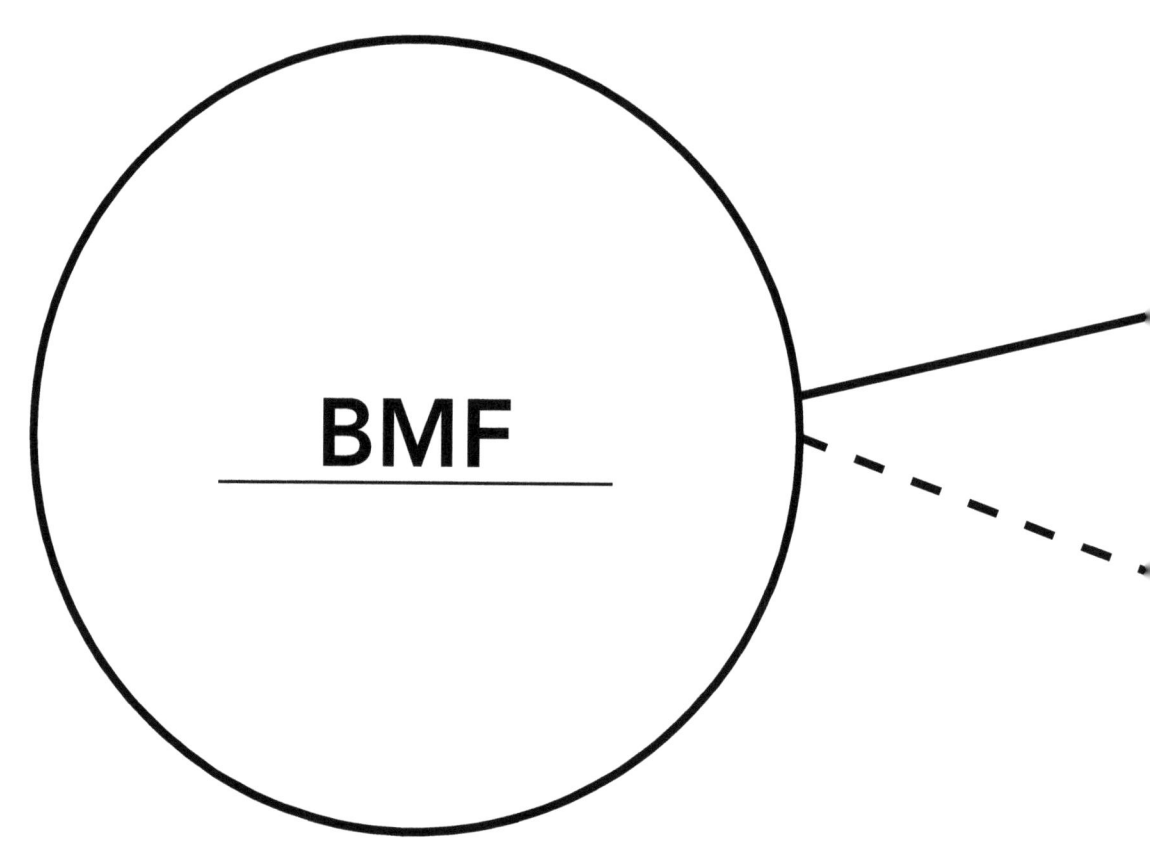

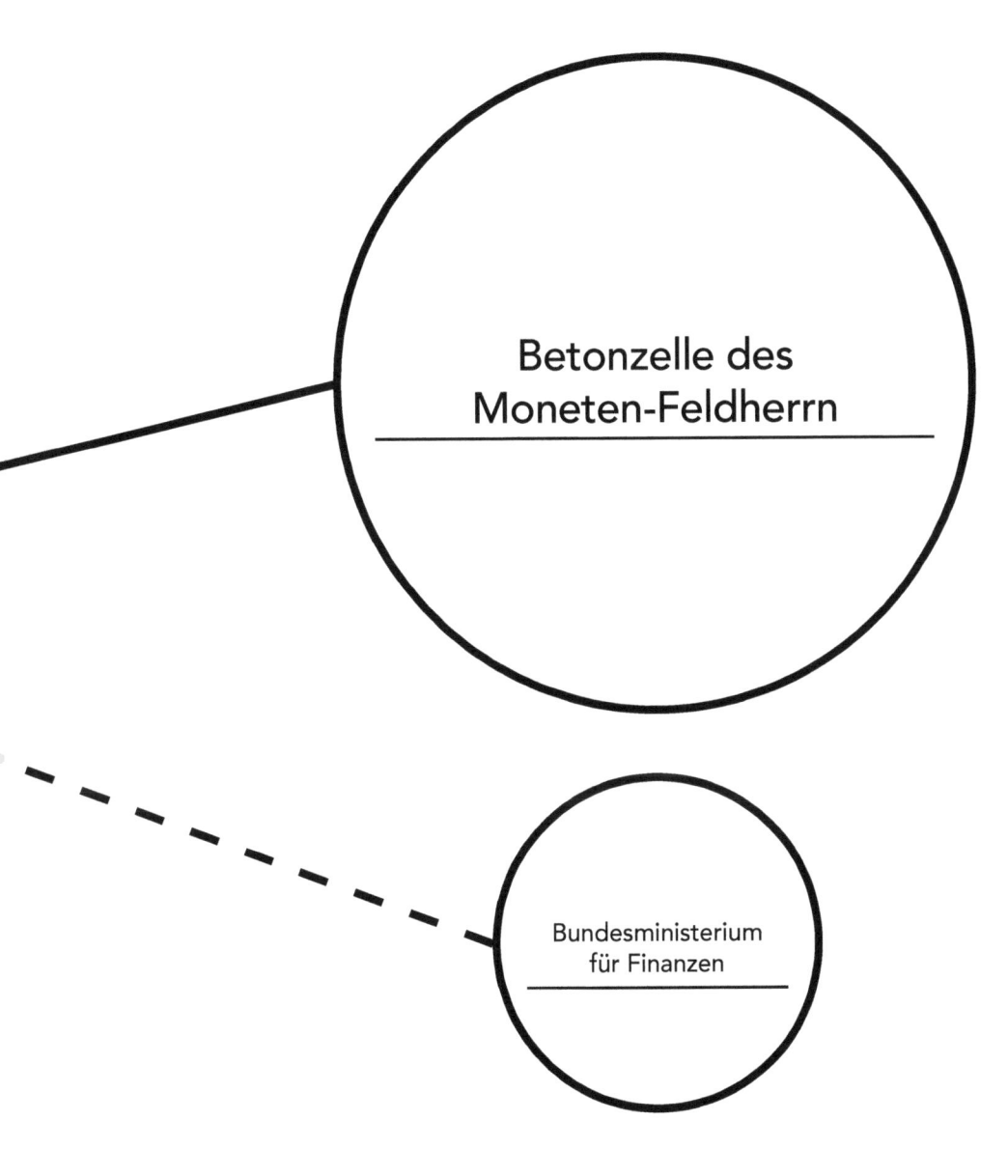

Betonzelle des
Moneten-Feldherrn

Bundesministerium
für Finanzen

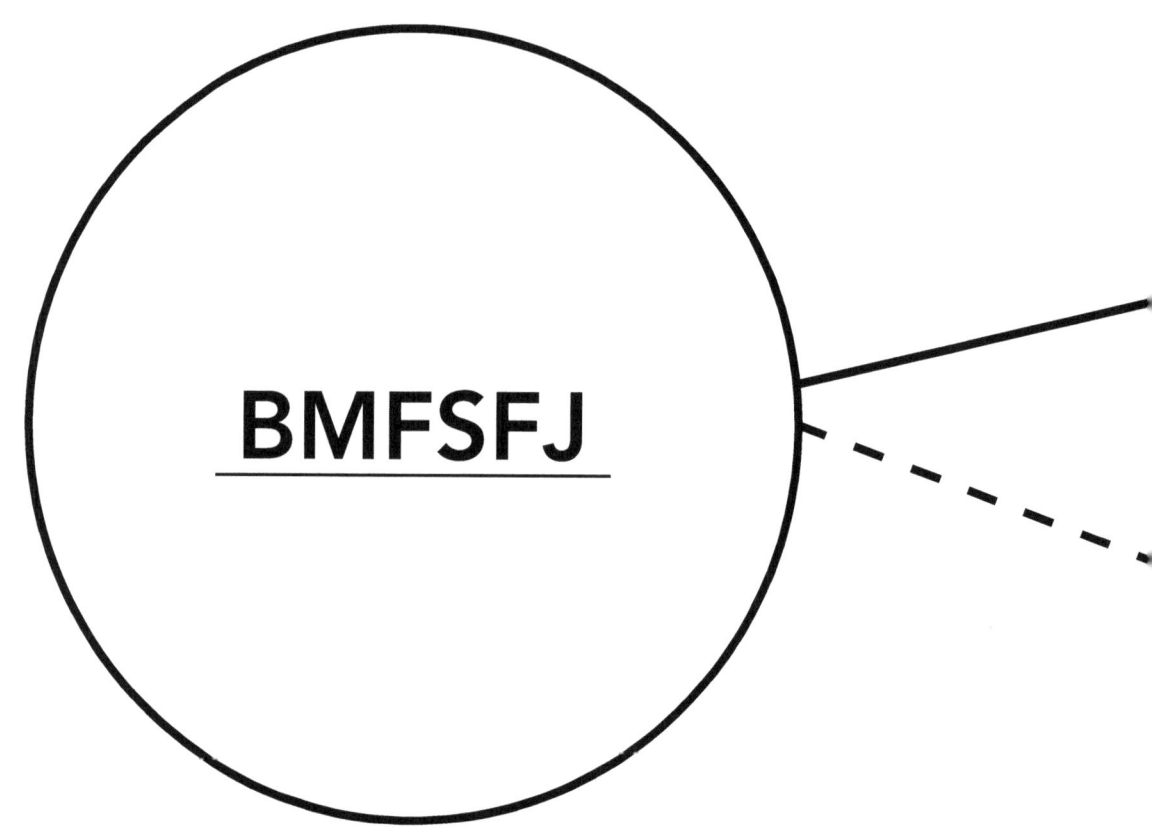

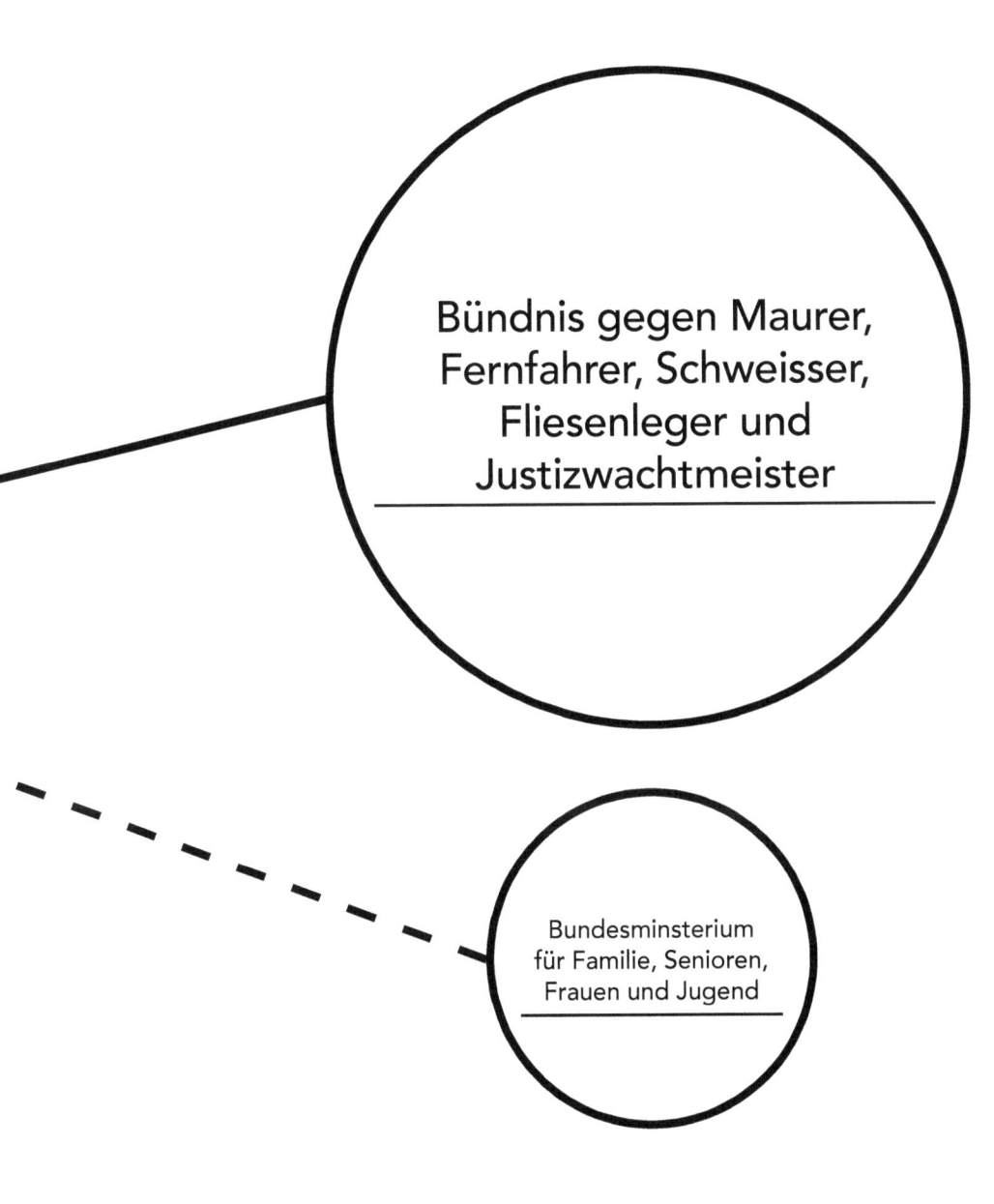

Bündnis gegen Maurer,
Fernfahrer, Schweisser,
Fliesenleger und
Justizwachtmeister

Bundesminsterium
für Familie, Senioren,
Frauen und Jugend

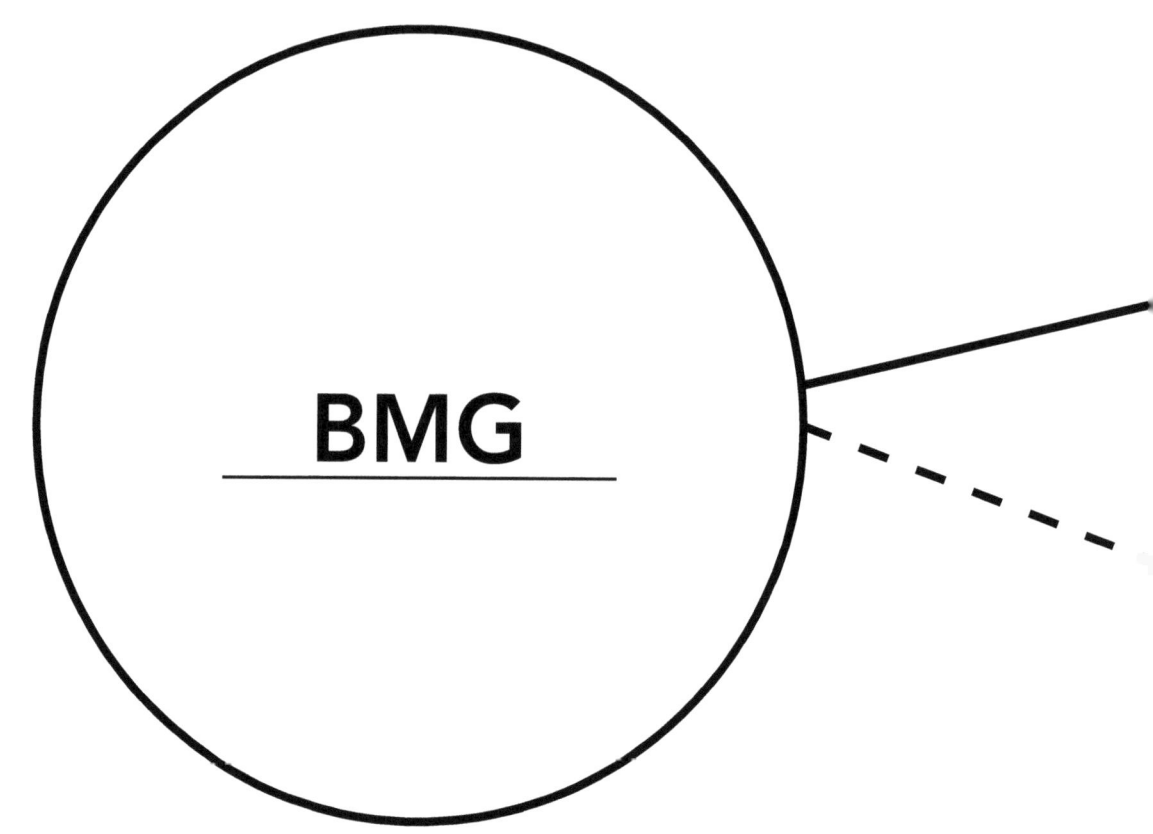

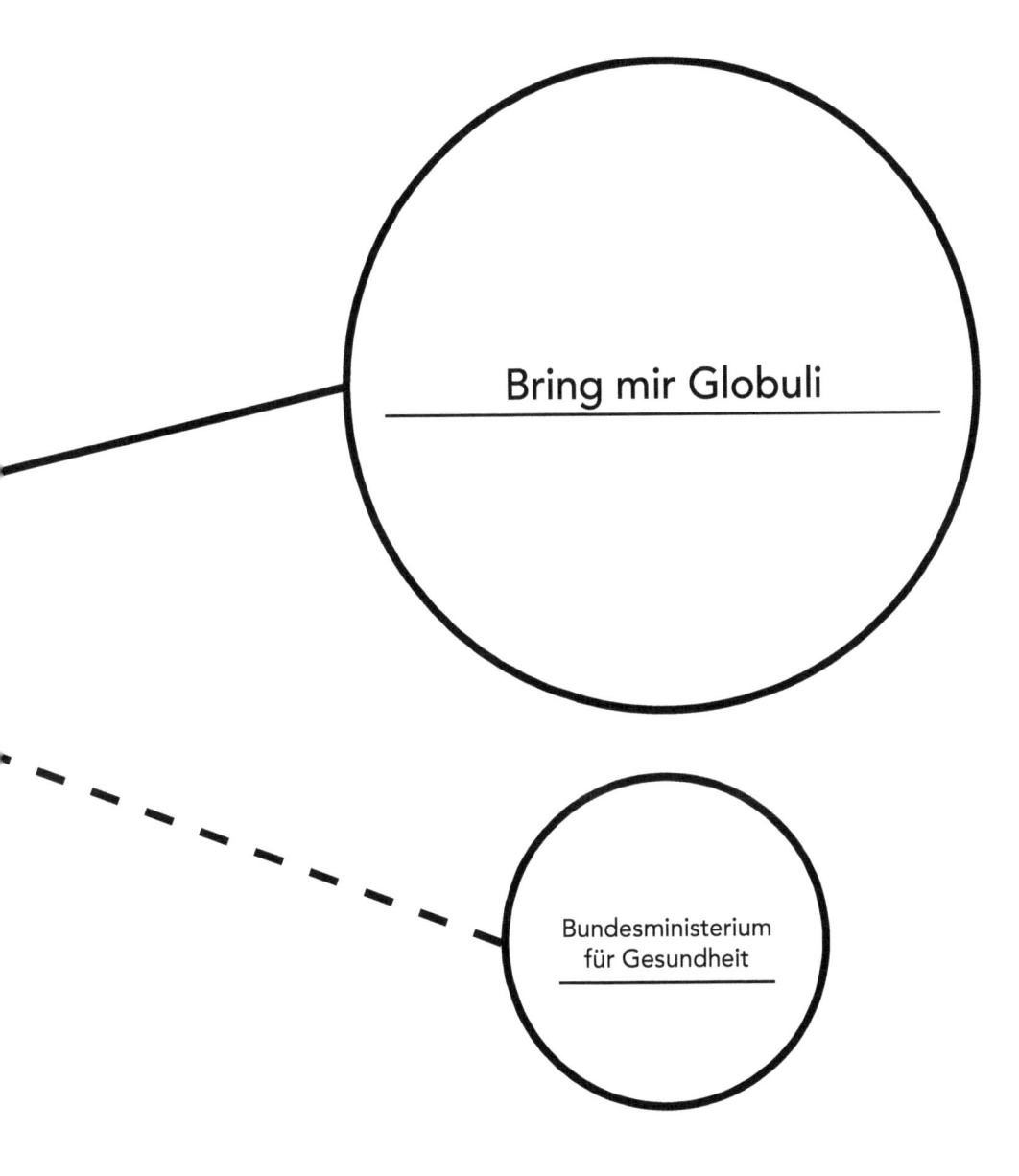

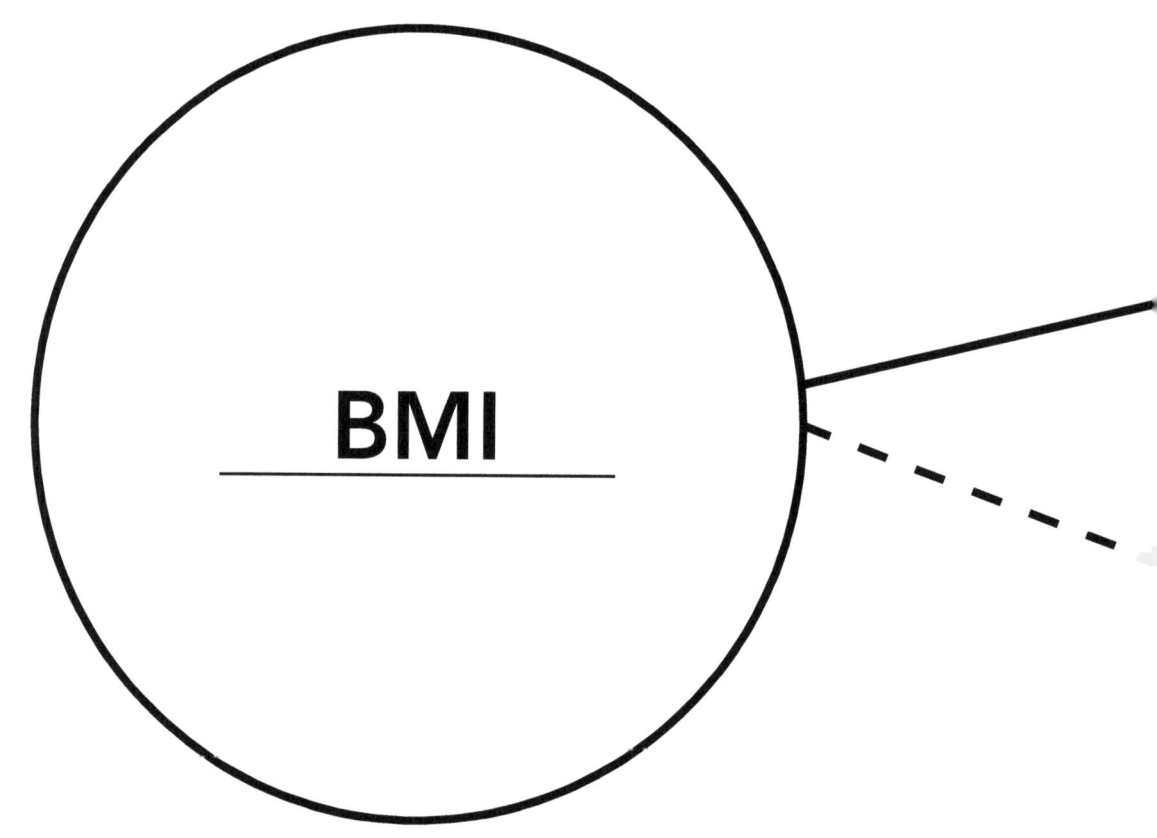

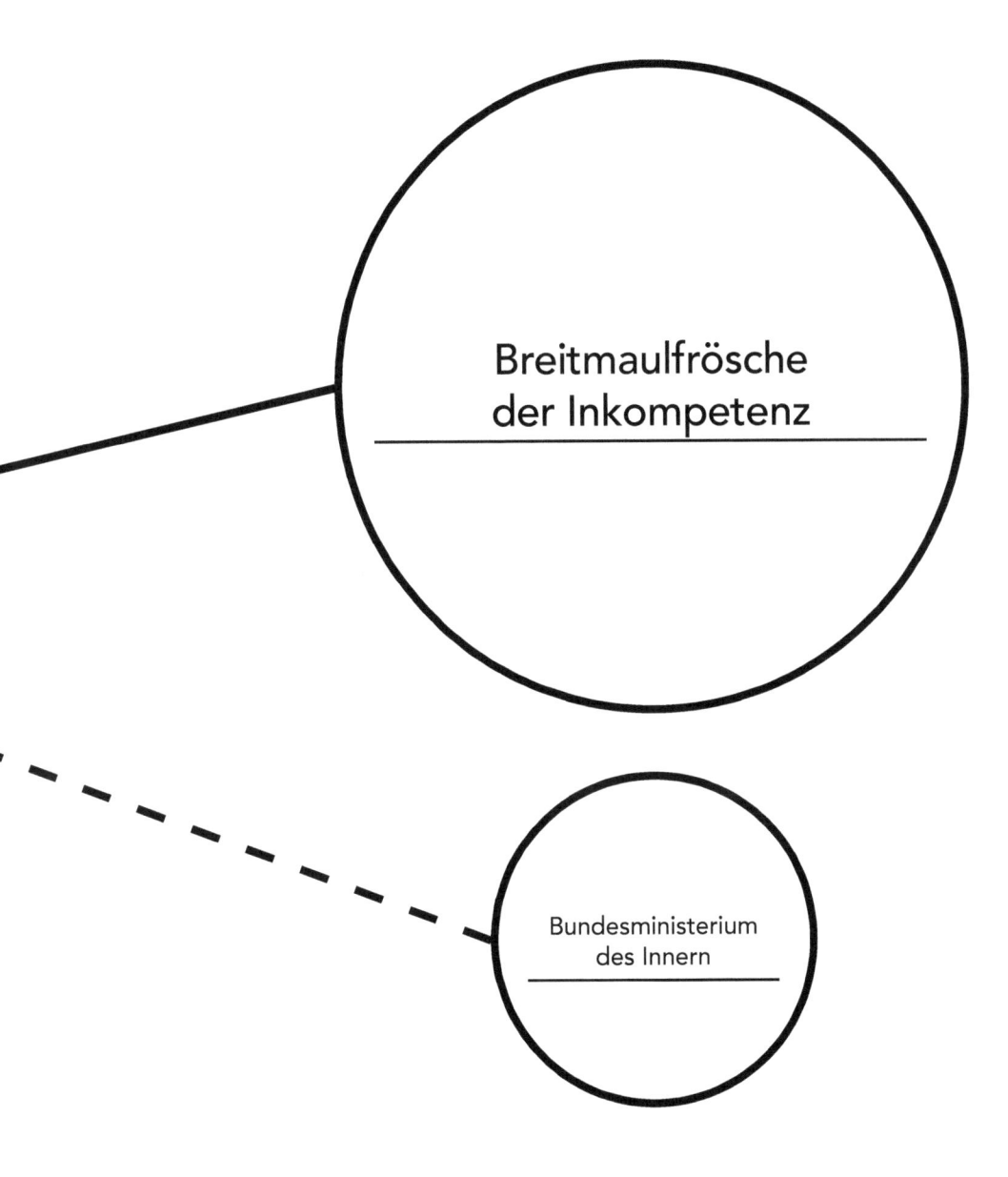

Breitmaulfrösche
der Inkompetenz

Bundesministerium
des Innern

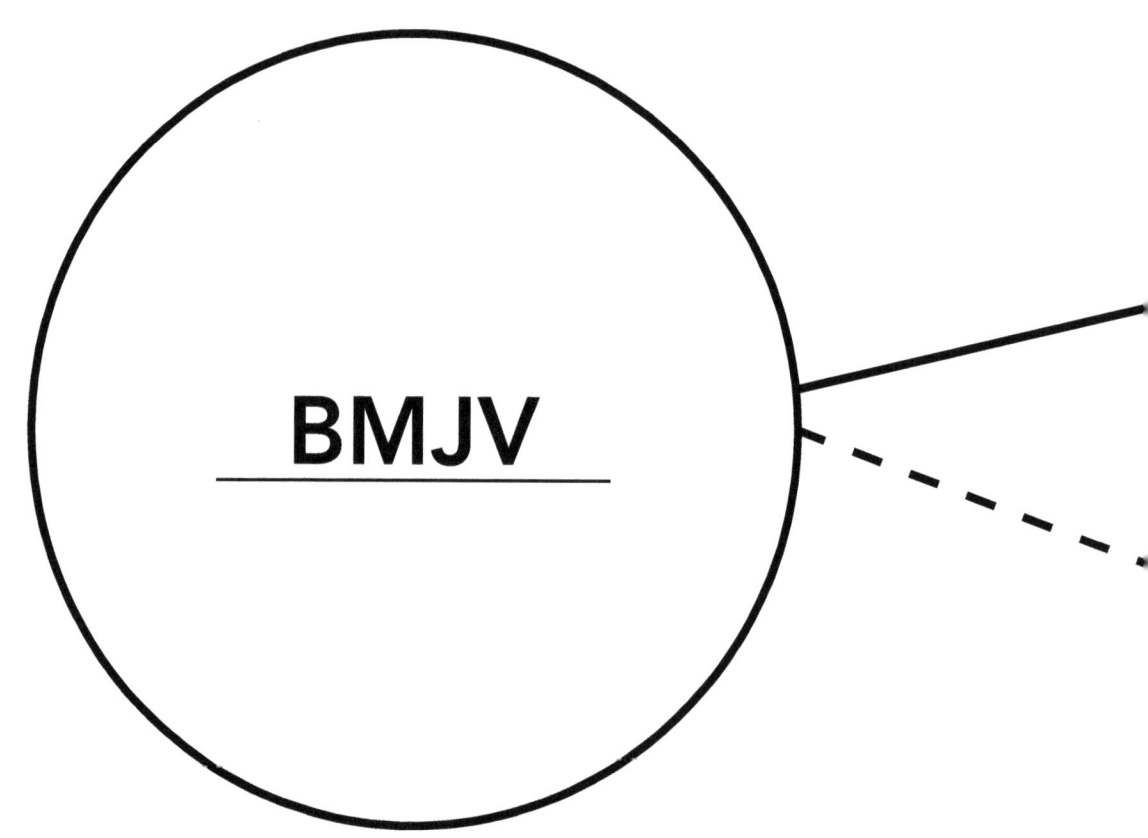

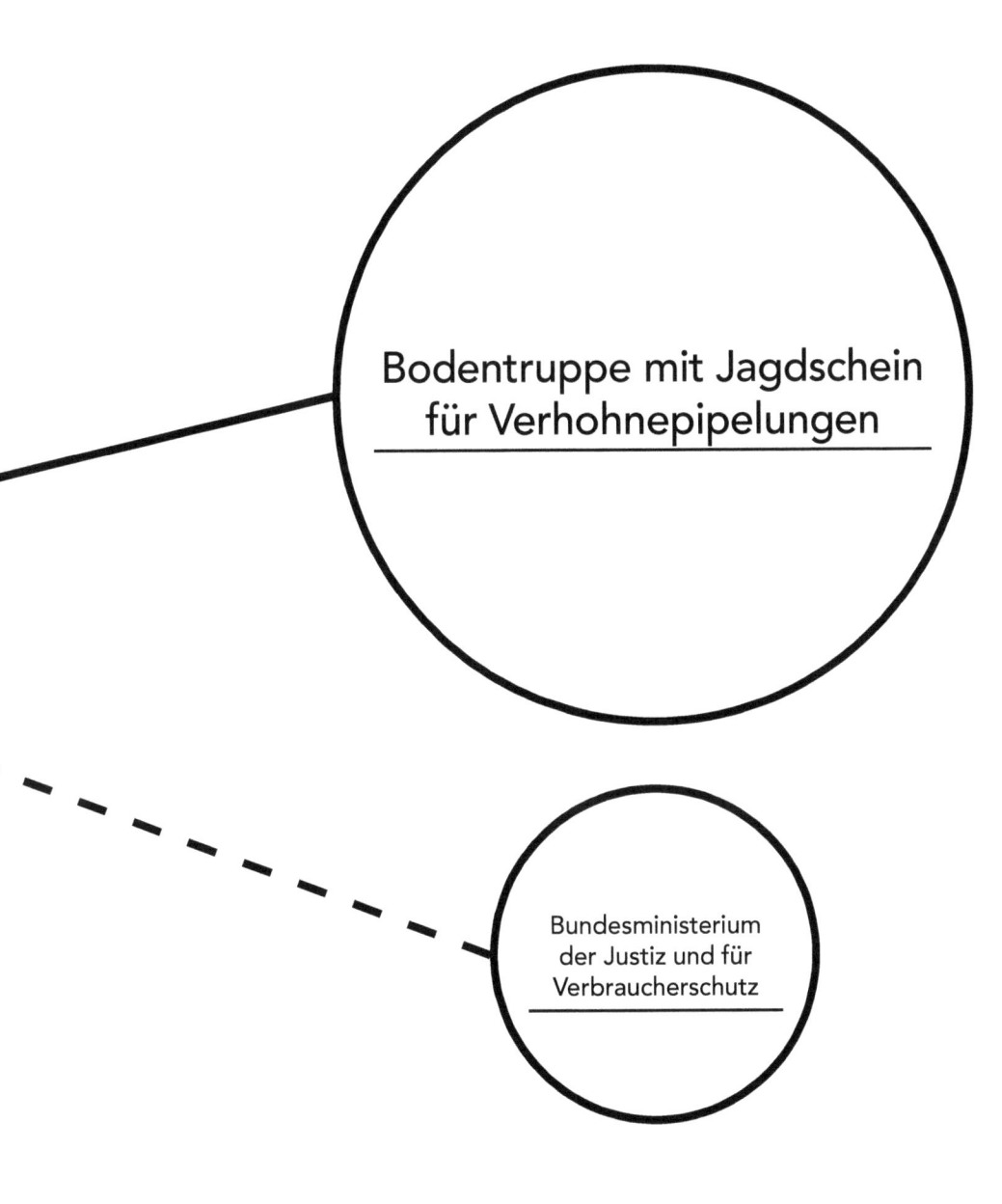

Bodentruppe mit Jagdschein
für Verhohnepipelungen

Bundesministerium
der Justiz und für
Verbraucherschutz

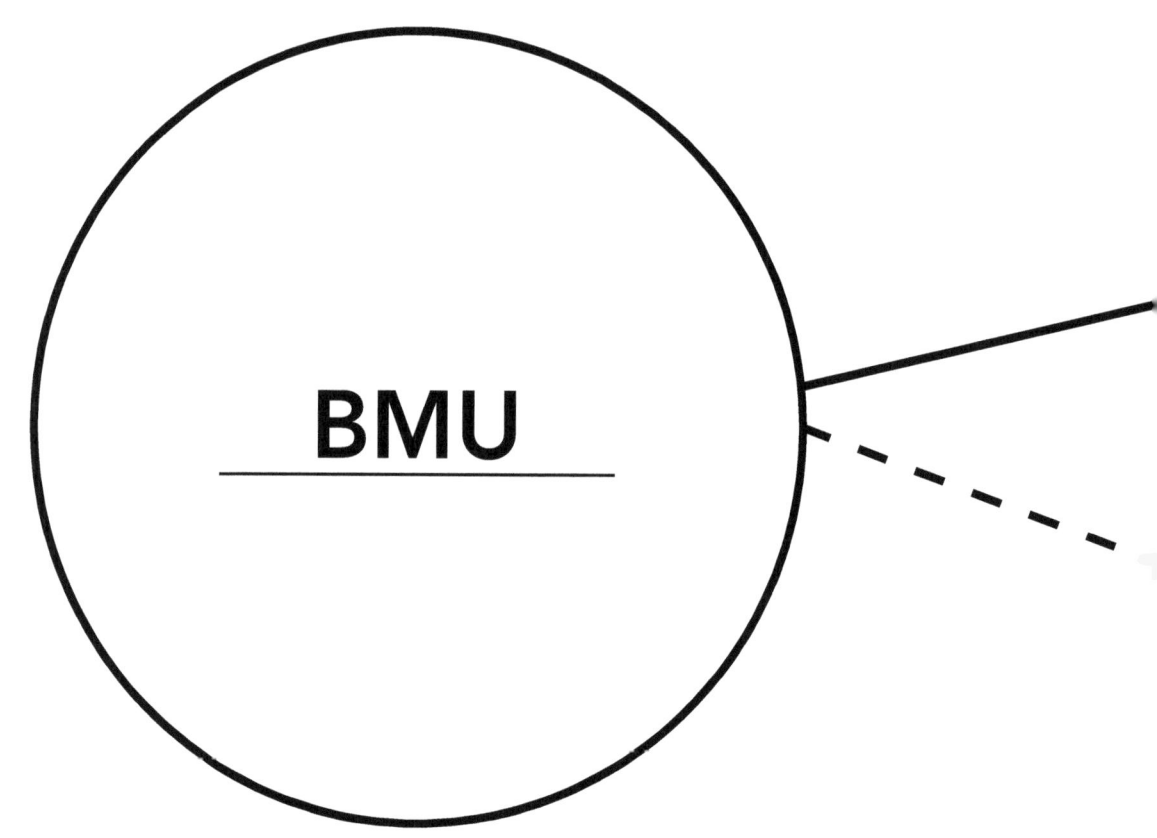

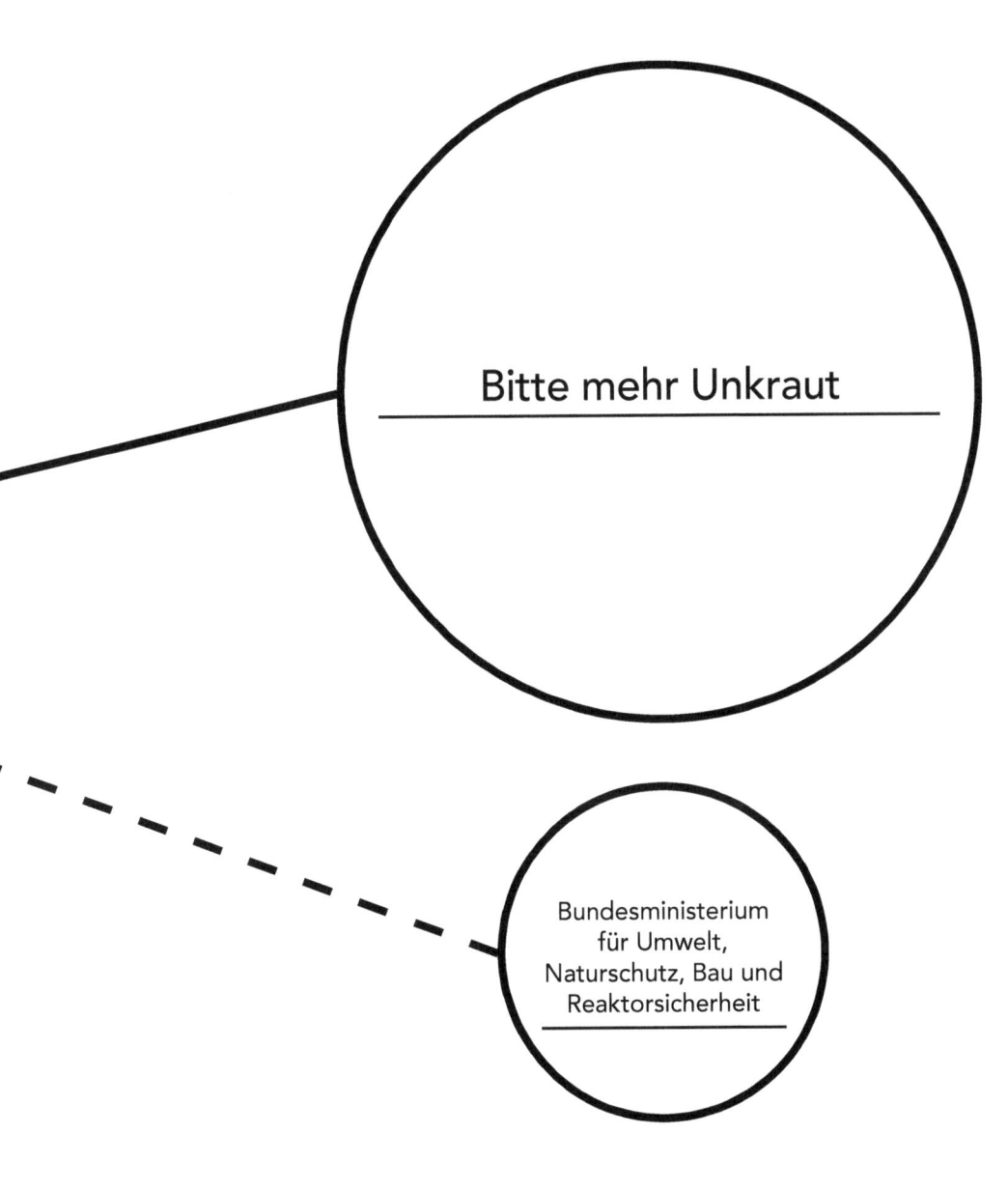

Bitte mehr Unkraut

Bundesministerium
für Umwelt,
Naturschutz, Bau und
Reaktorsicherheit

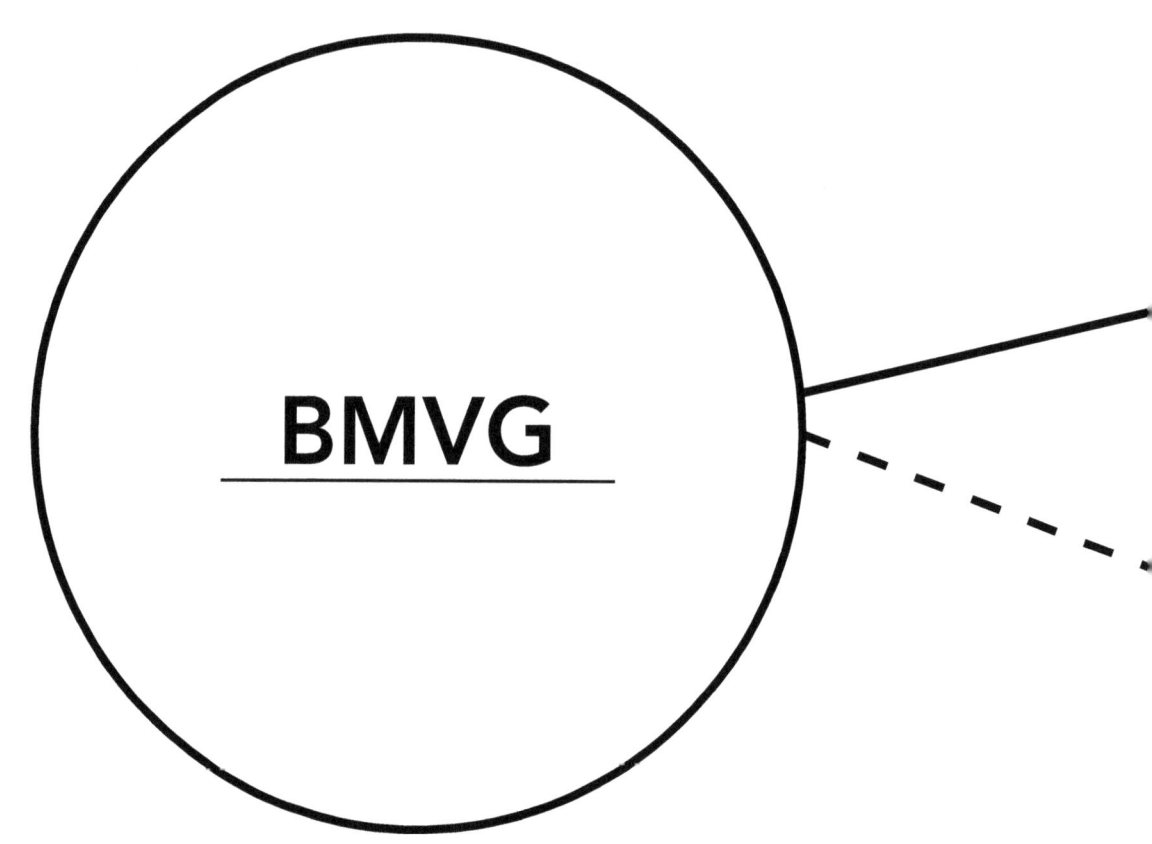

Bundfaltenmama verteidigt
Geschosshülsen

Bundesministerium
der Verteidigung

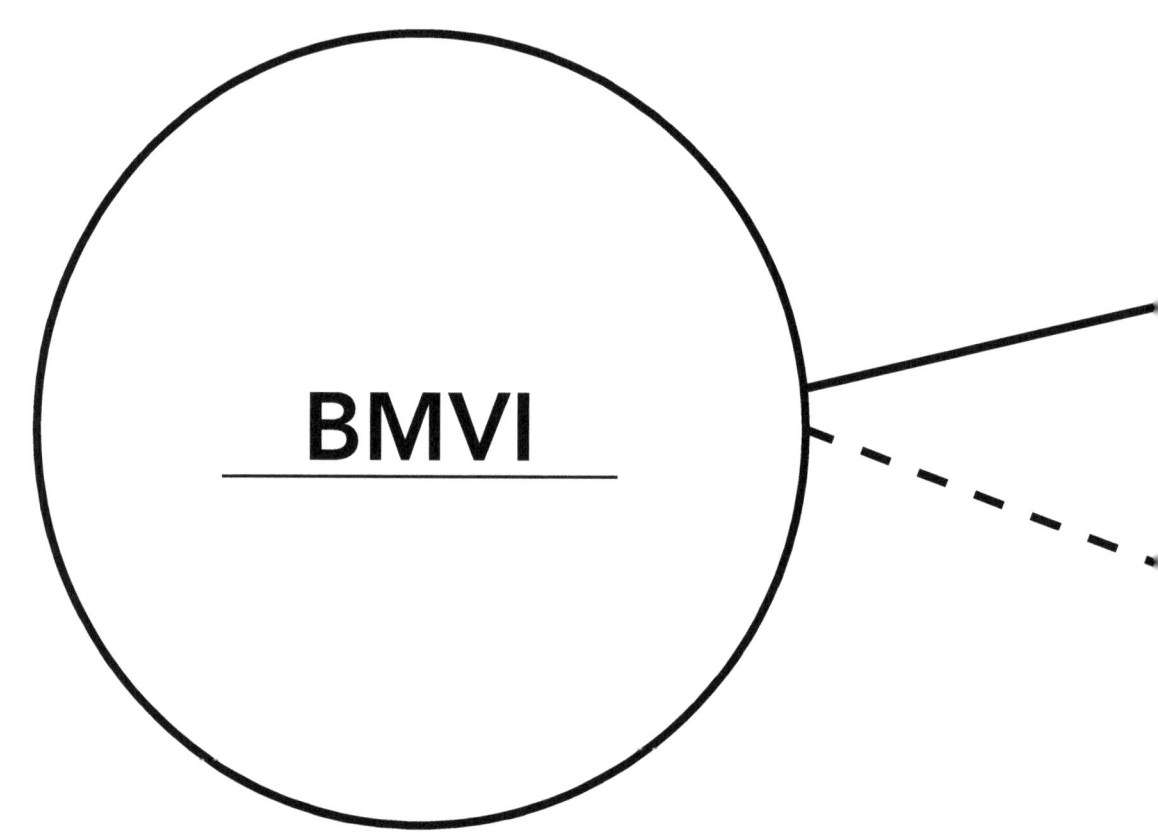

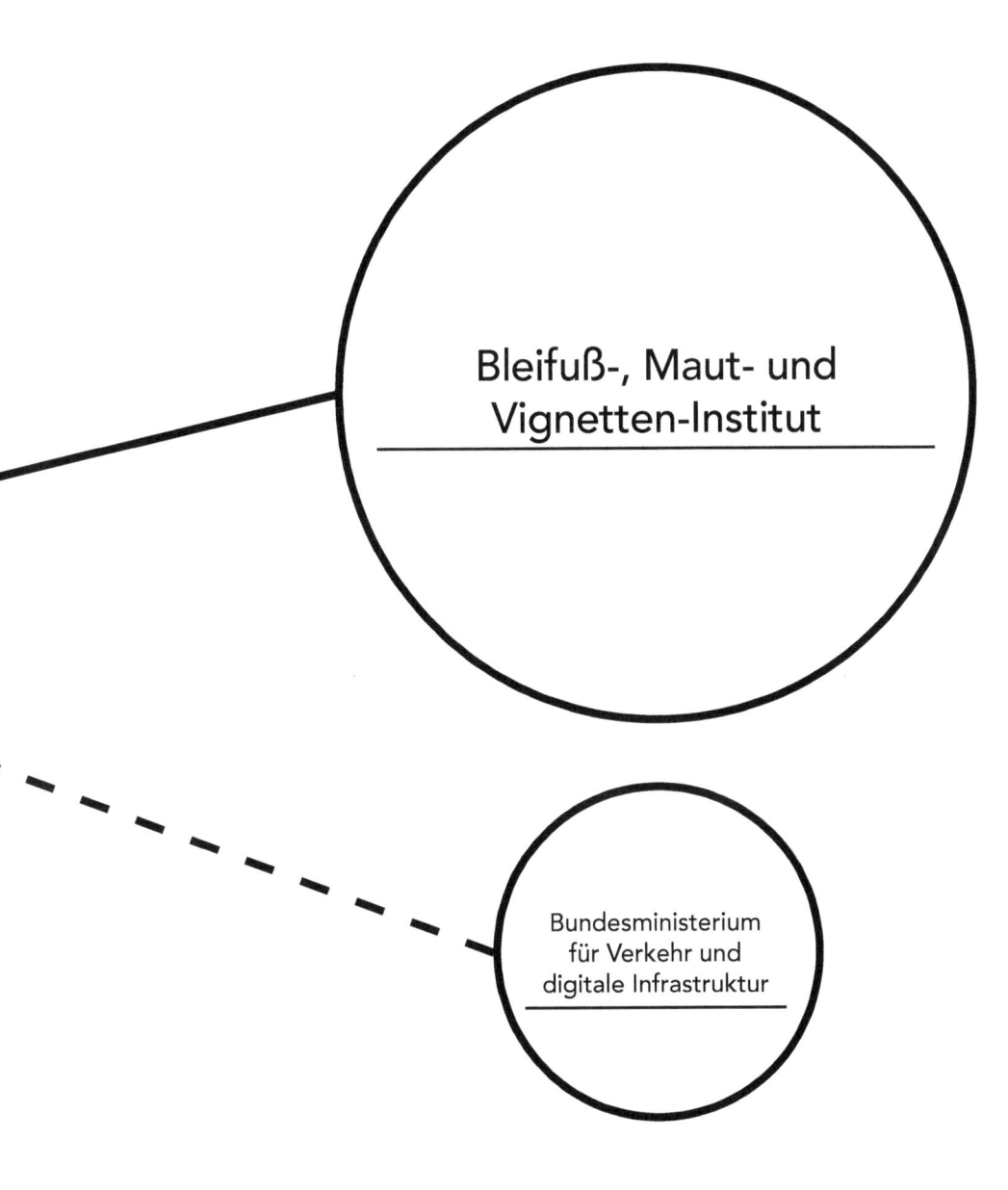

Bleifuß-, Maut- und
Vignetten-Institut

Bundesministerium
für Verkehr und
digitale Infrastruktur

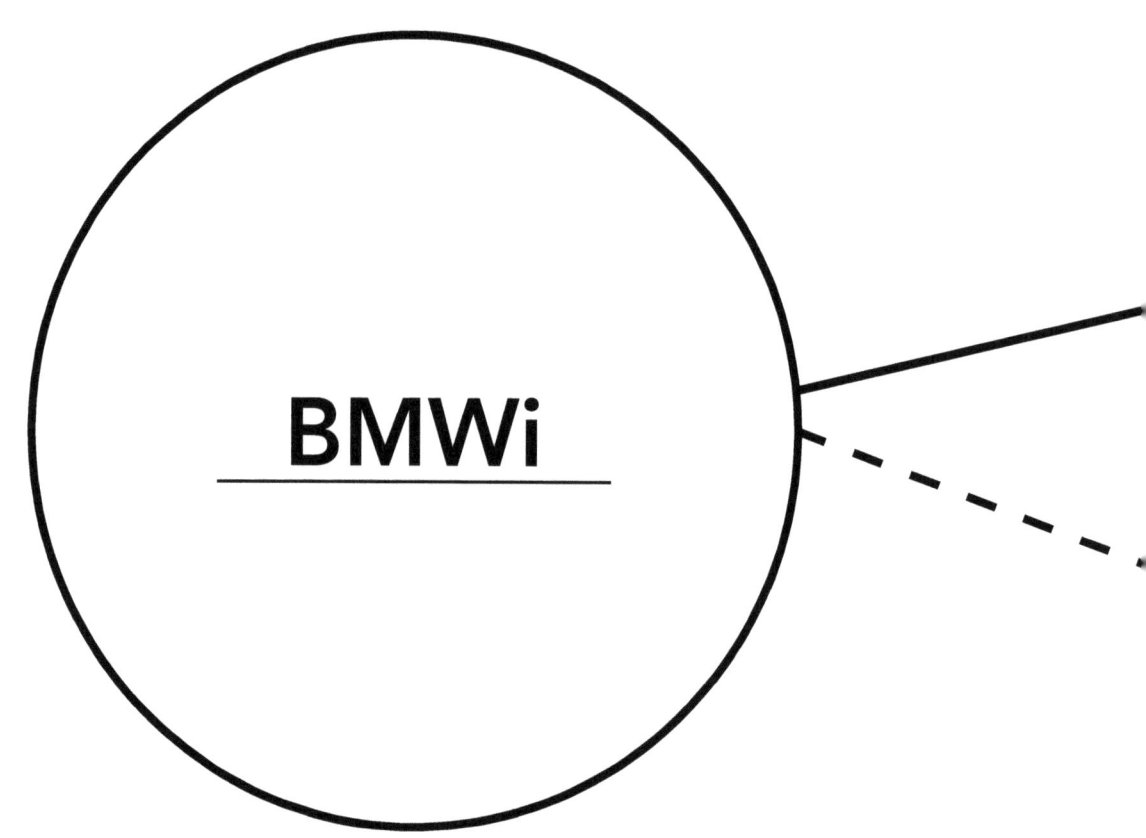

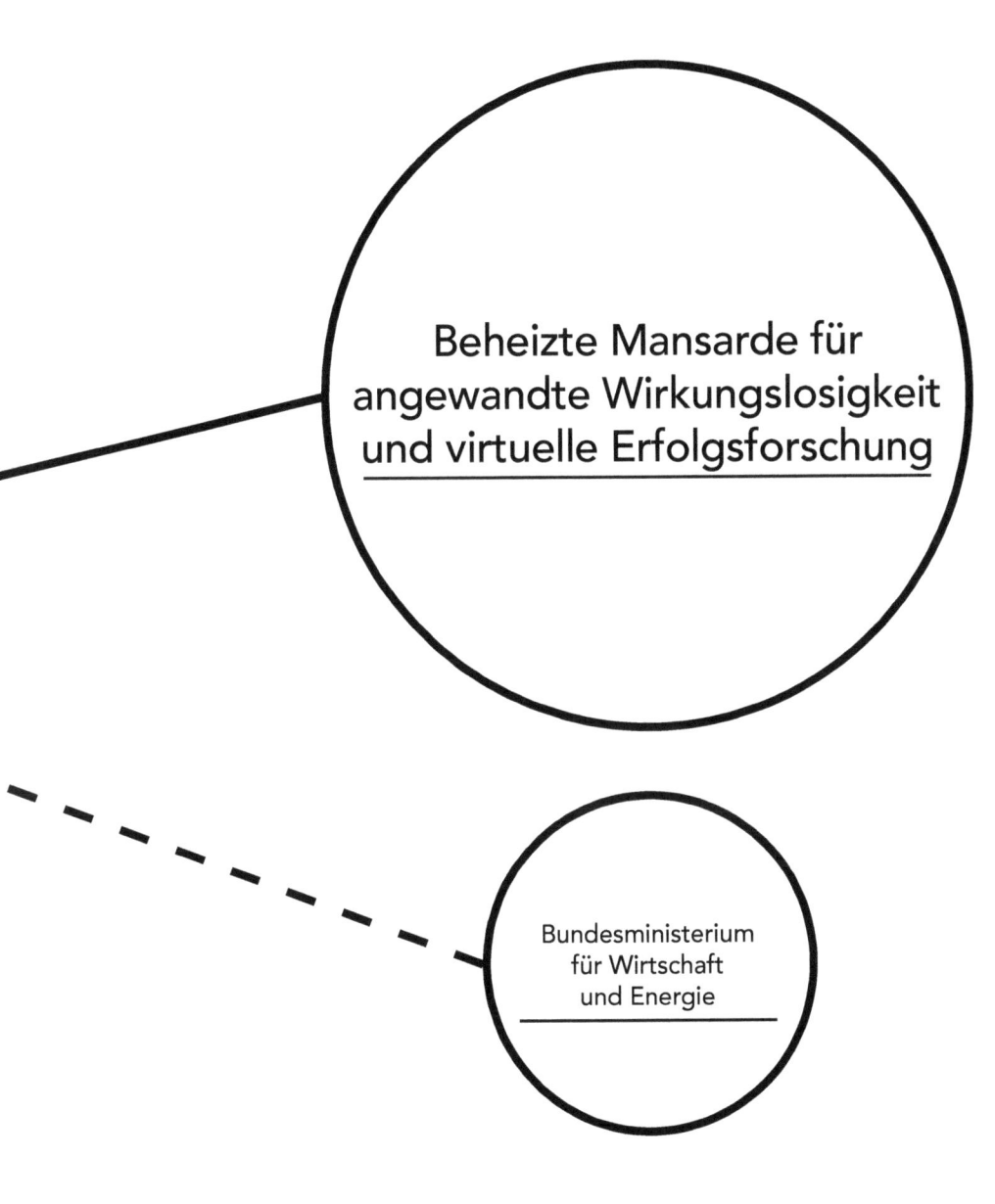

Beheizte Mansarde für
angewandte Wirkungslosigkeit
und virtuelle Erfolgsforschung

Bundesministerium
für Wirtschaft
und Energie

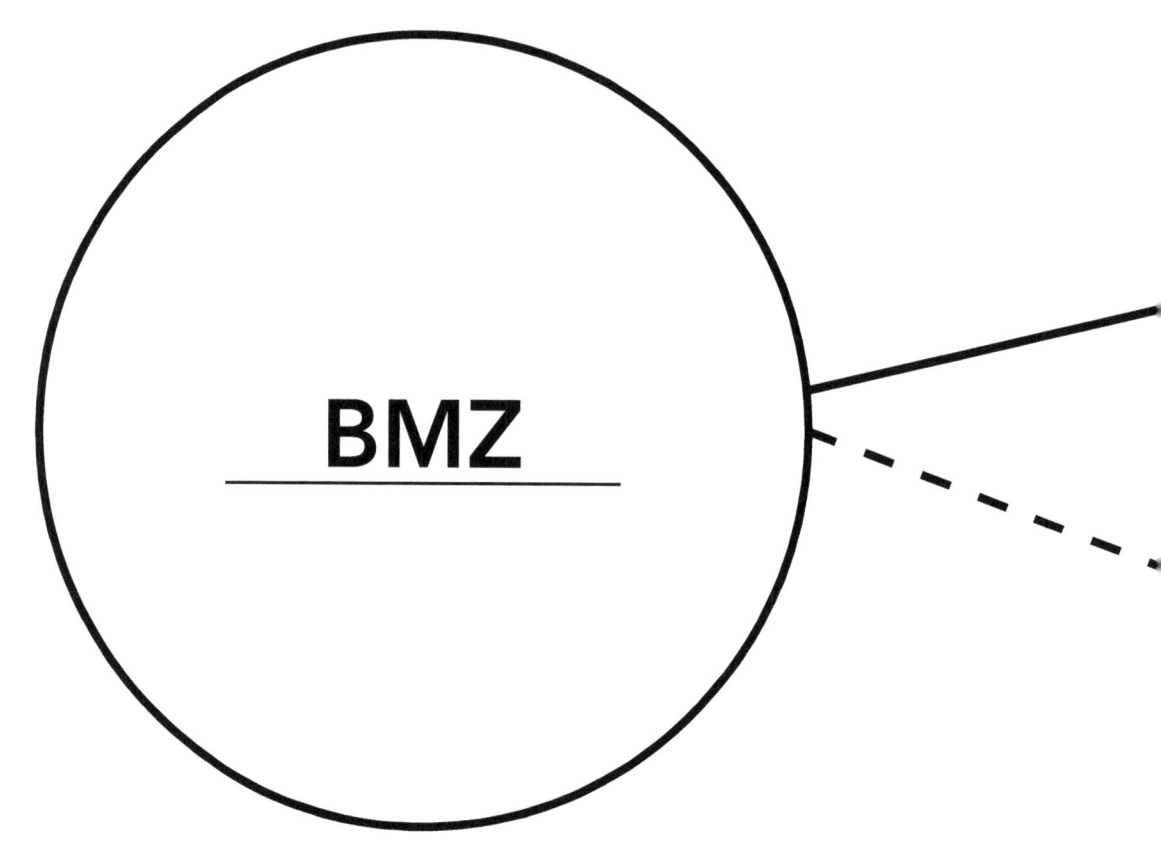

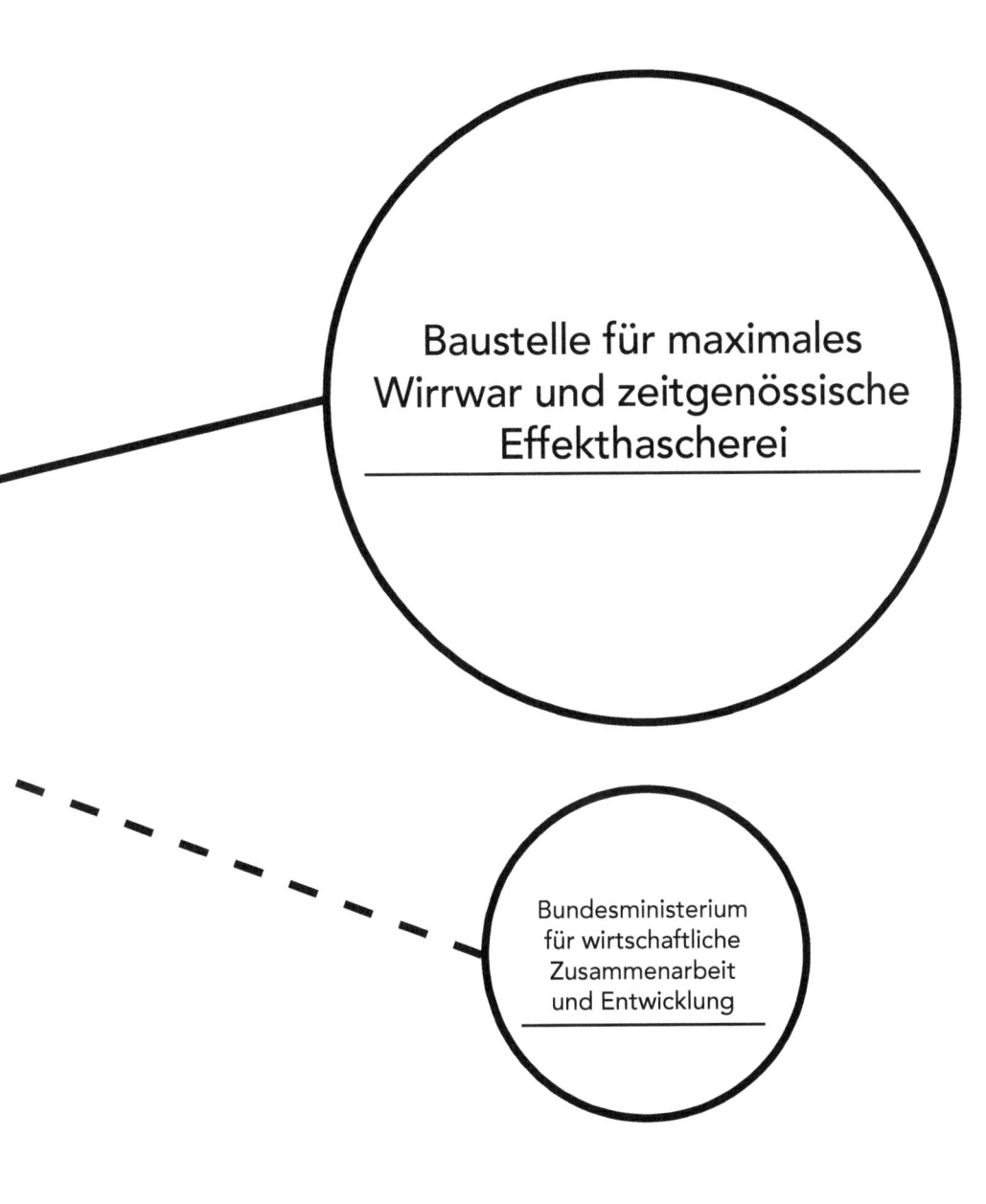

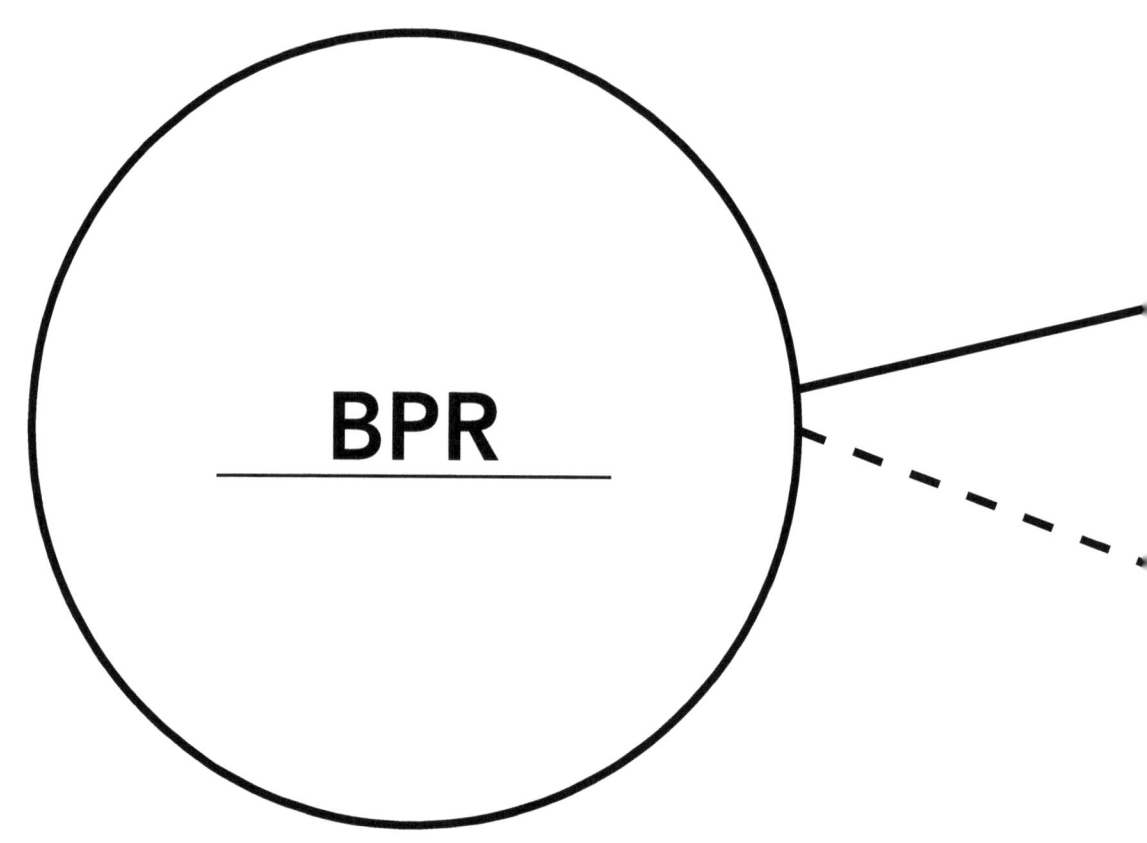

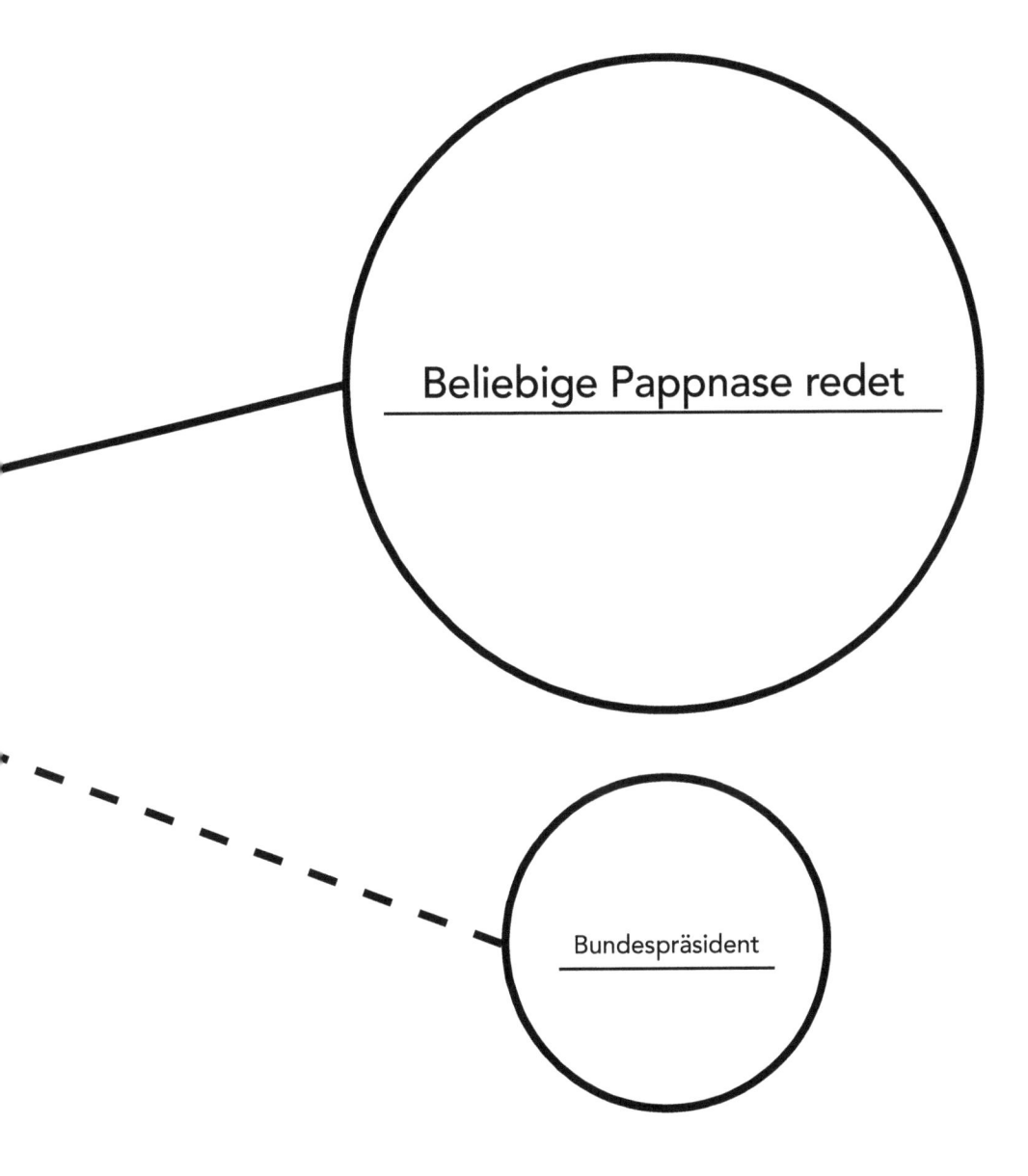

Beliebige Pappnase redet

Bundespräsident

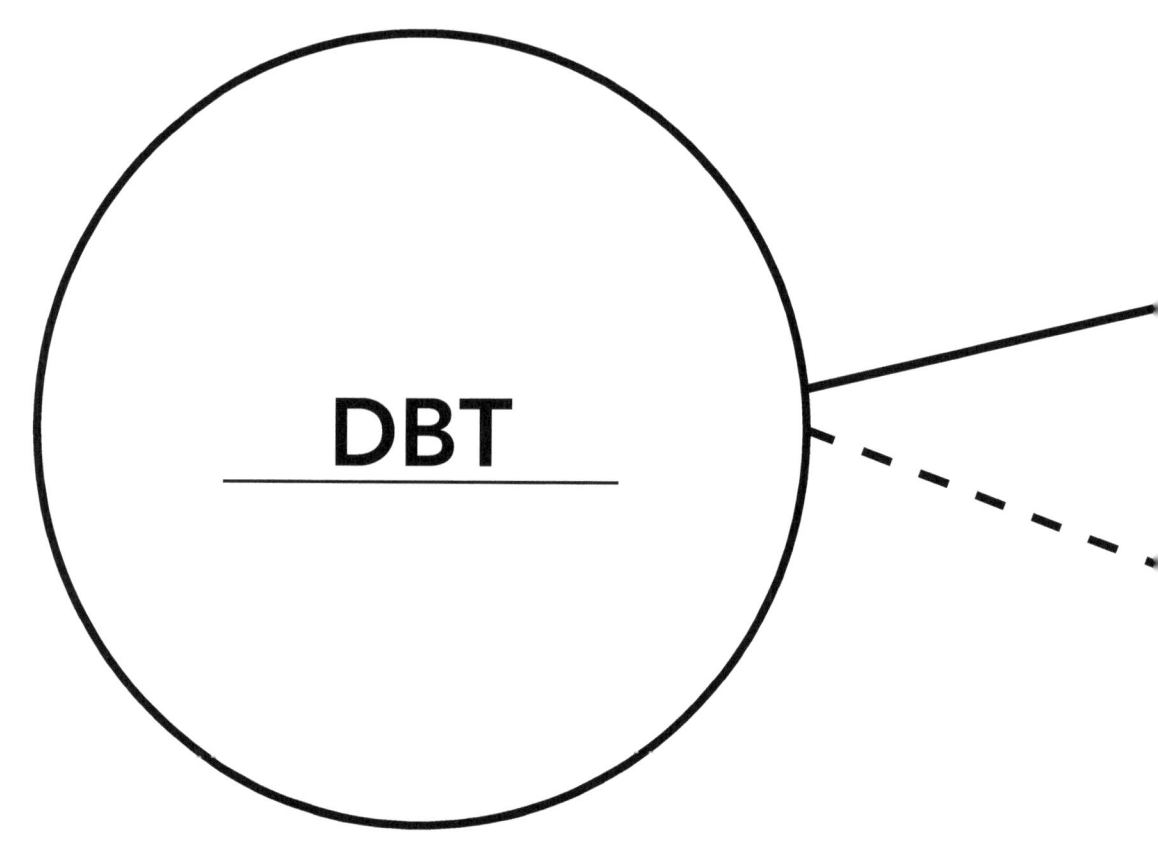

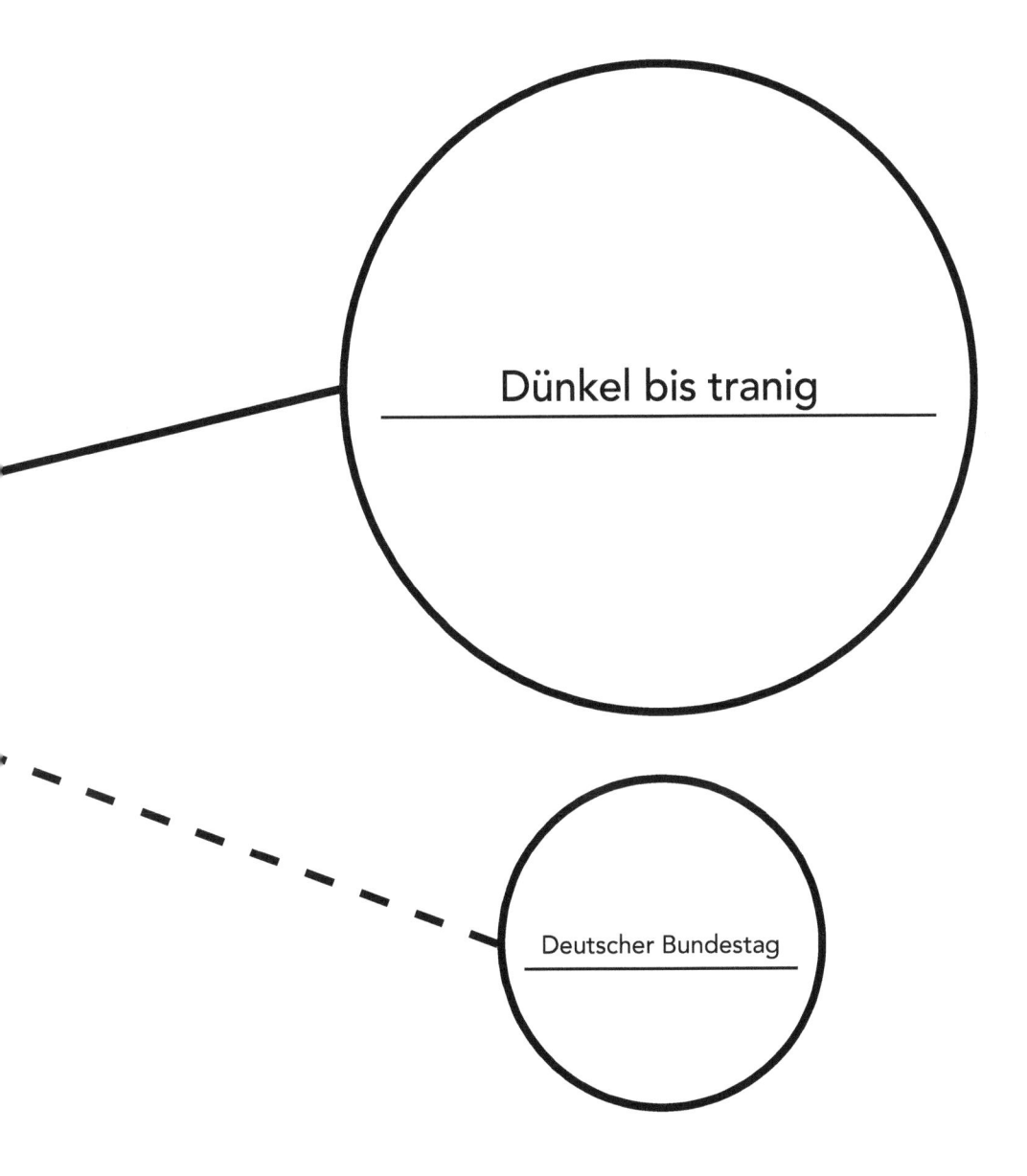

Dünkel bis tranig

Deutscher Bundestag

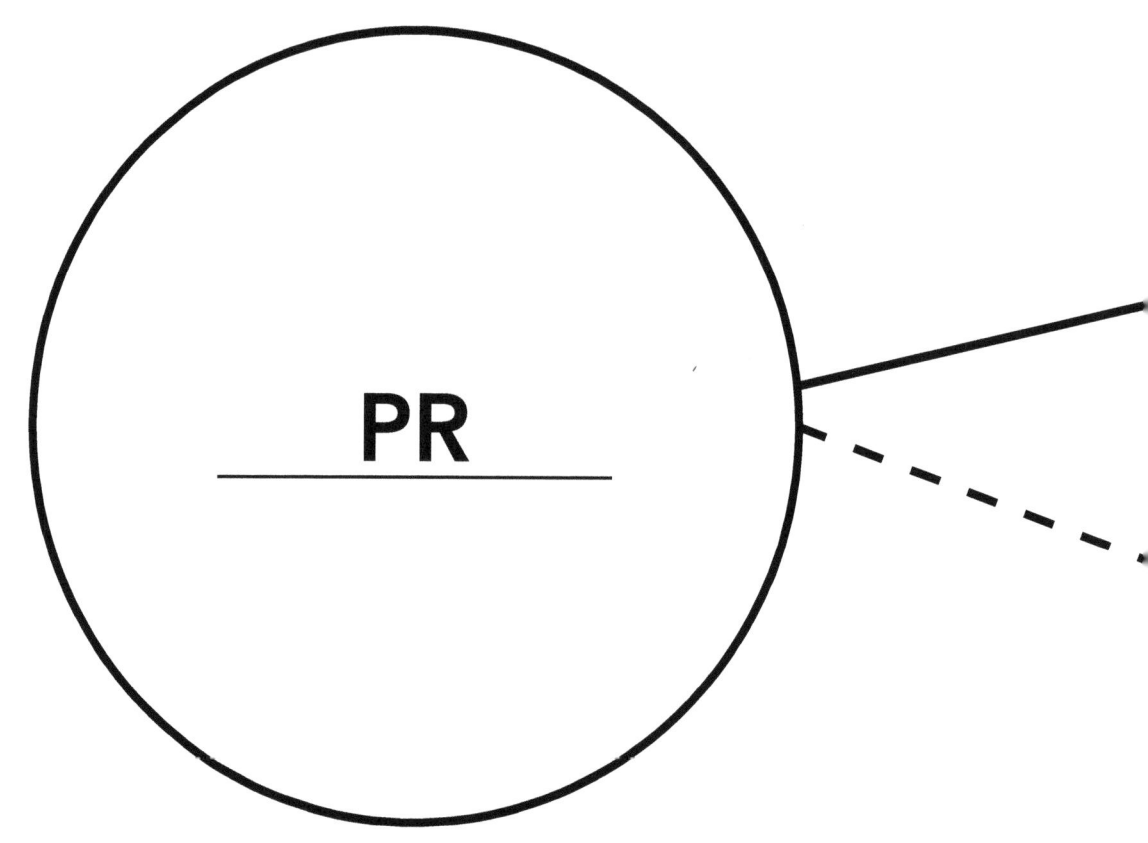

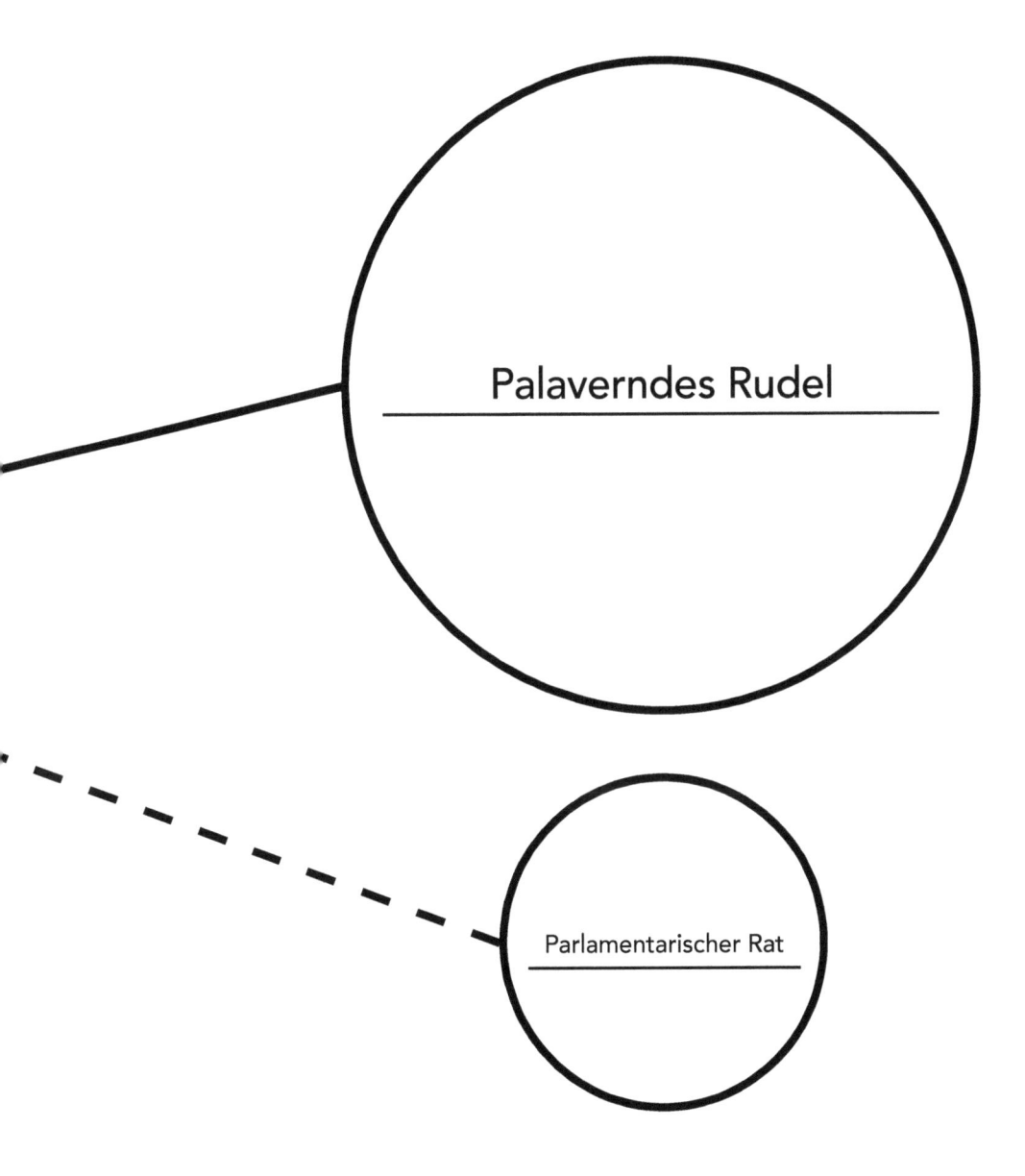

Palaverndes Rudel

Parlamentarischer Rat

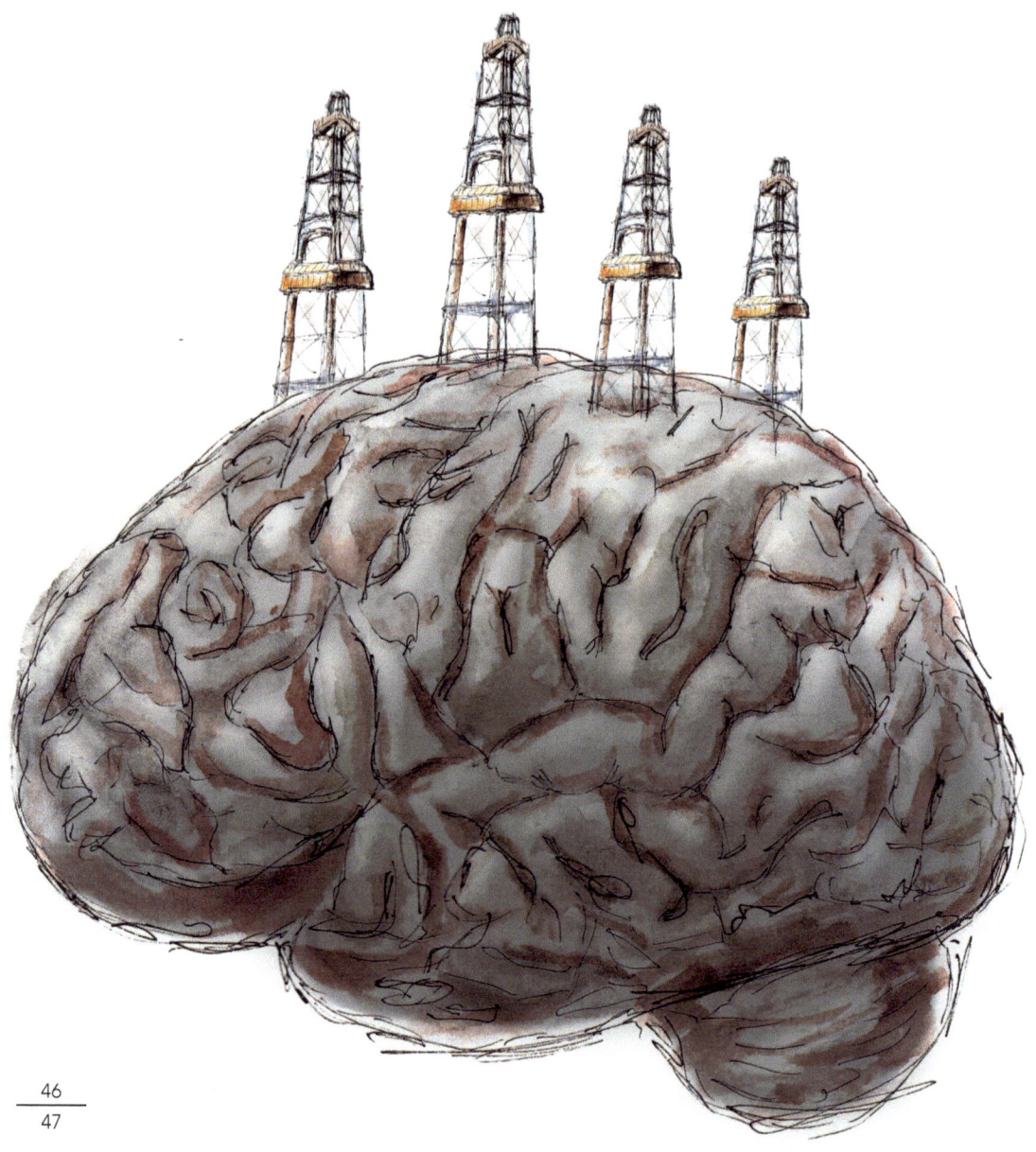

Förderprojekt

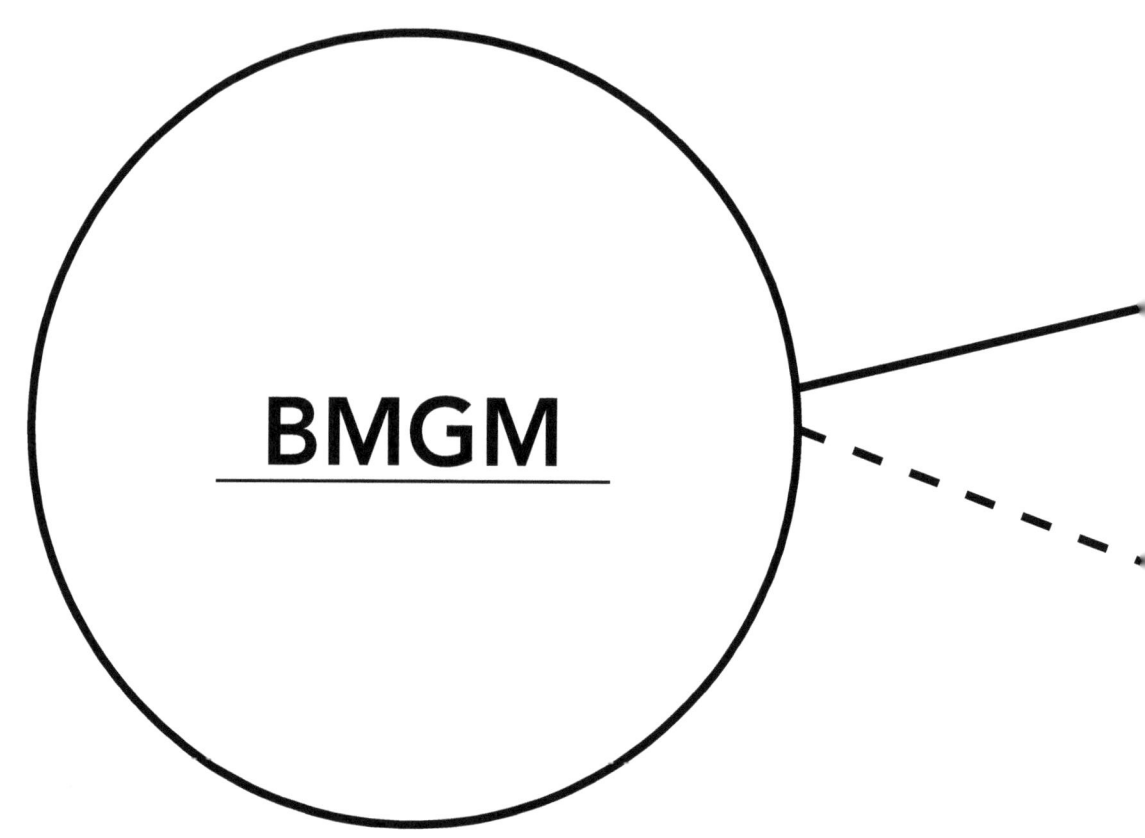

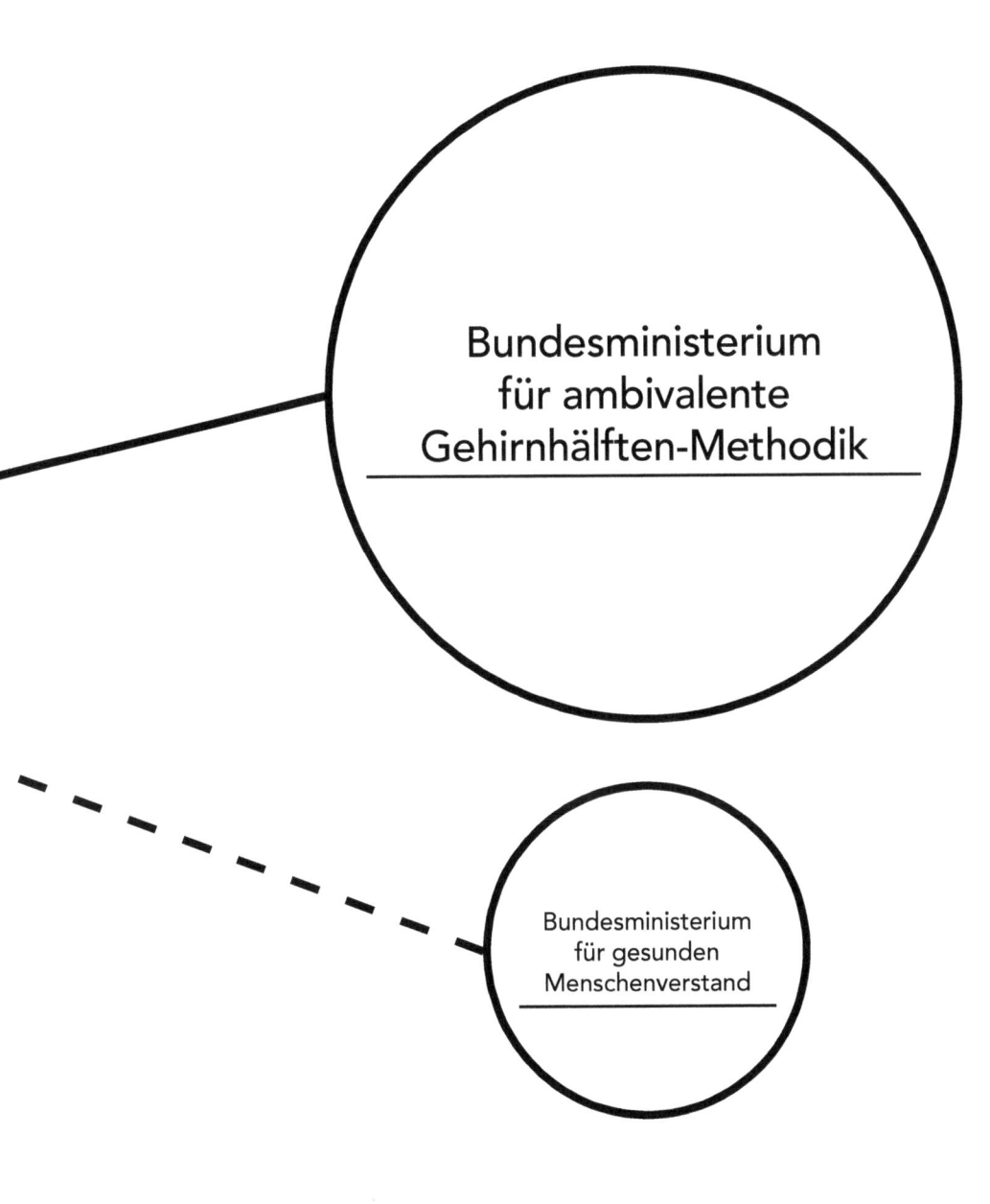

Bundesministerium
für ambivalente
Gehirnhälften-Methodik

Bundesministerium
für gesunden
Menschenverstand

Vom Winde
verwählt

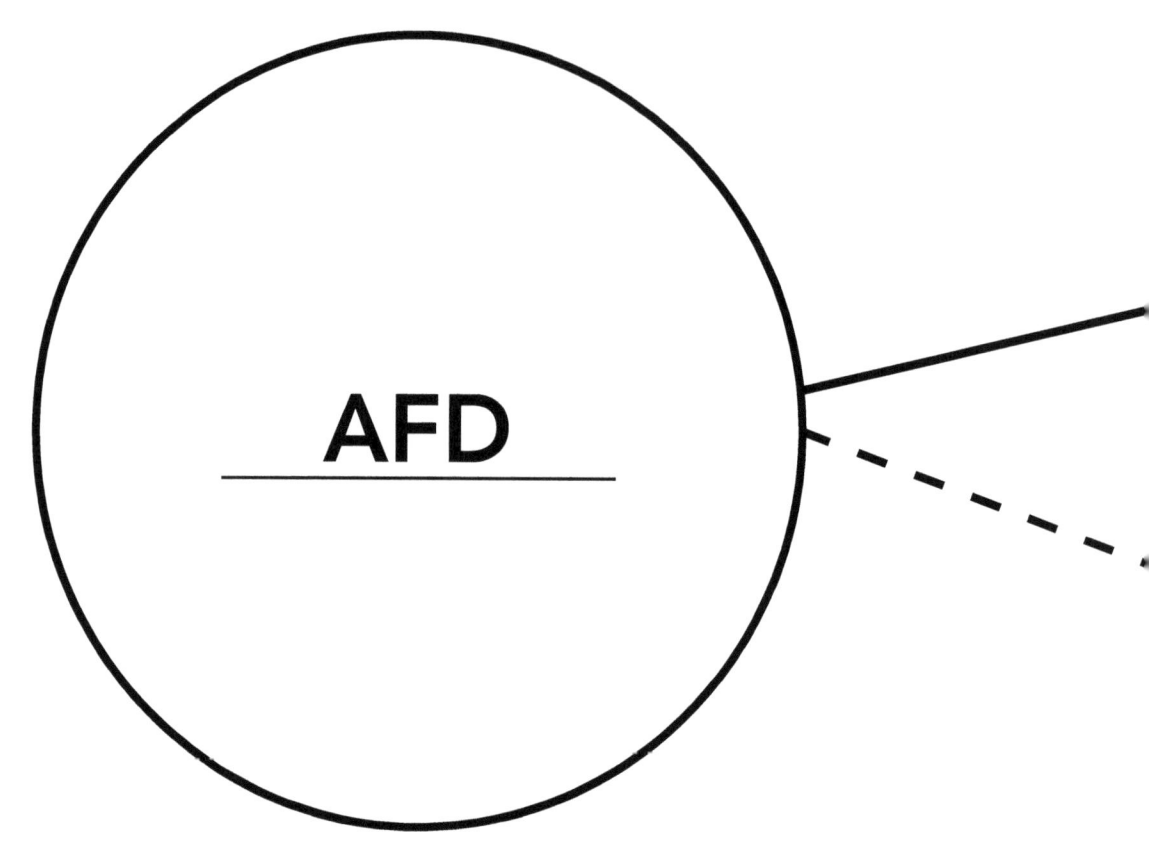

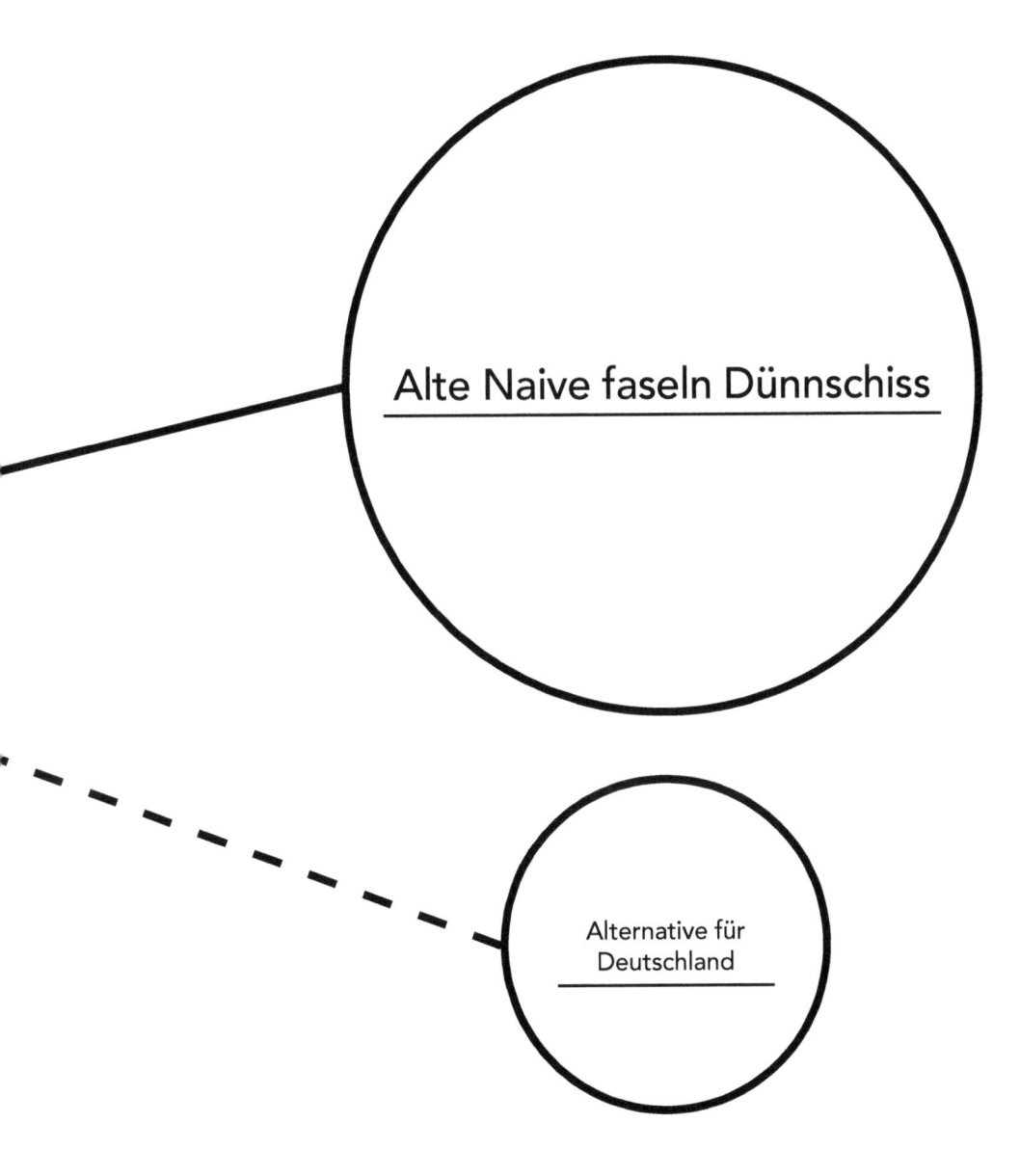

Alte Naive faseln Dünnschiss

Alternative für
Deutschland

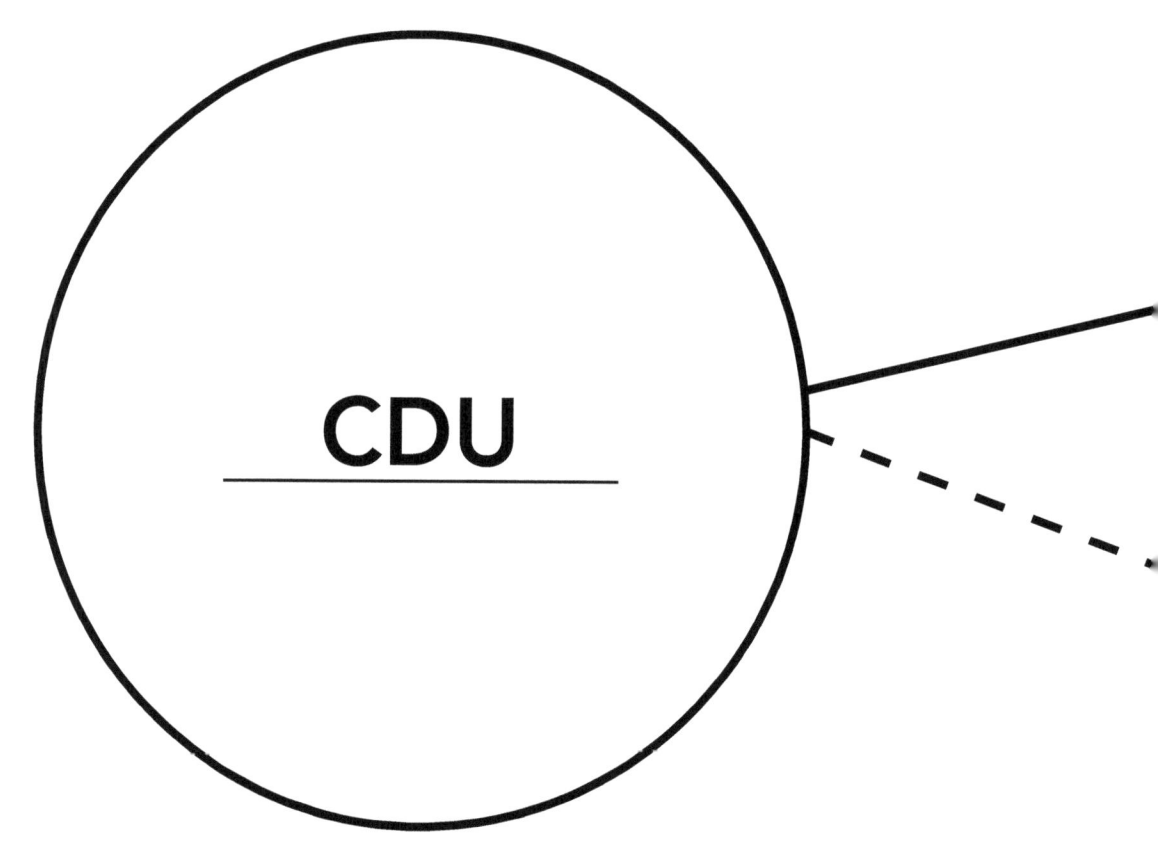

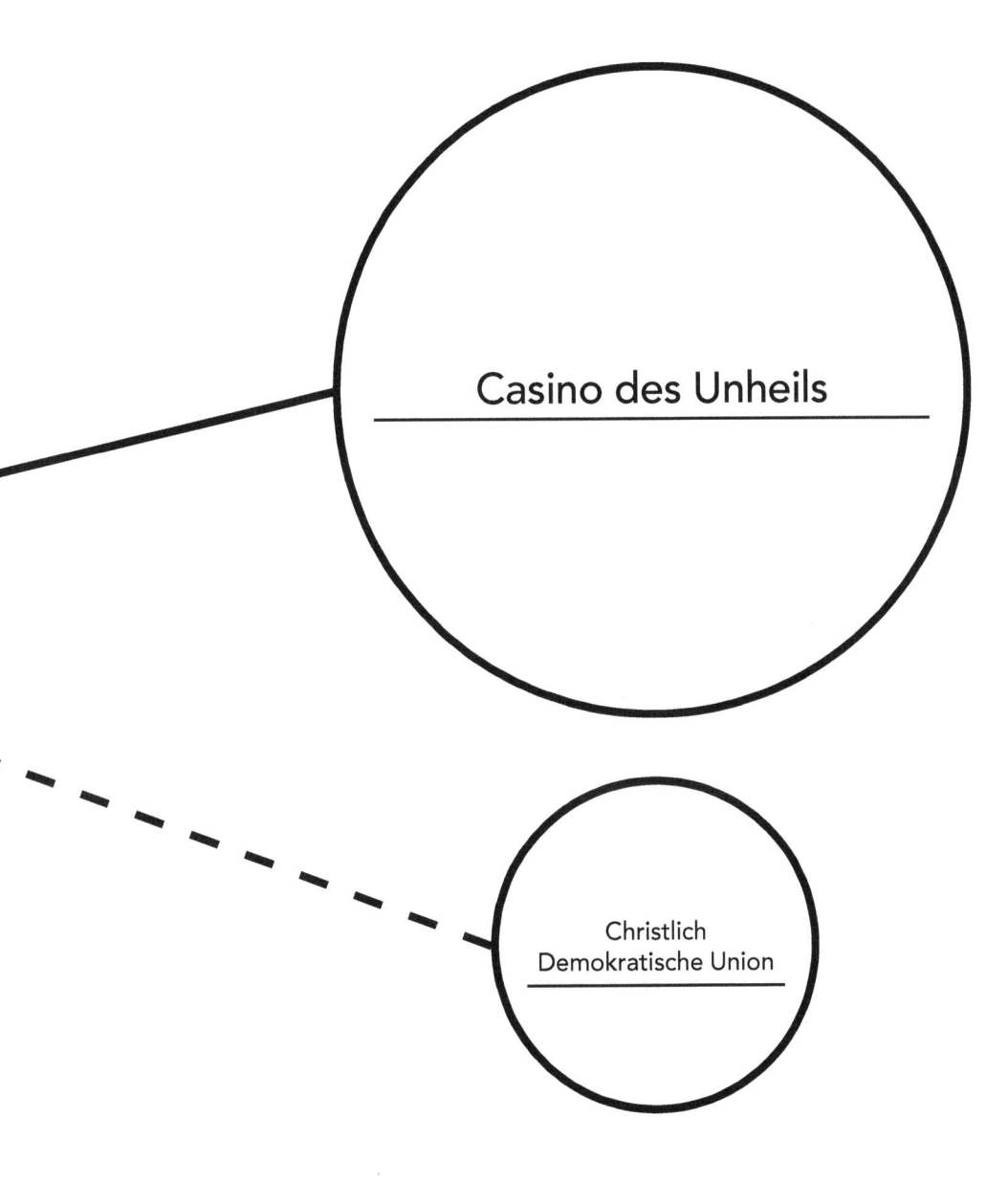

Casino des Unheils

Christlich
Demokratische Union

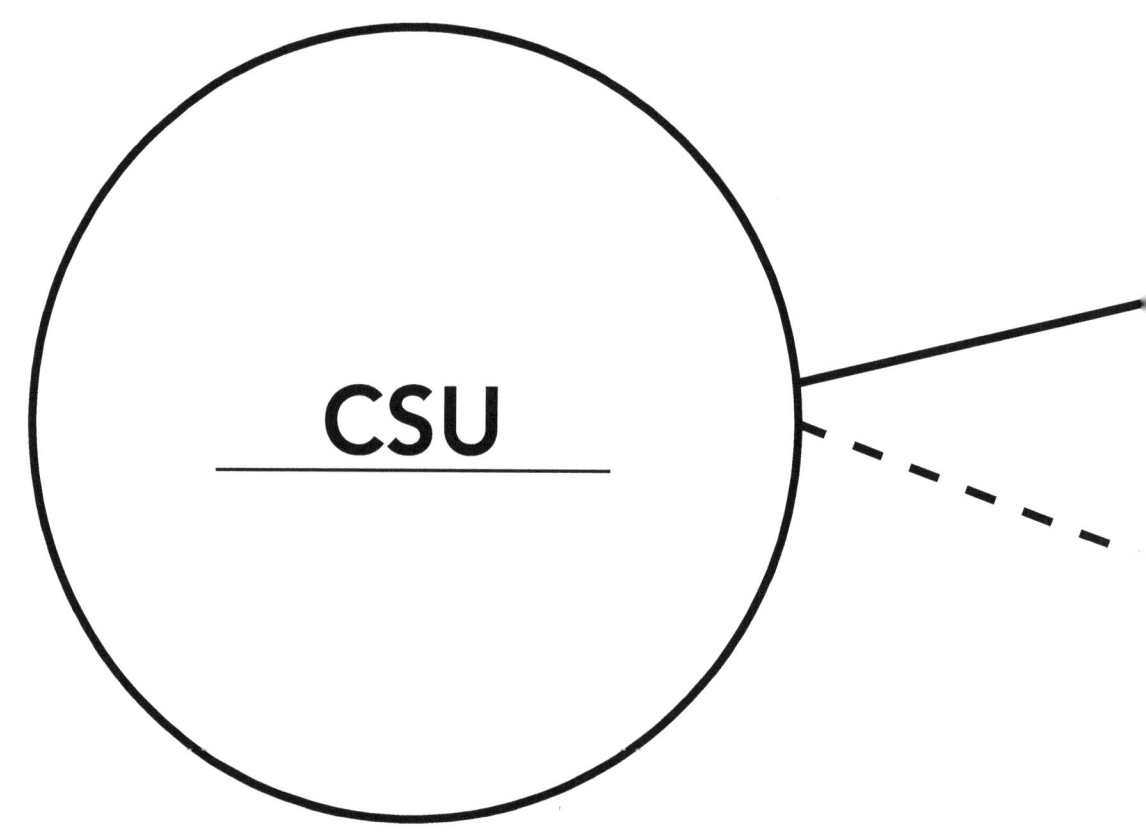

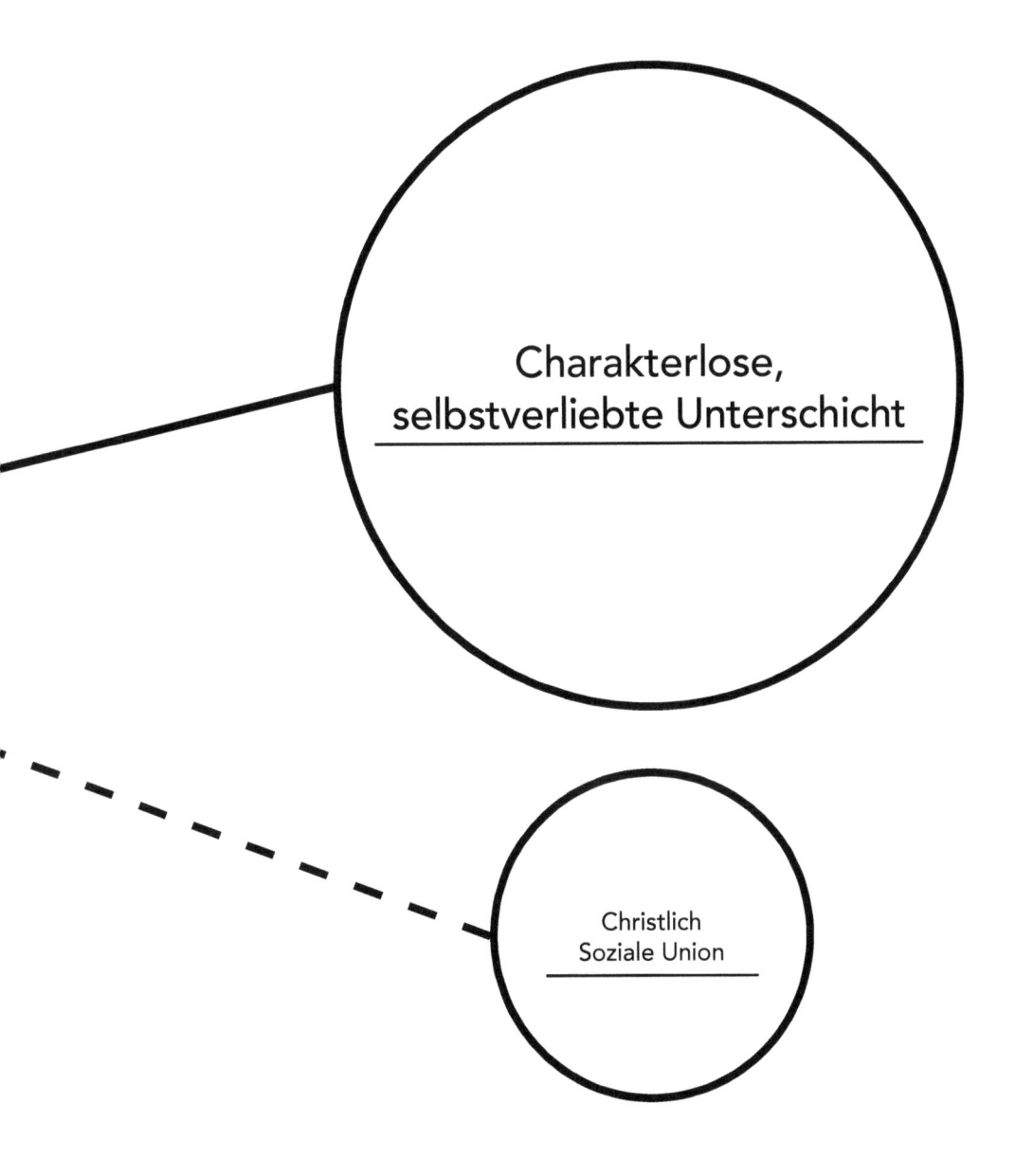

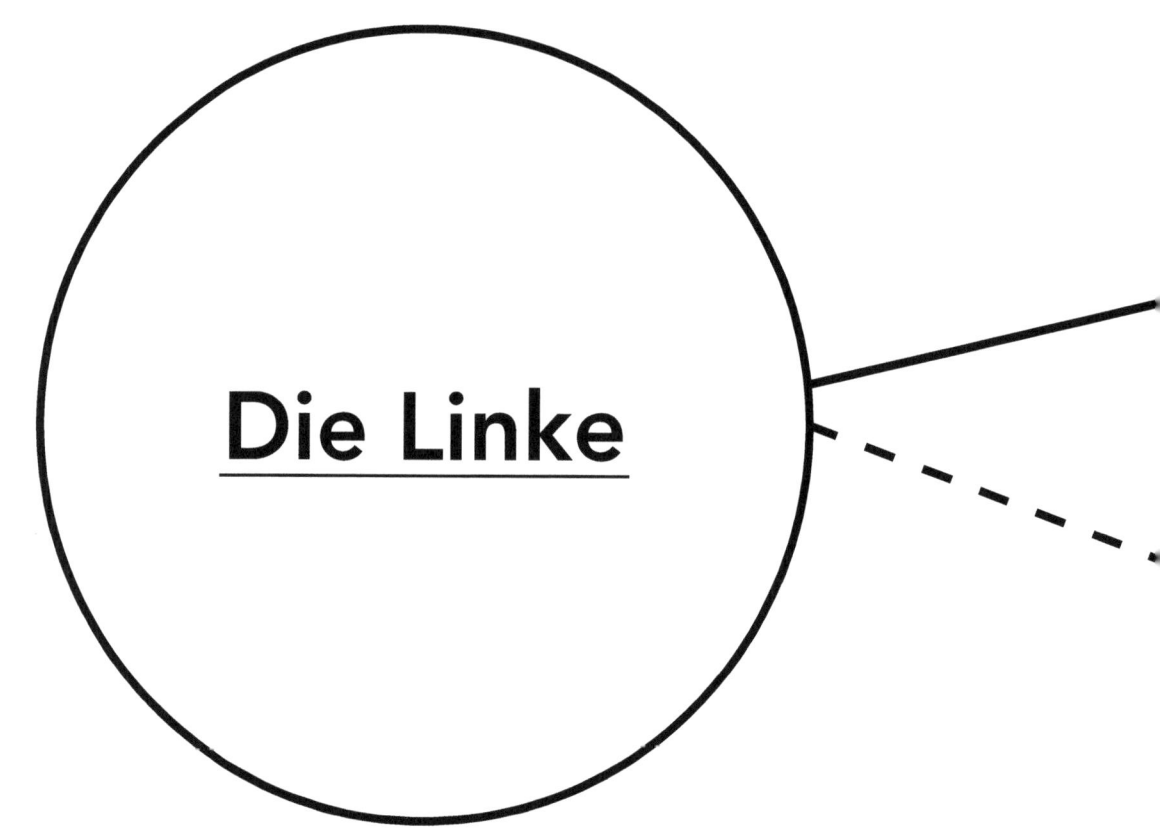

Die Linke

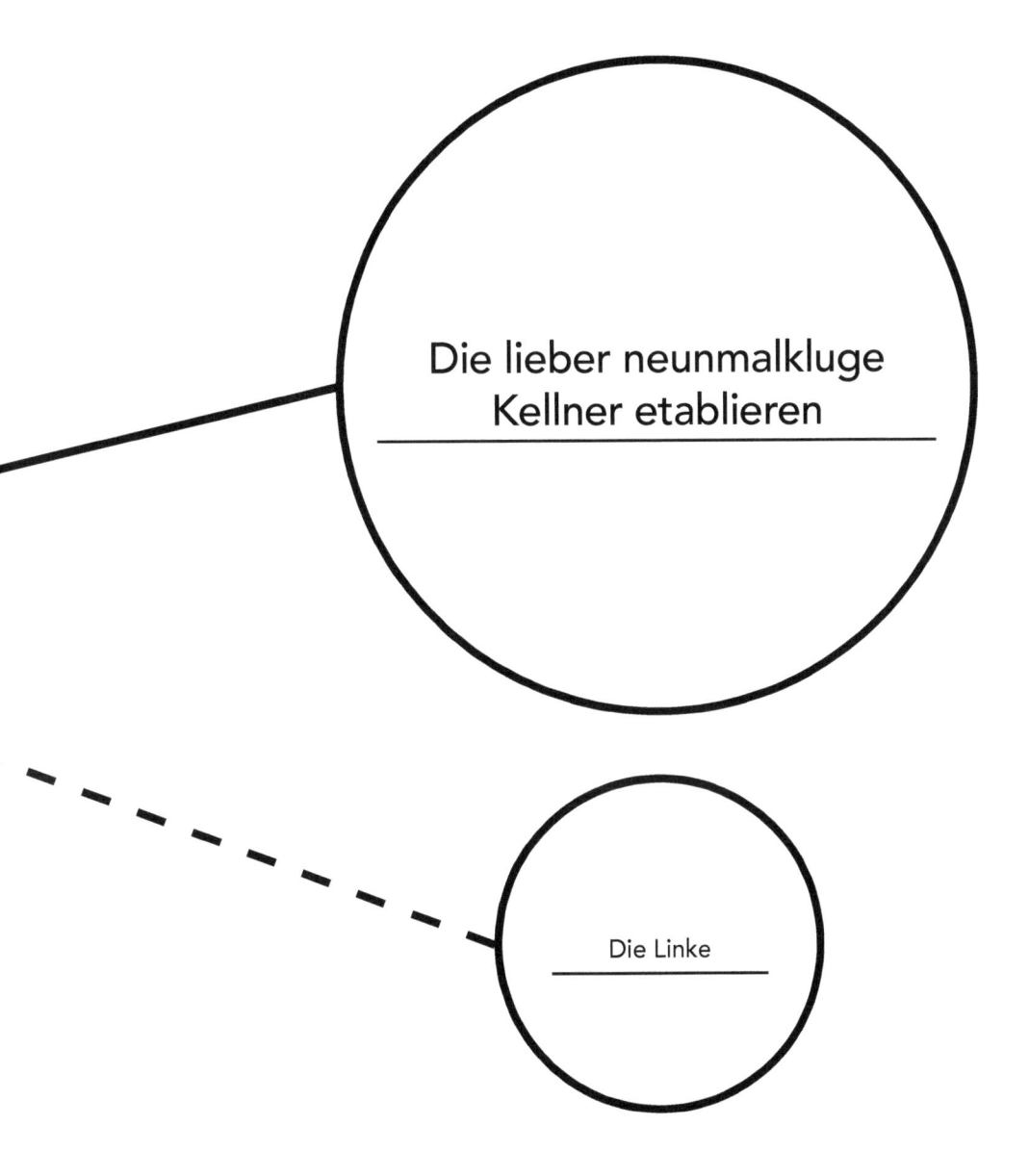

Die lieber neunmalkluge
Kellner etablieren

Die Linke

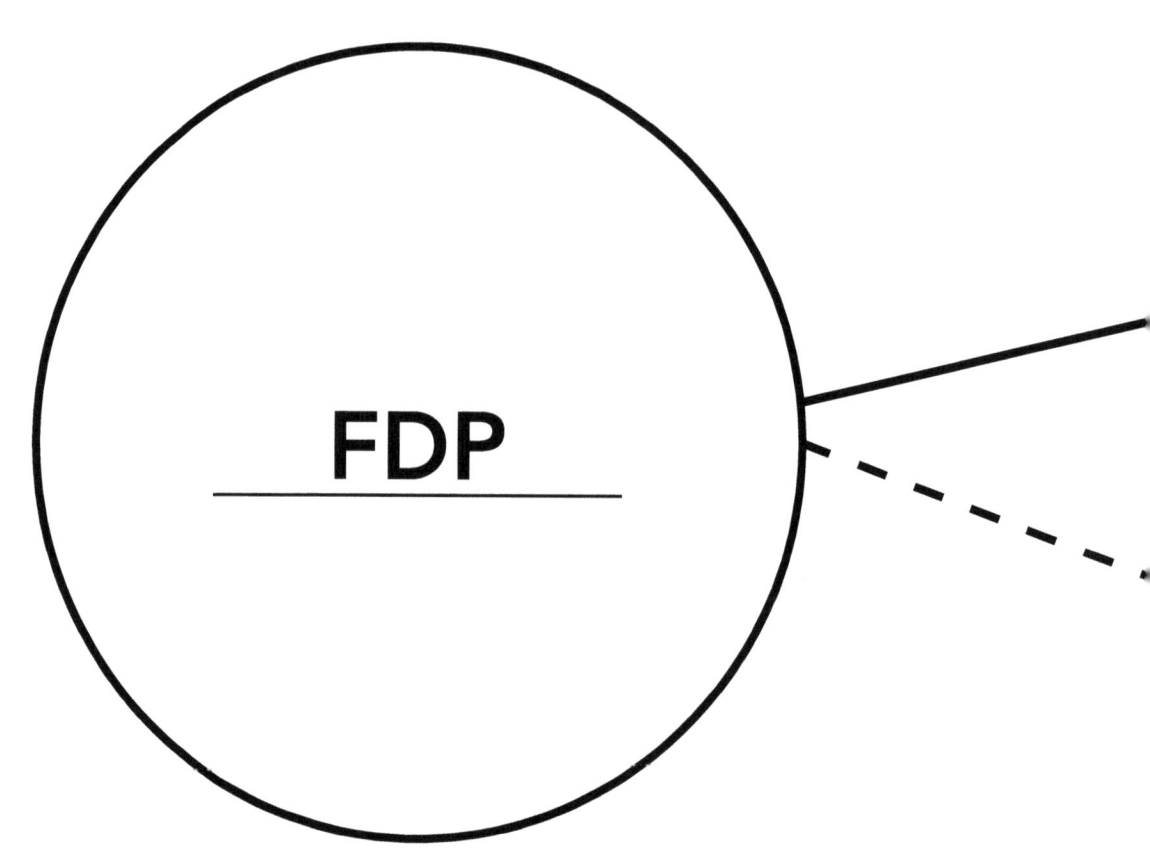

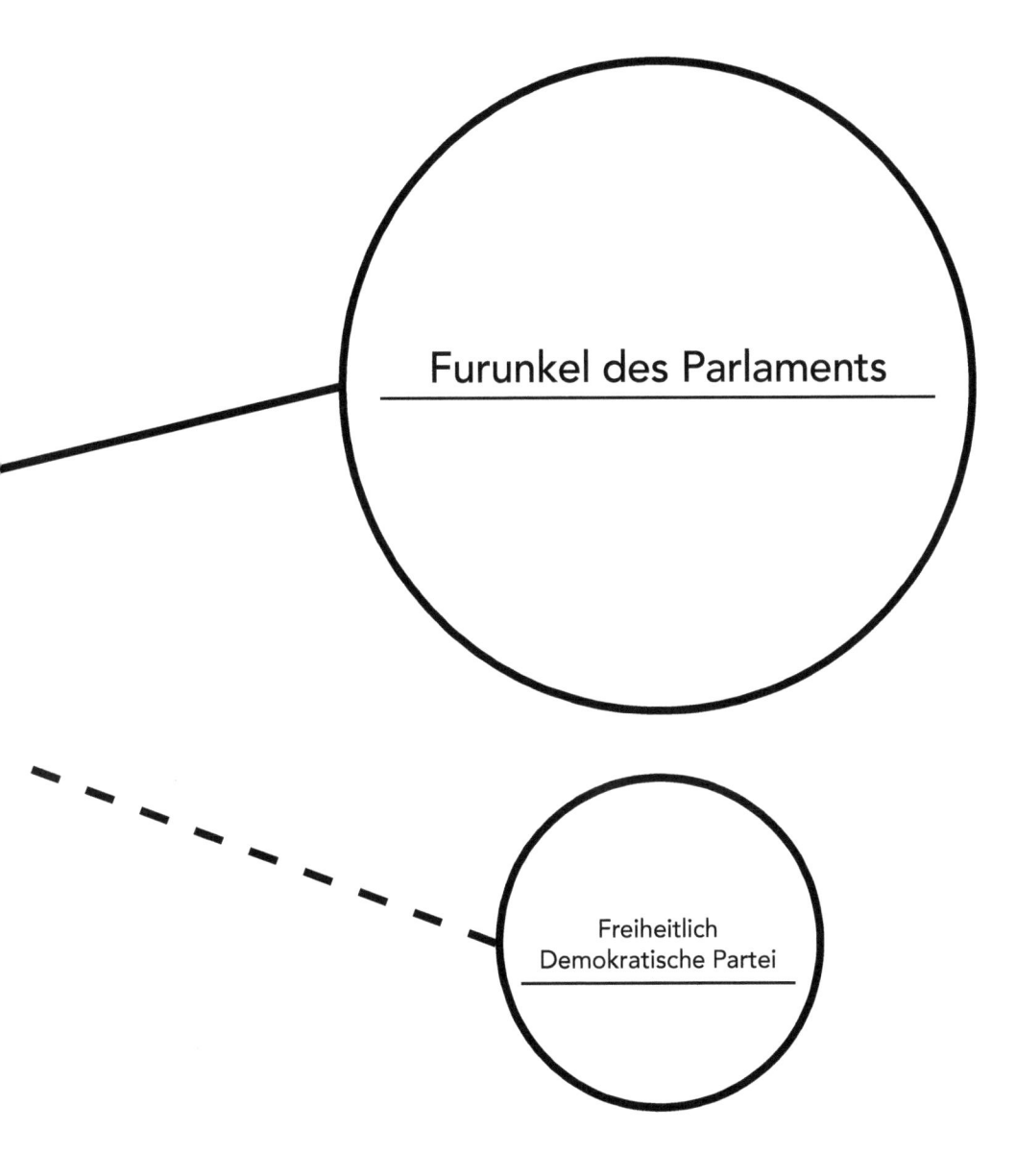

Furunkel des Parlaments

Freiheitlich
Demokratische Partei

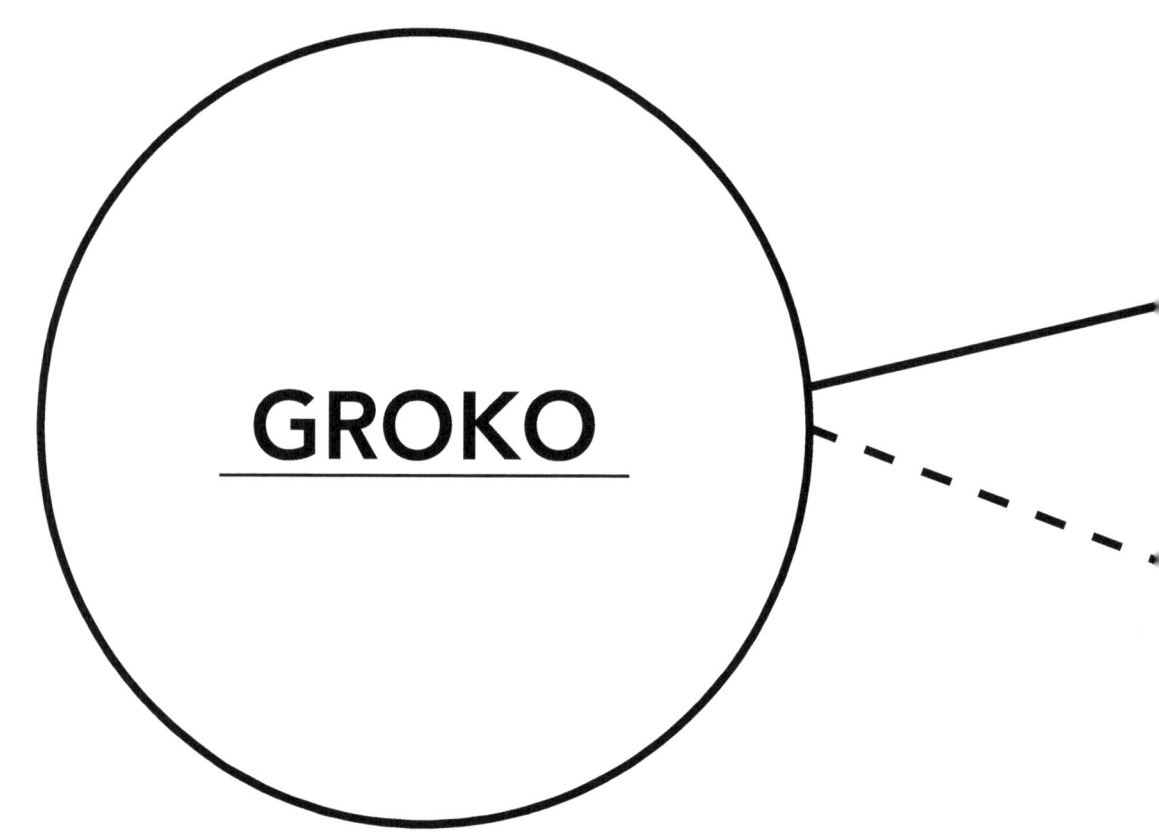

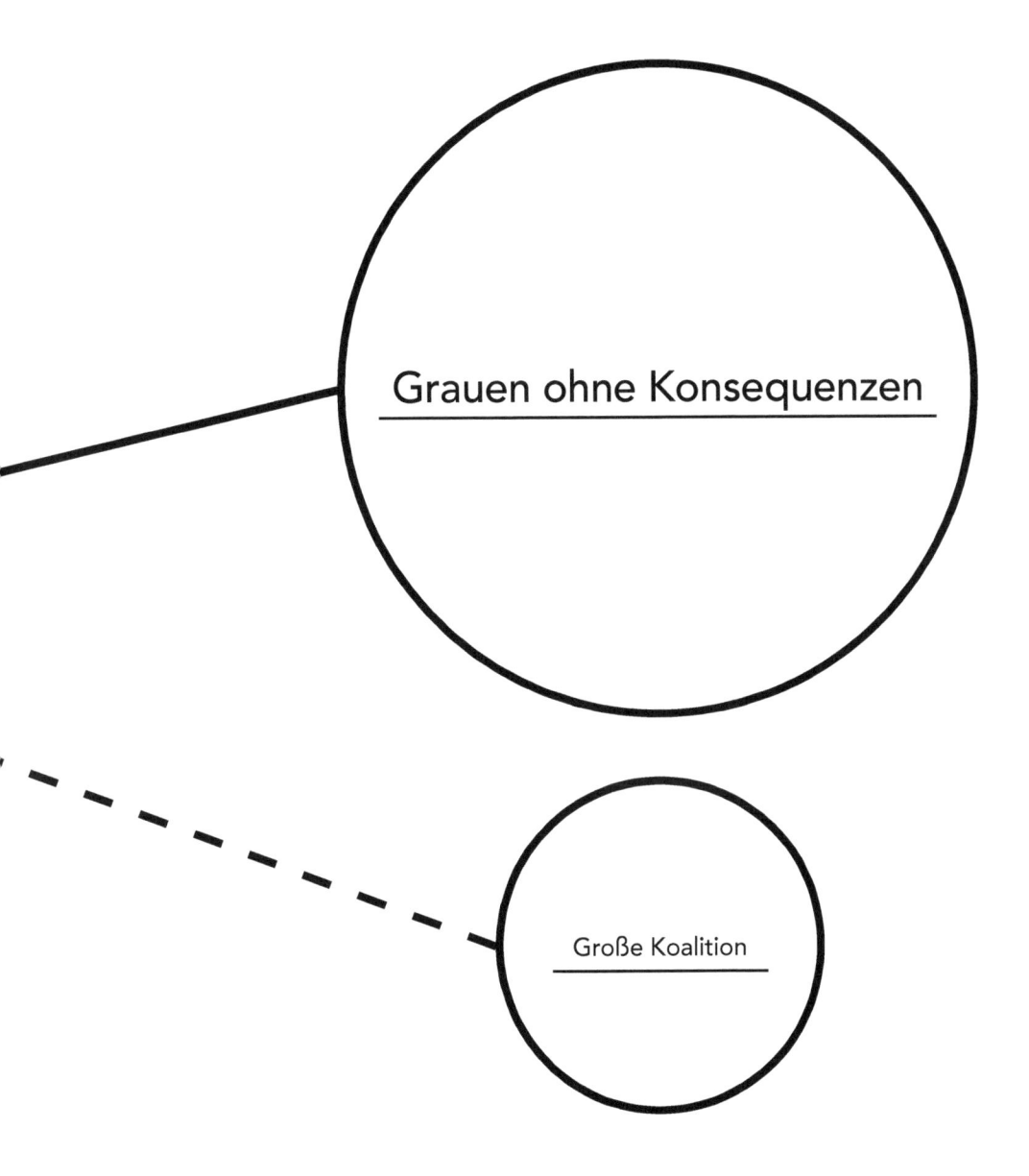

Grauen ohne Konsequenzen

Große Koalition

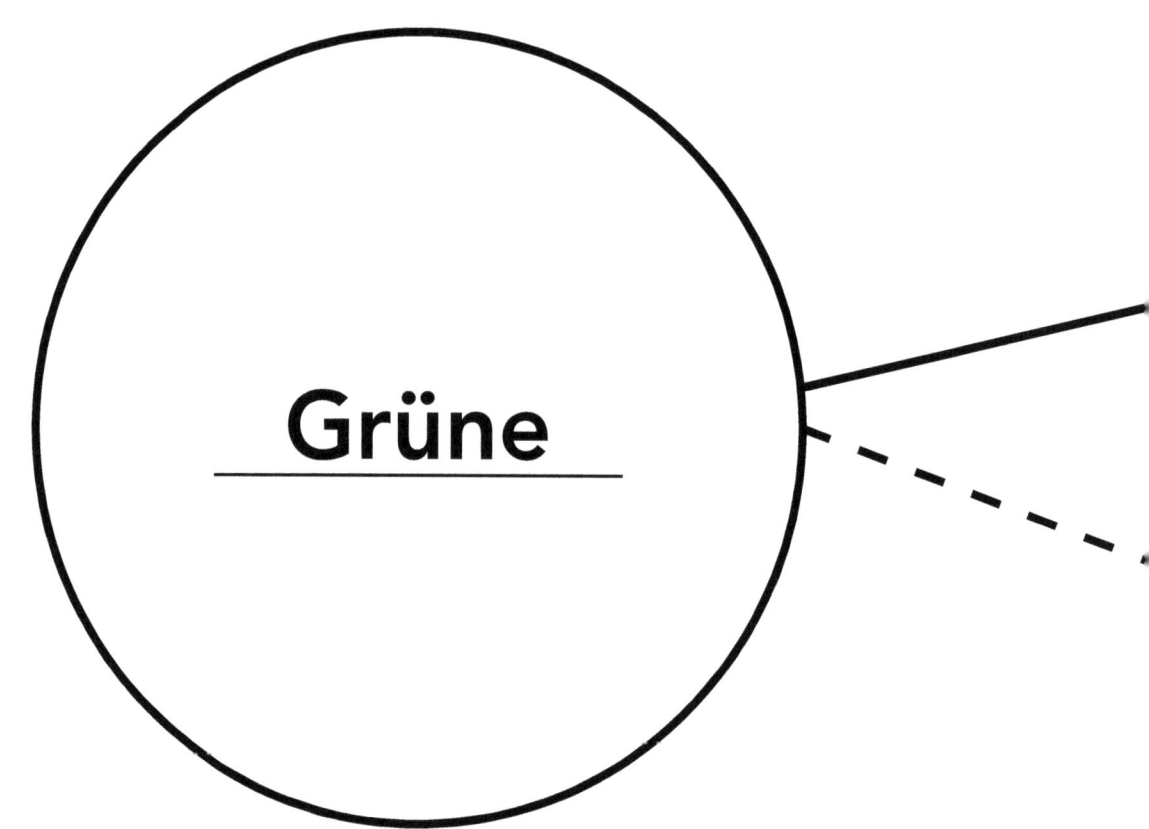

Grüne

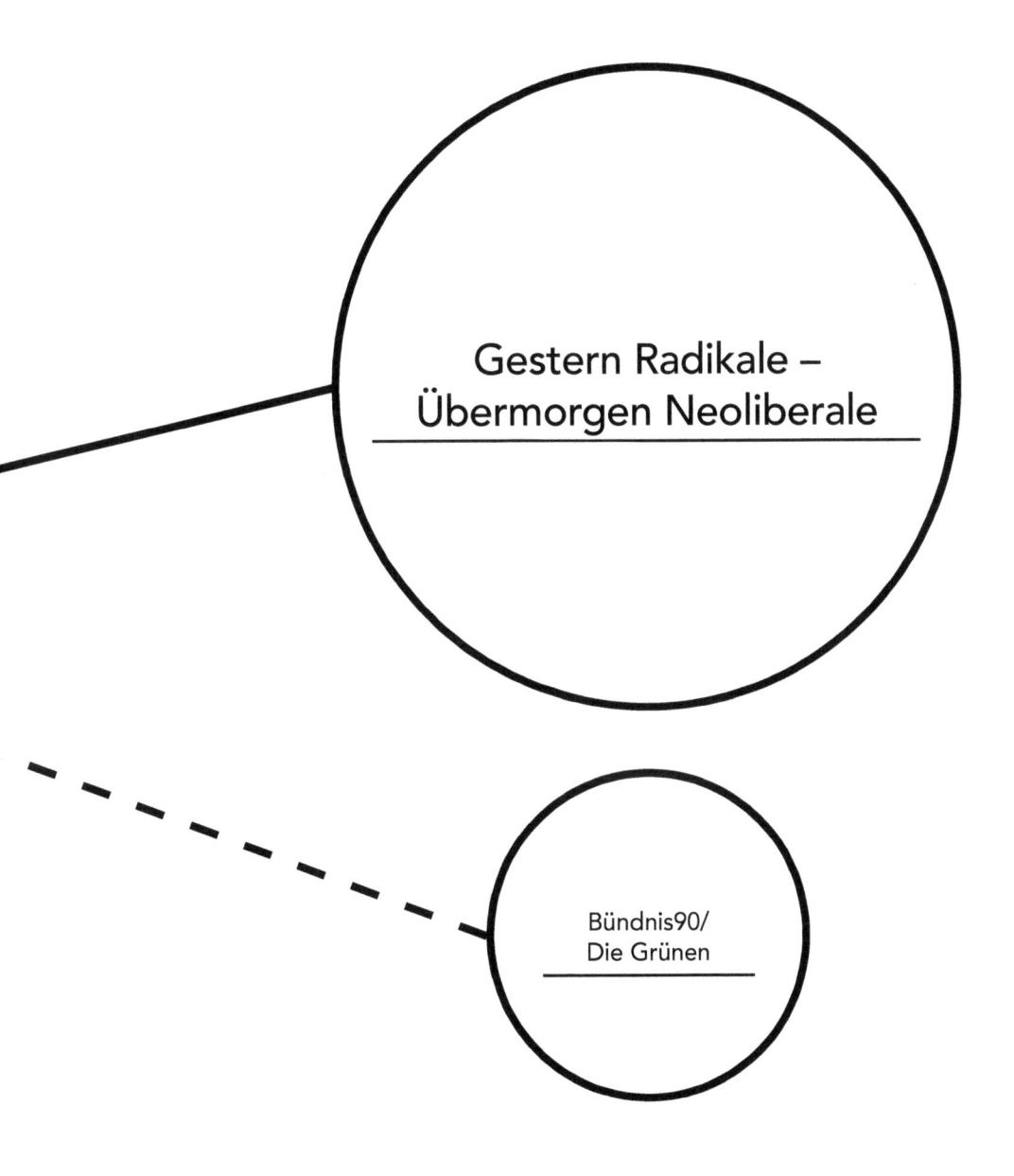

Gestern Radikale –
Übermorgen Neoliberale

Bündnis90/
Die Grünen

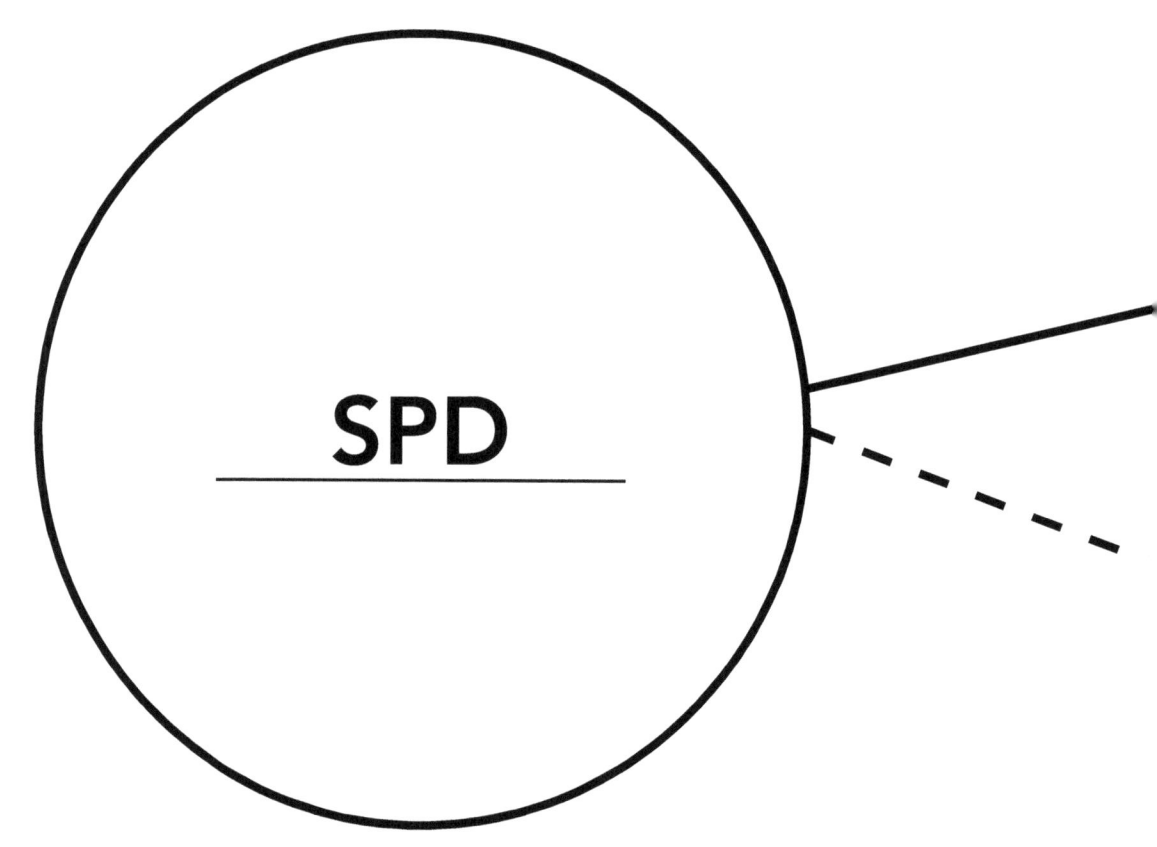

Sammelbecken primitiver
Dumpfbacken

Sozialdemokratische
Partei Deutschland

EU-len nach Athen tragen

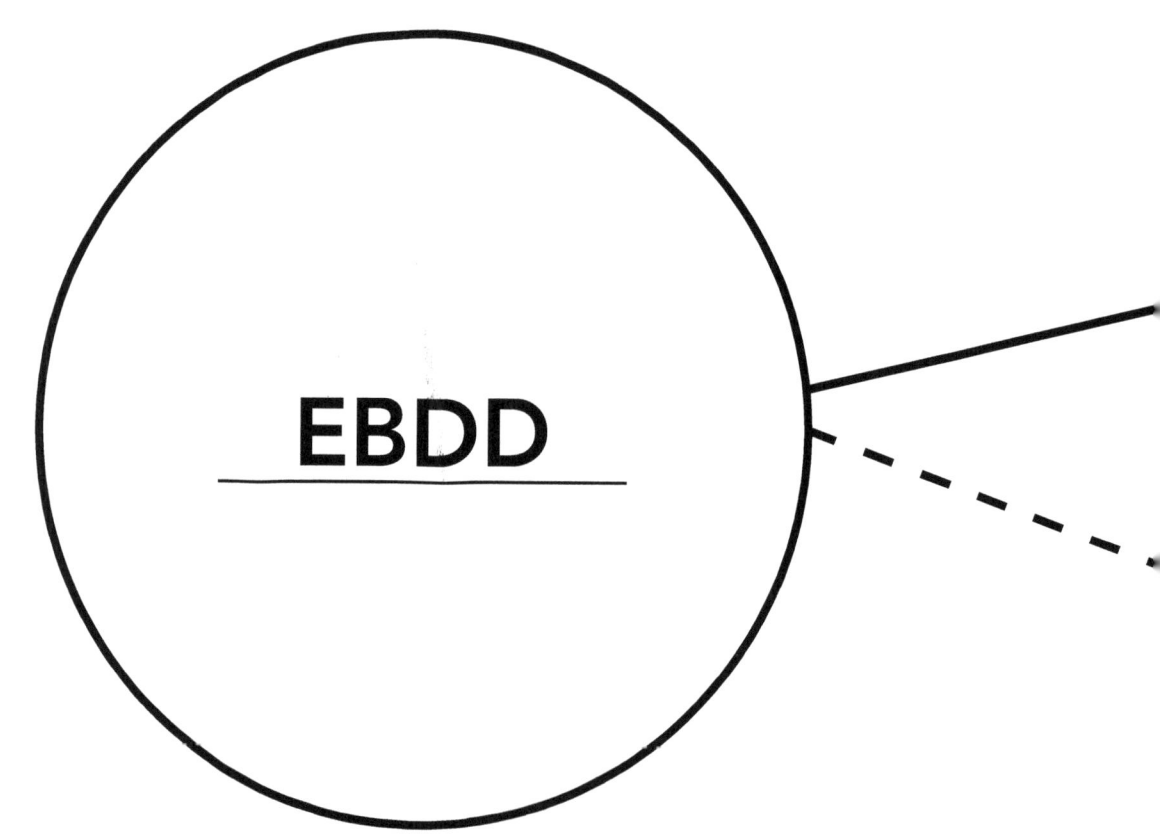

Erst brennt der Dödel

Europäische
Beobachtungsstelle
für Drogen und
Drogensucht

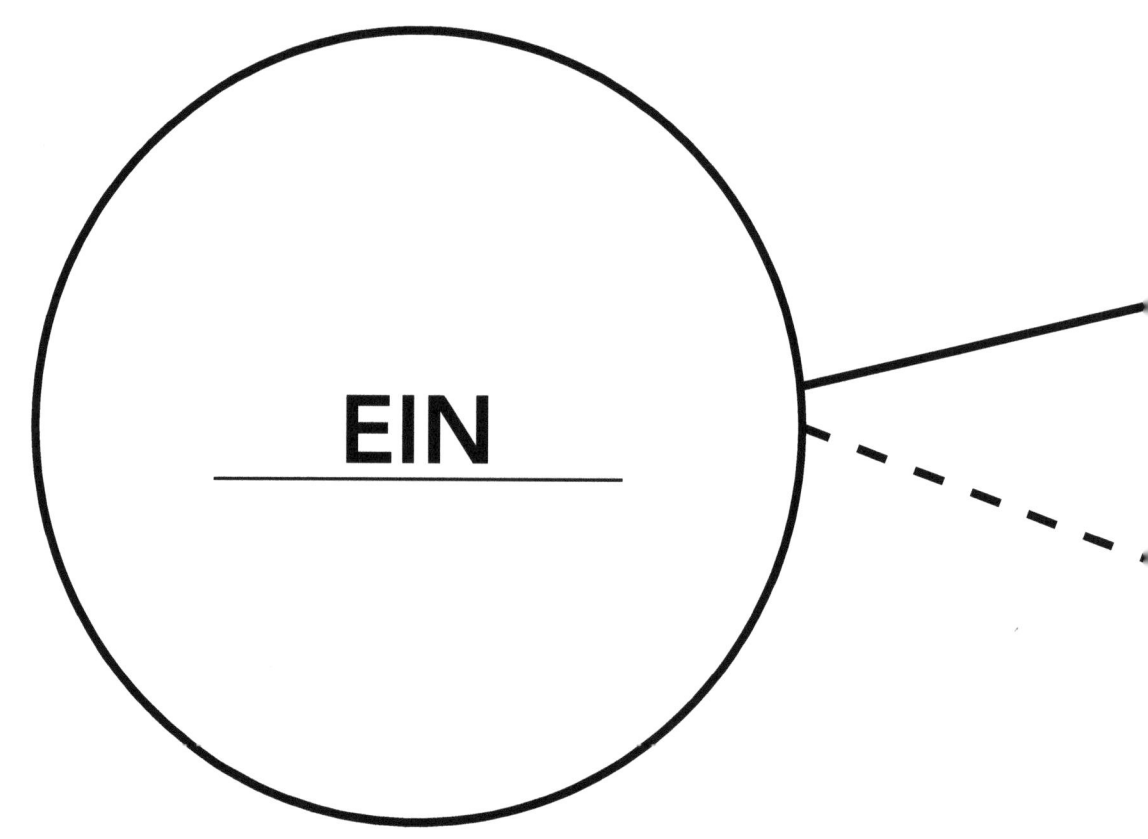

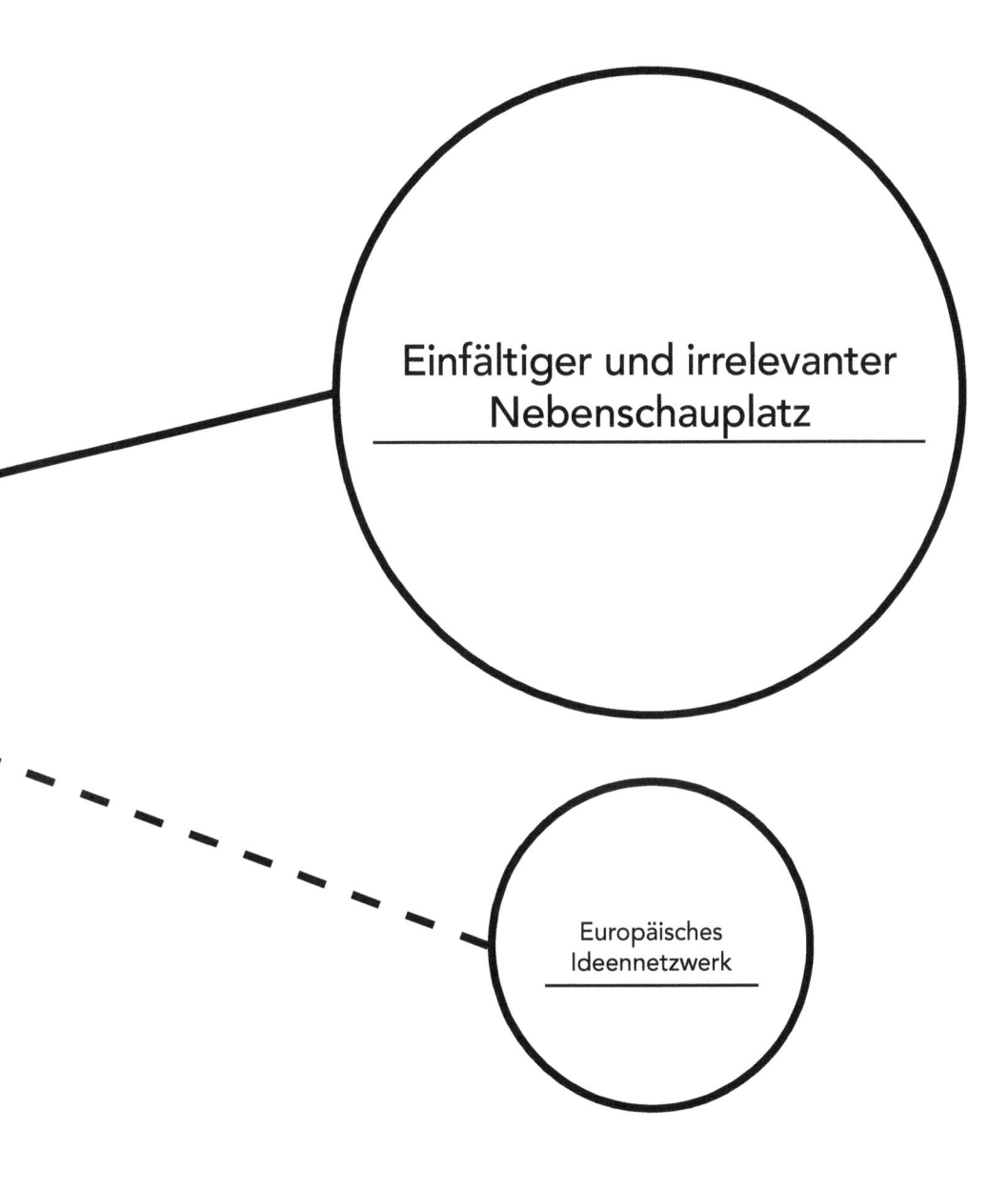

Einfältiger und irrelevanter
Nebenschauplatz

Europäisches
Ideennetzwerk

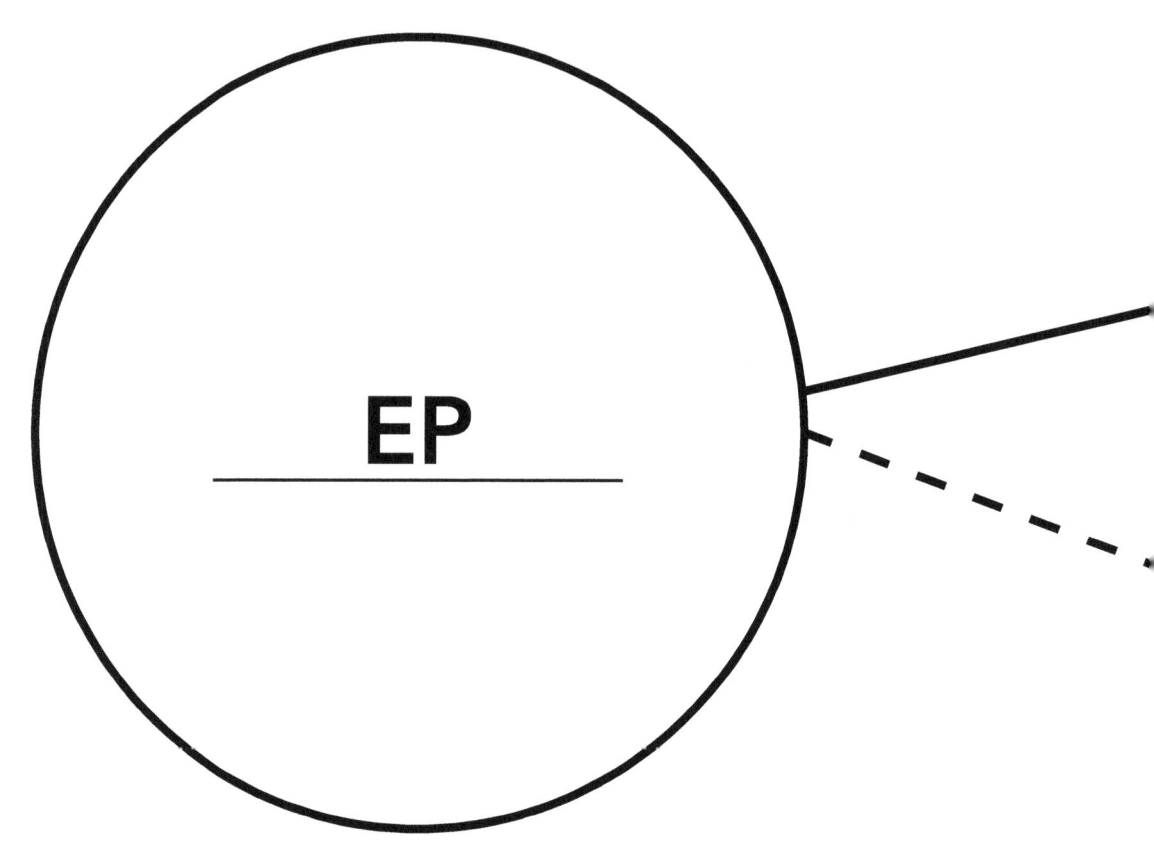

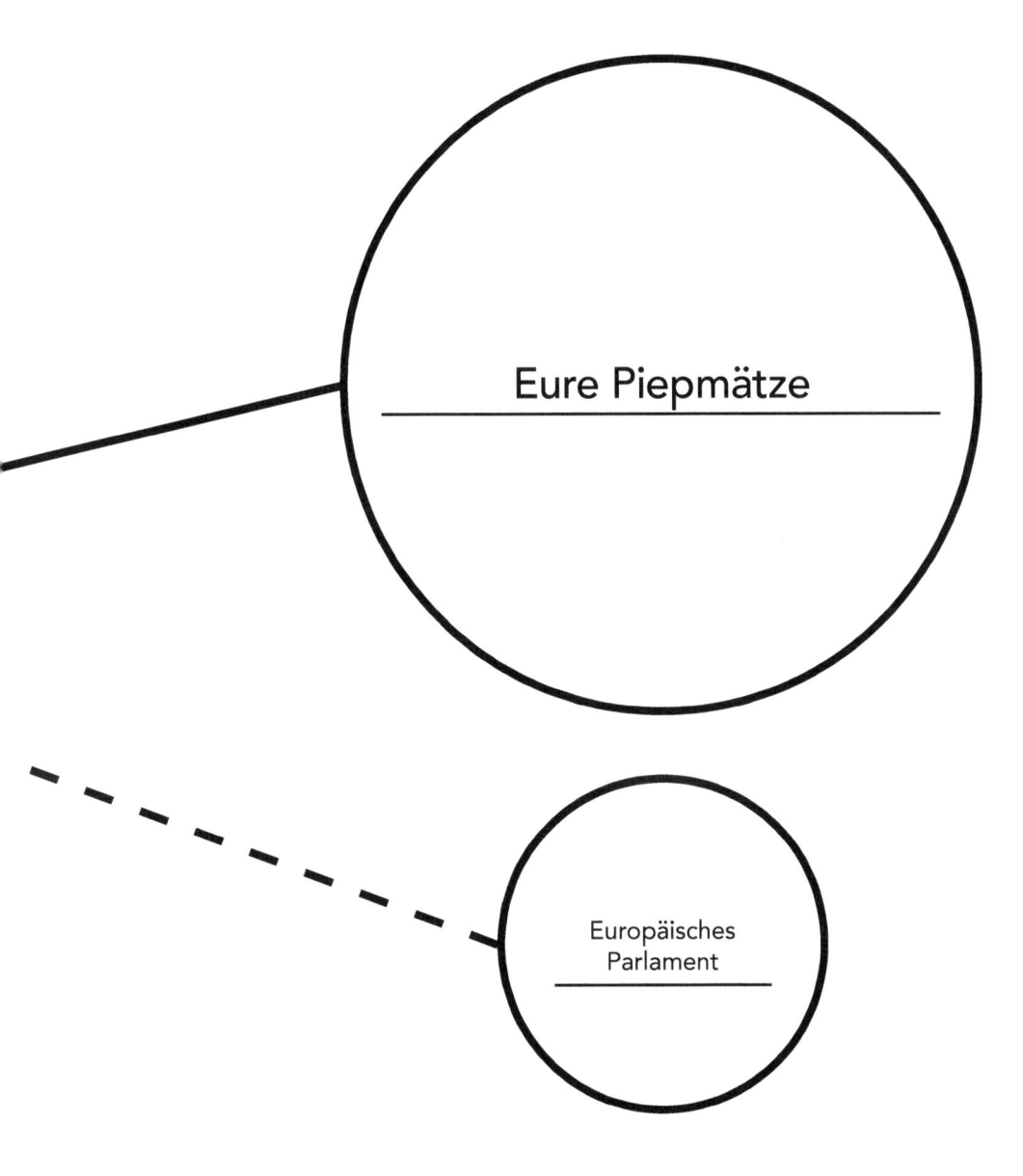

Eure Piepmätze

Europäisches
Parlament

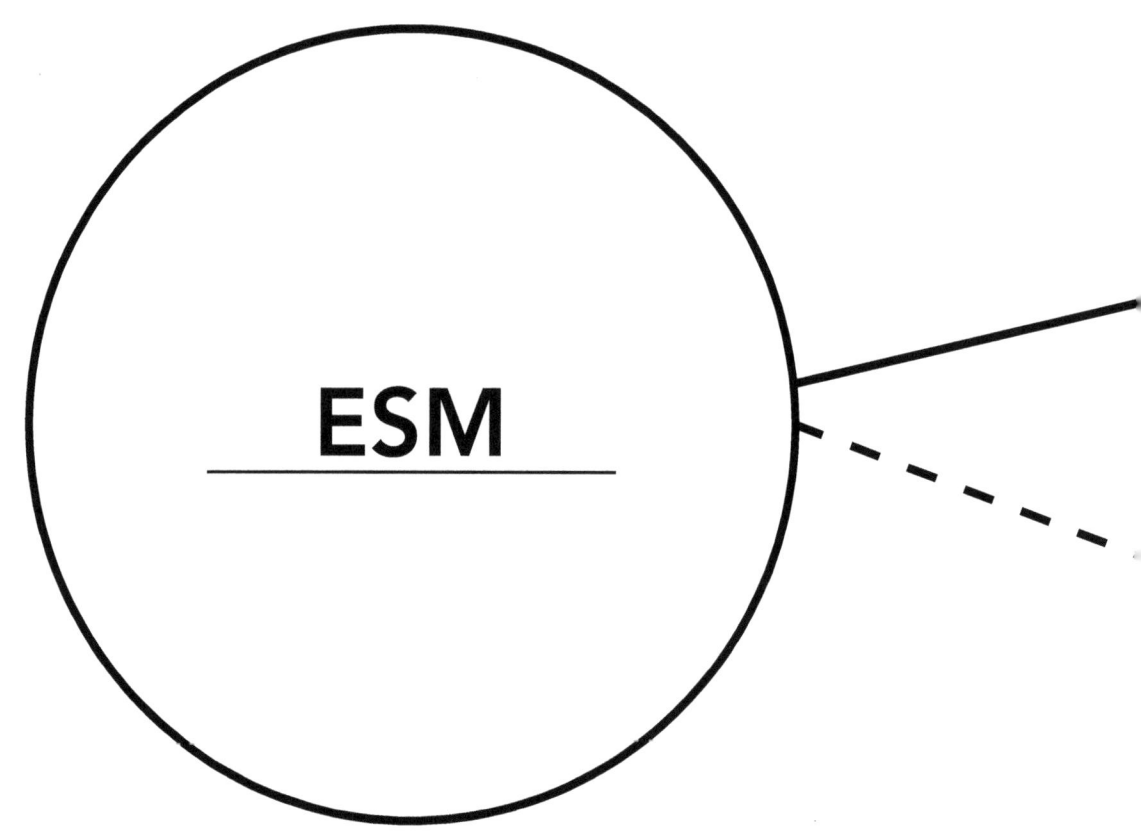

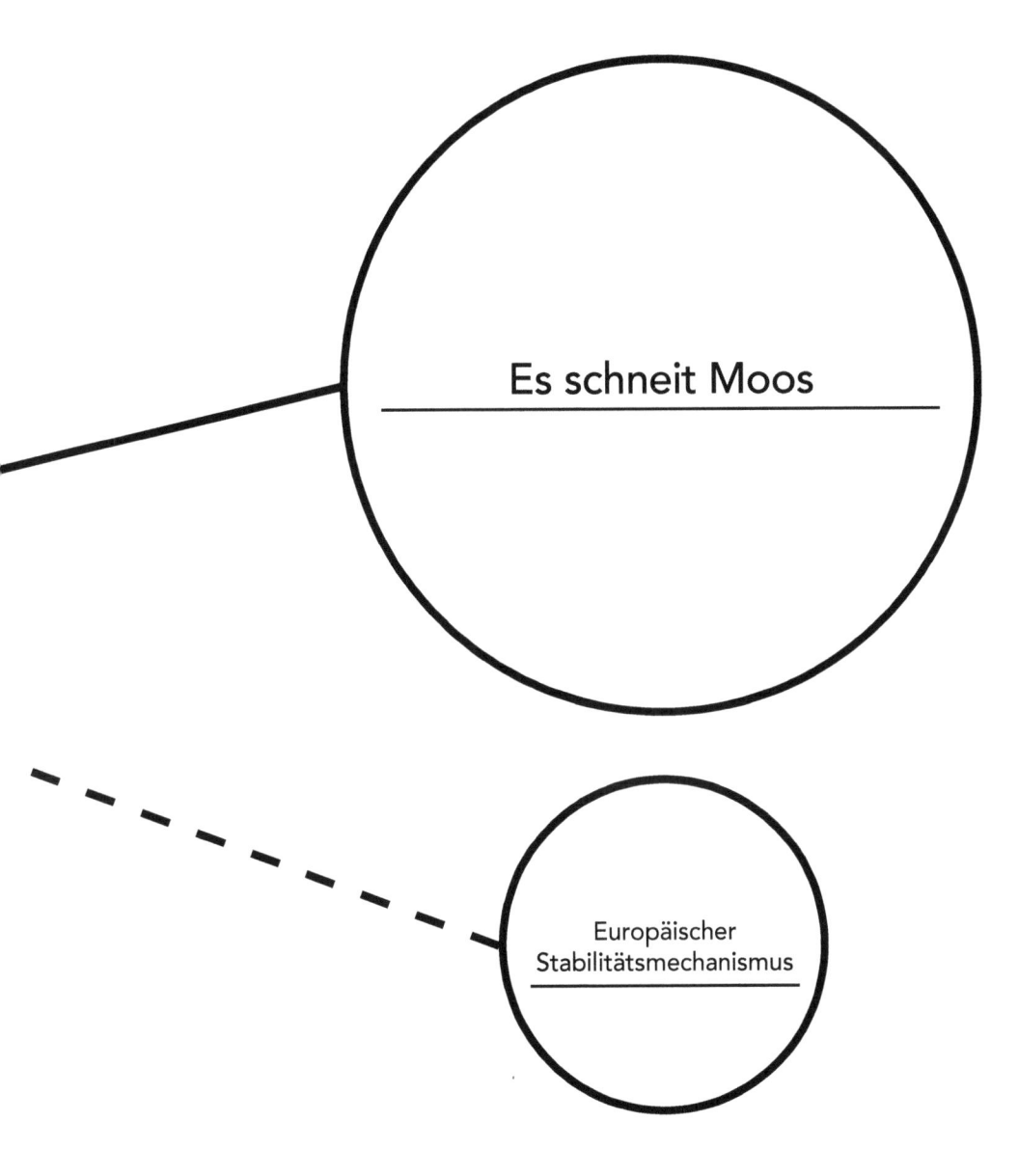

Es schneit Moos

Europäischer
Stabilitätsmechanismus

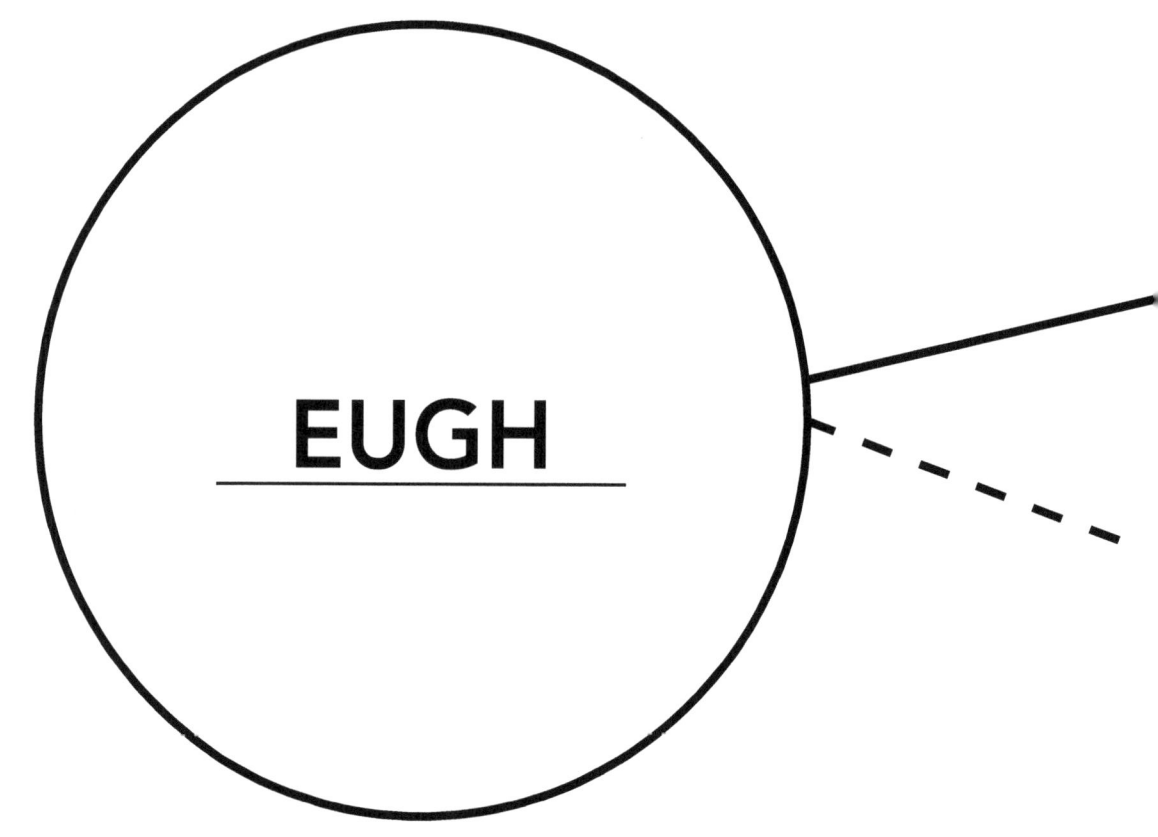

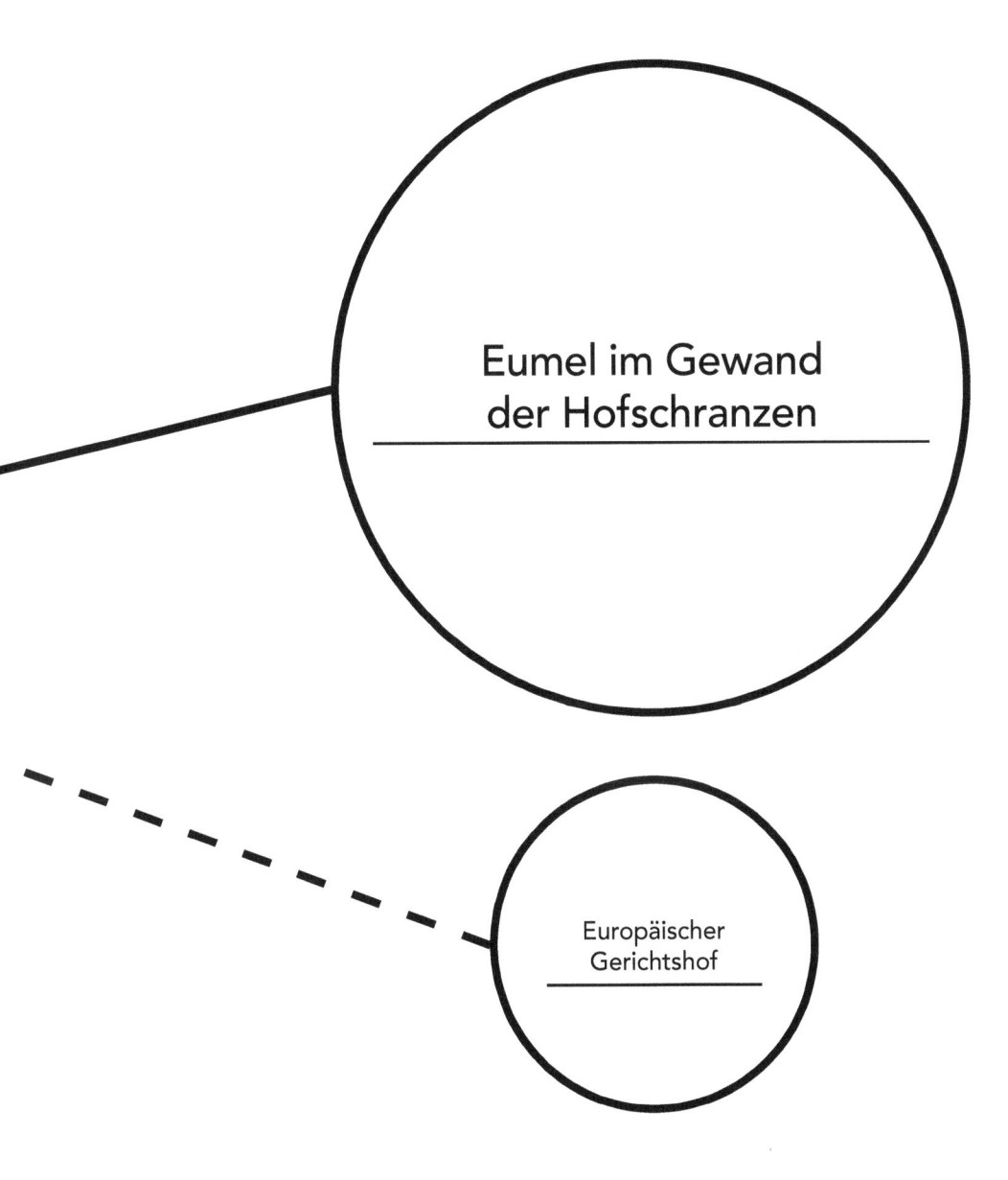

Eumel im Gewand
der Hofschranzen

Europäischer
Gerichtshof

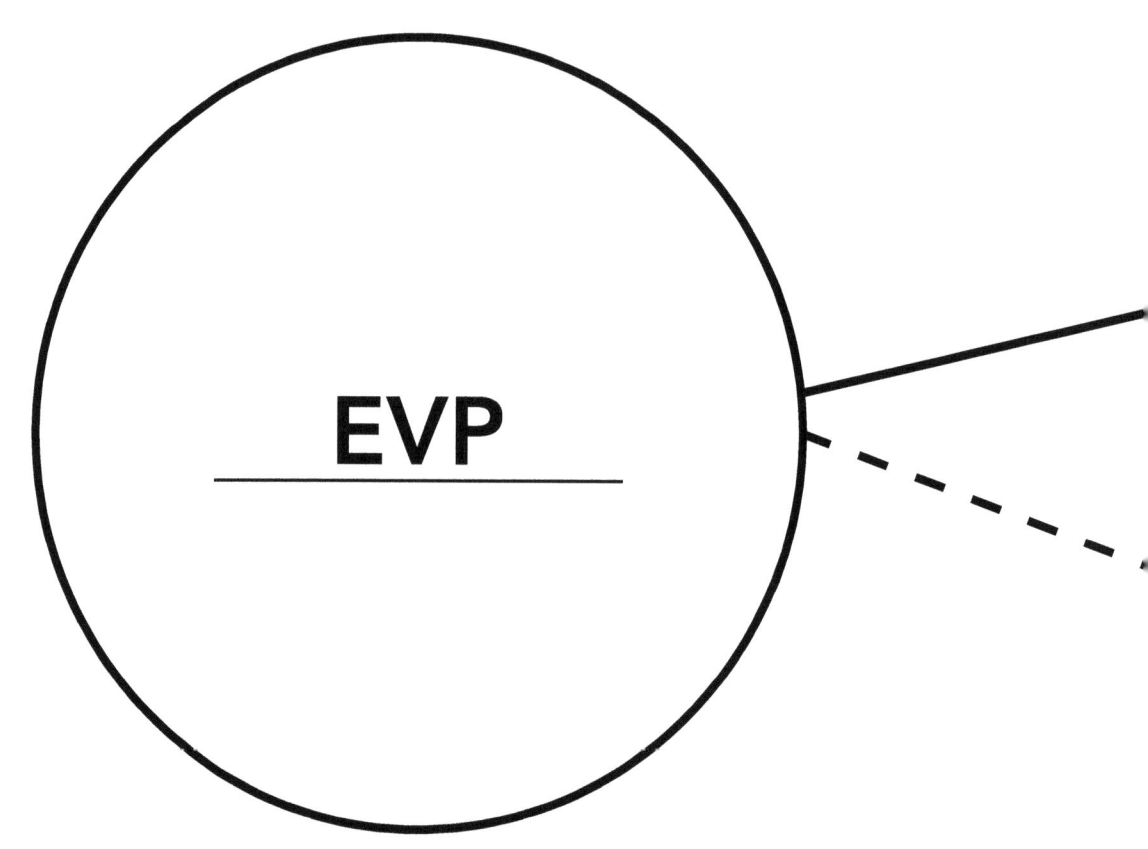

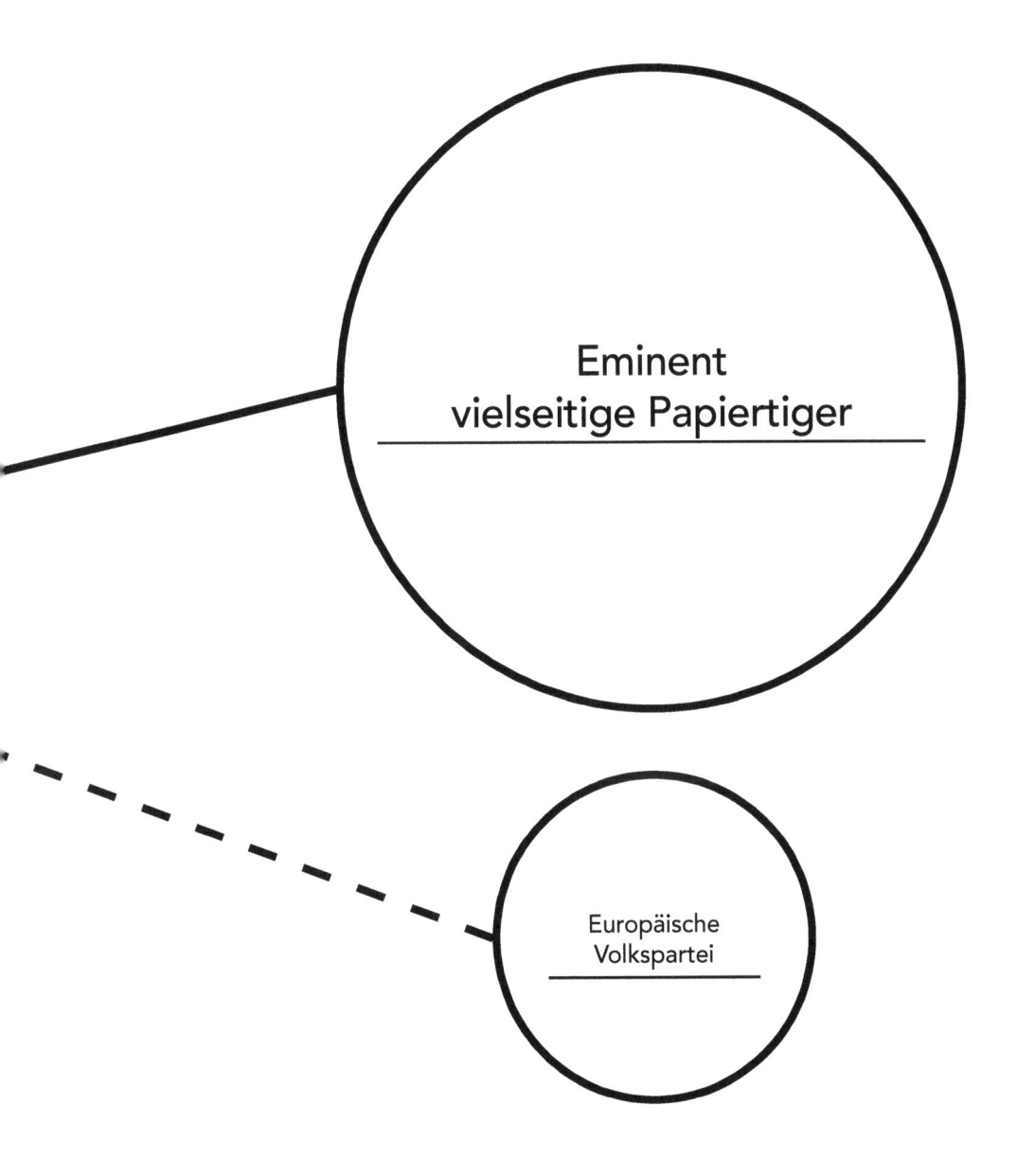

Eminent
vielseitige Papiertiger

Europäische
Volkspartei

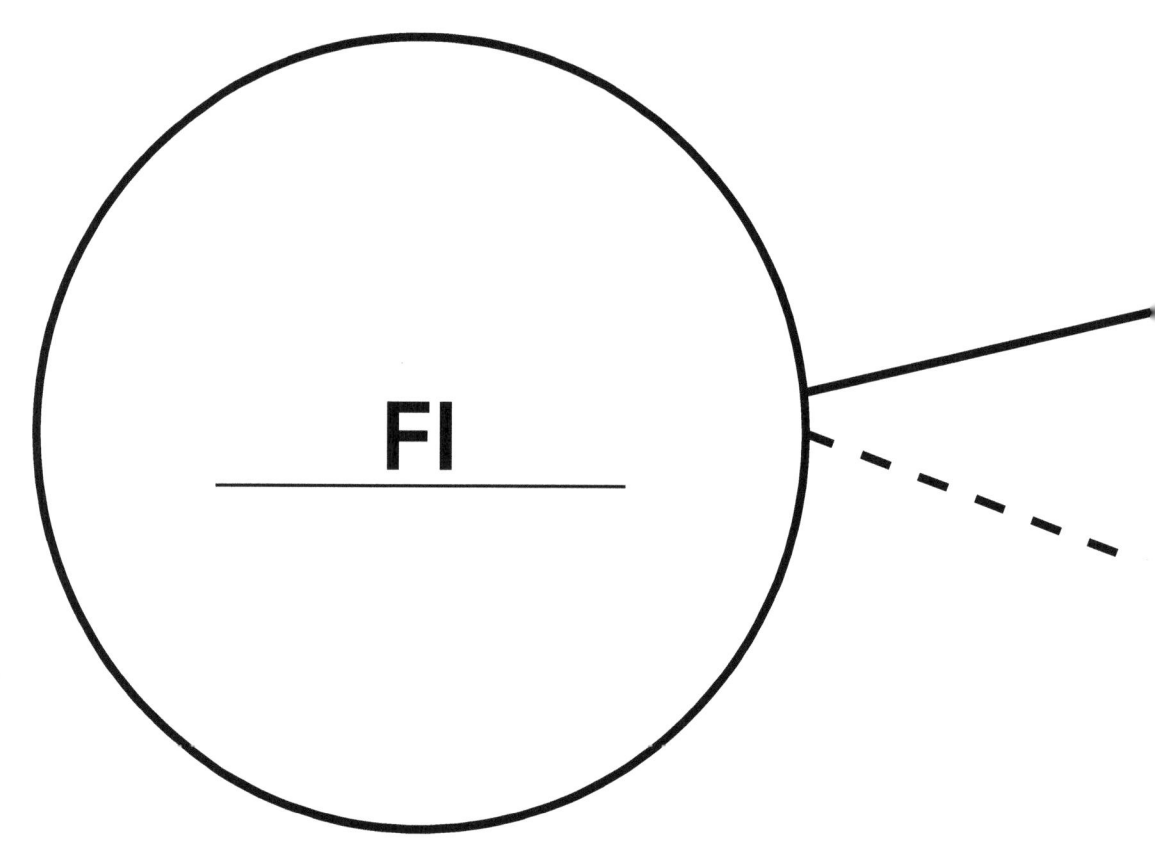

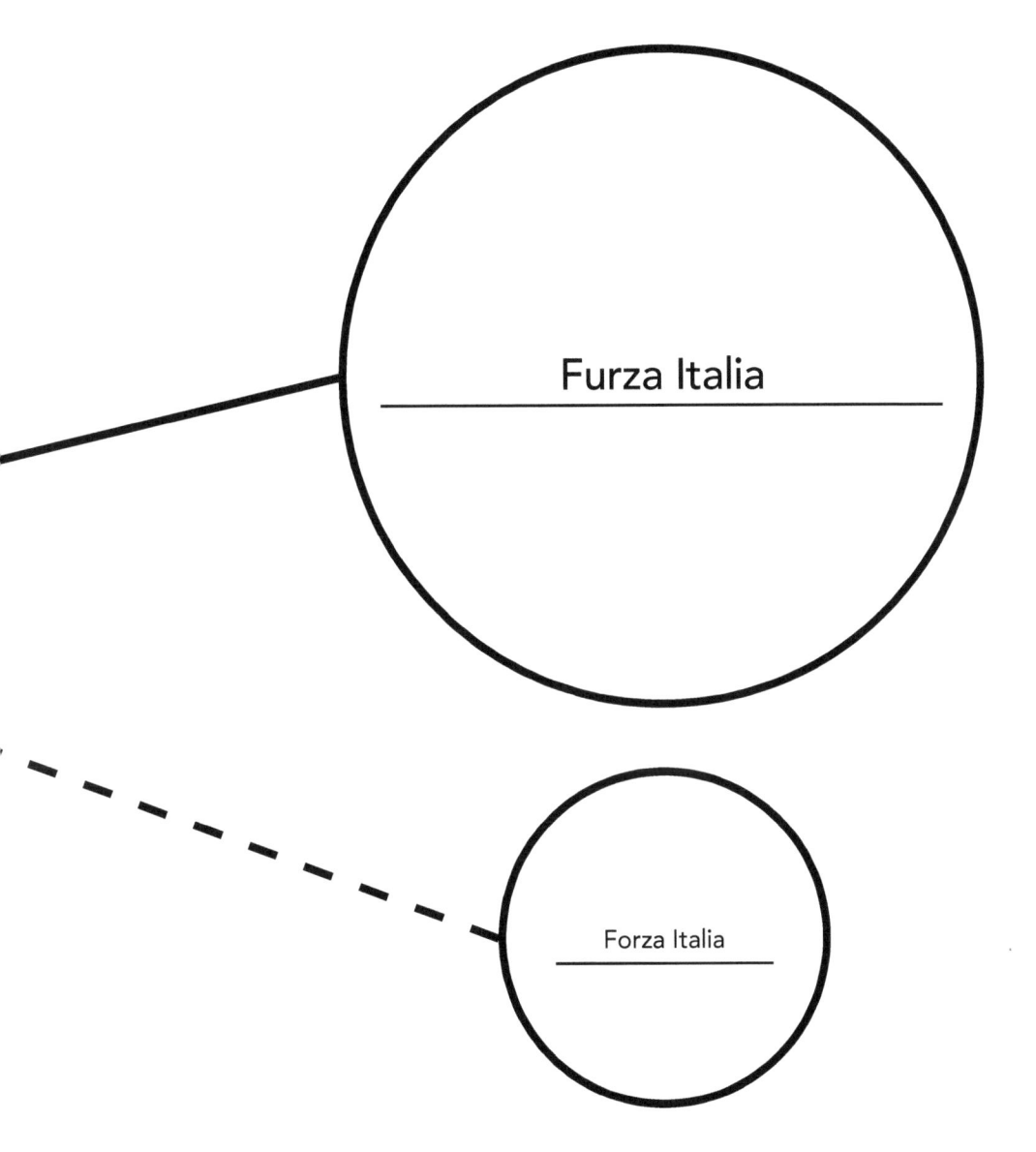

Furza Italia

Forza Italia

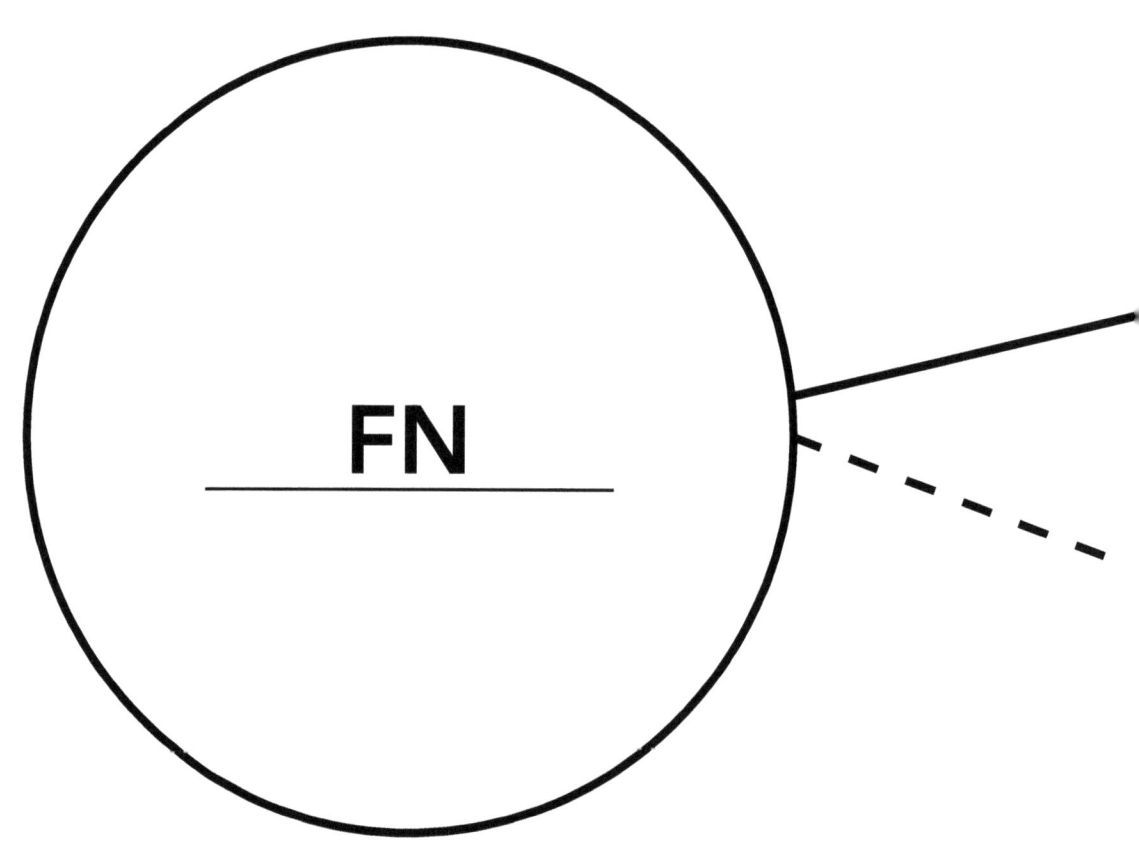

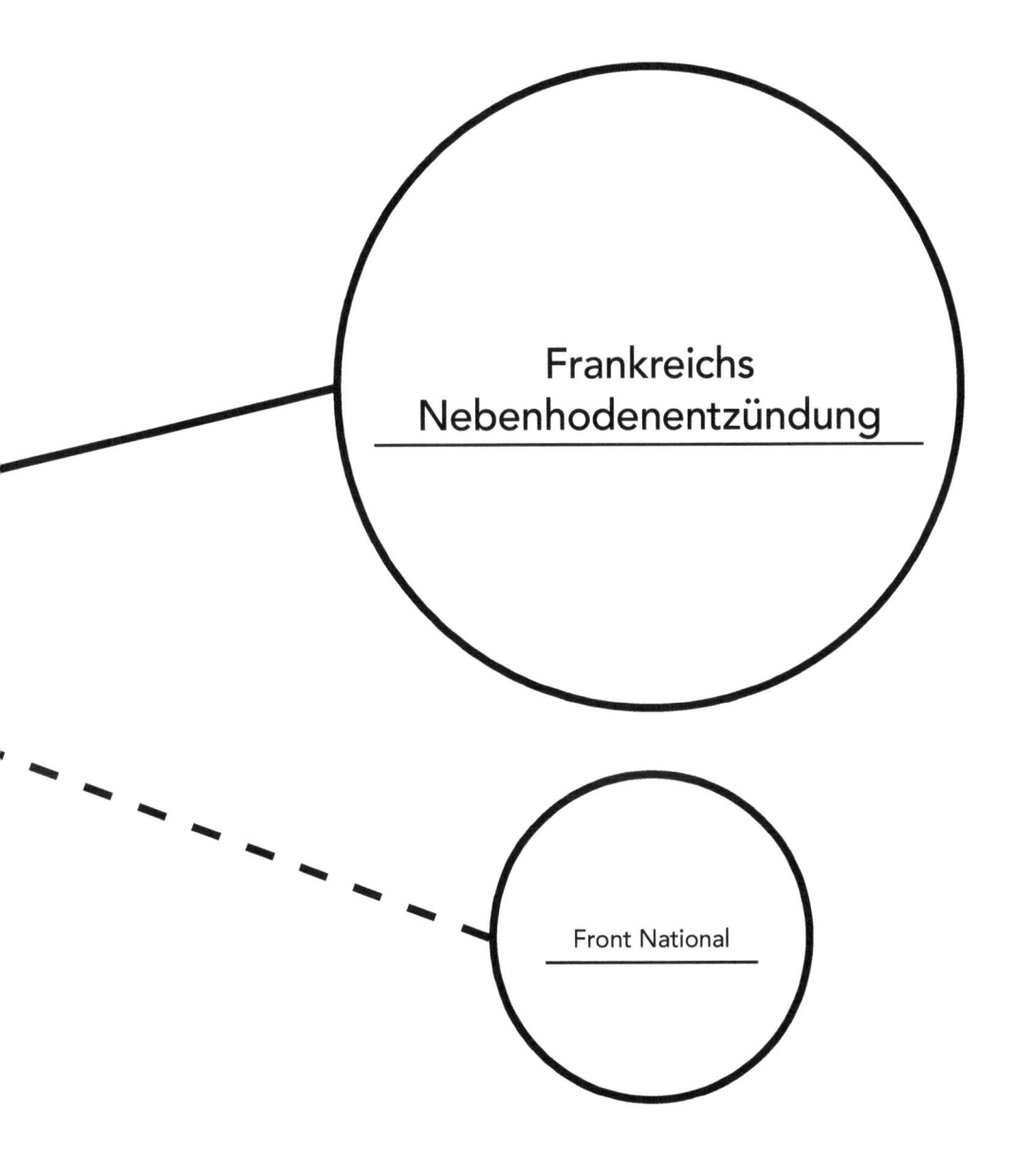

Frankreichs
Nebenhodenentzündung

Front National

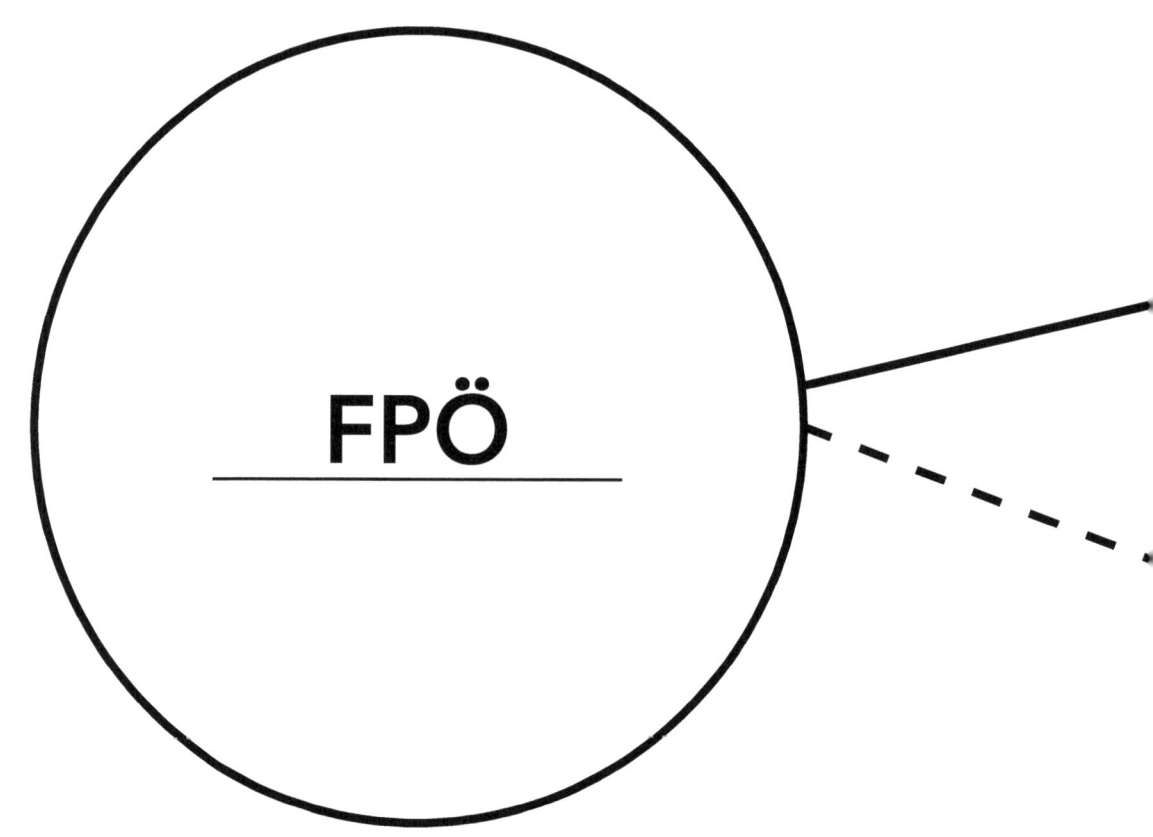

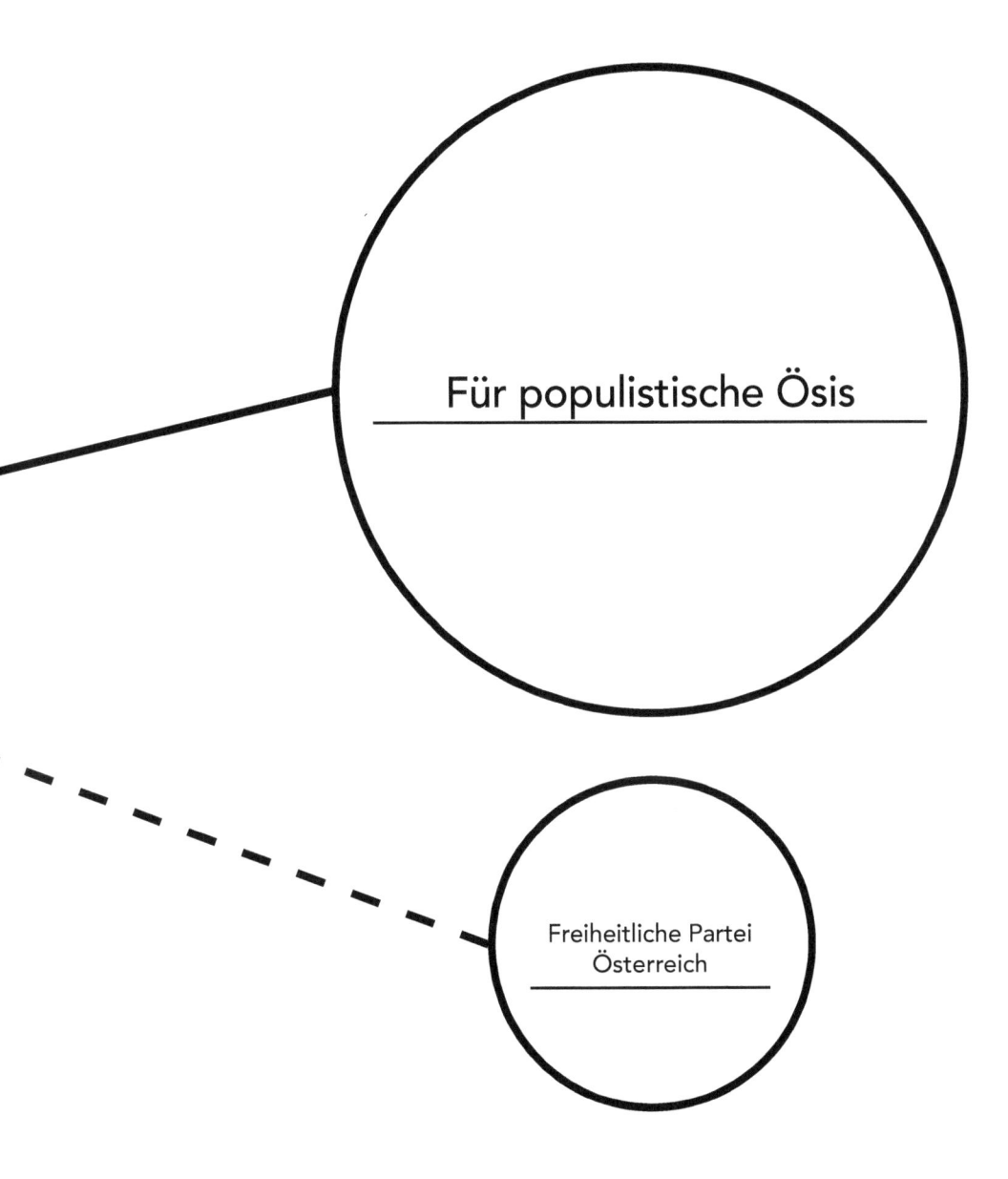

Für populistische Ösis

Freiheitliche Partei
Österreich

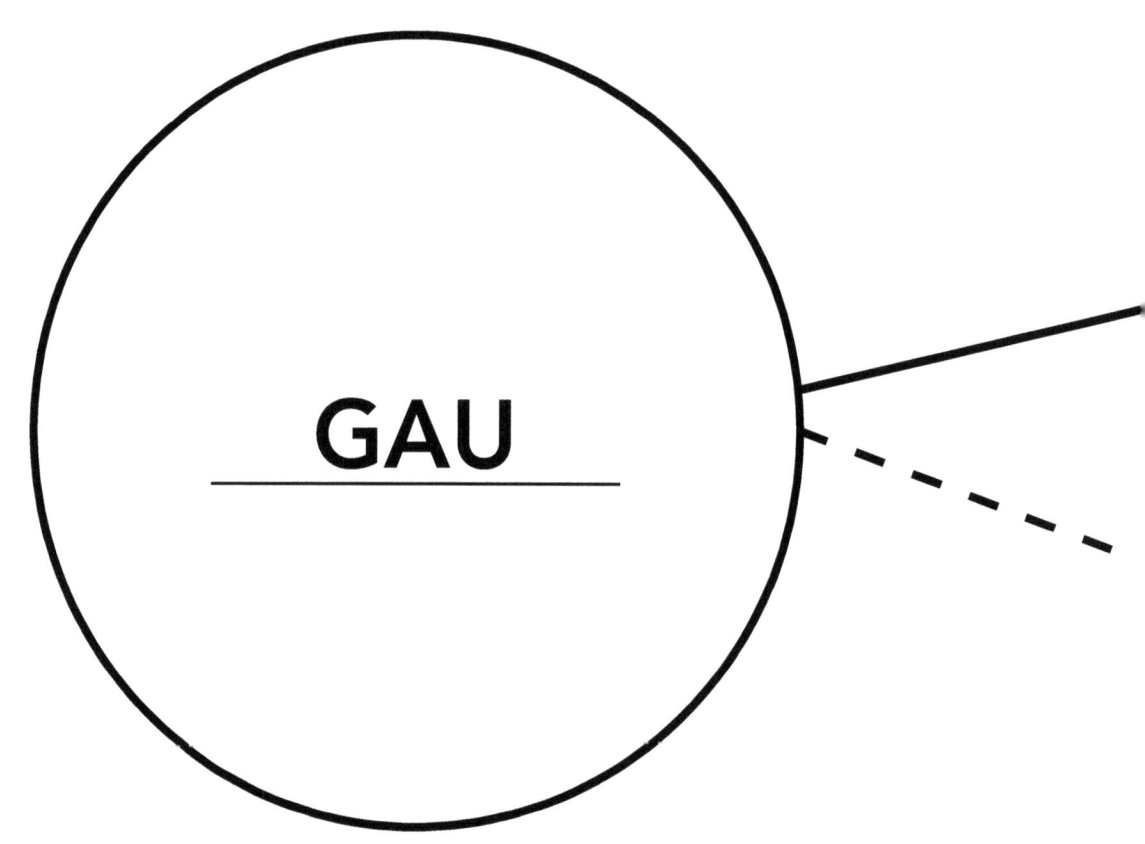

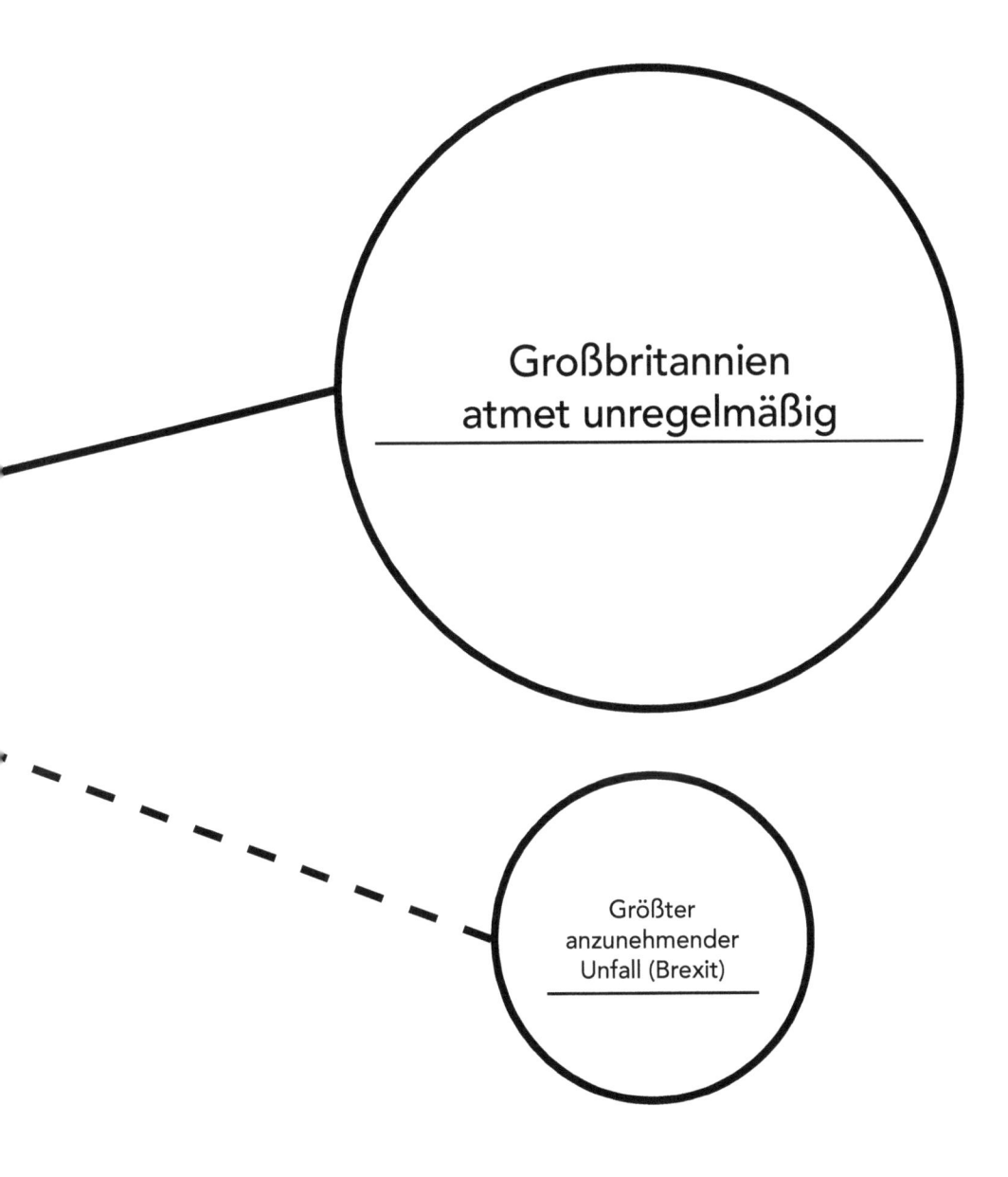

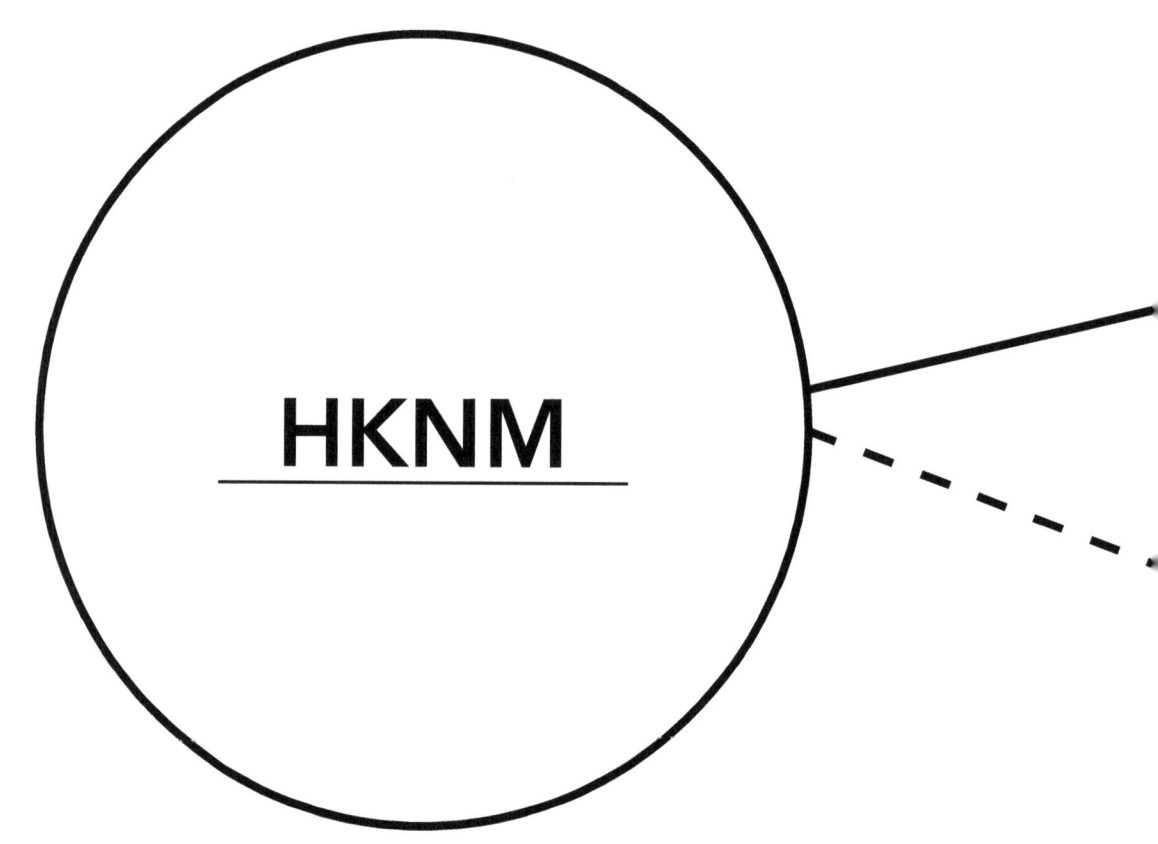

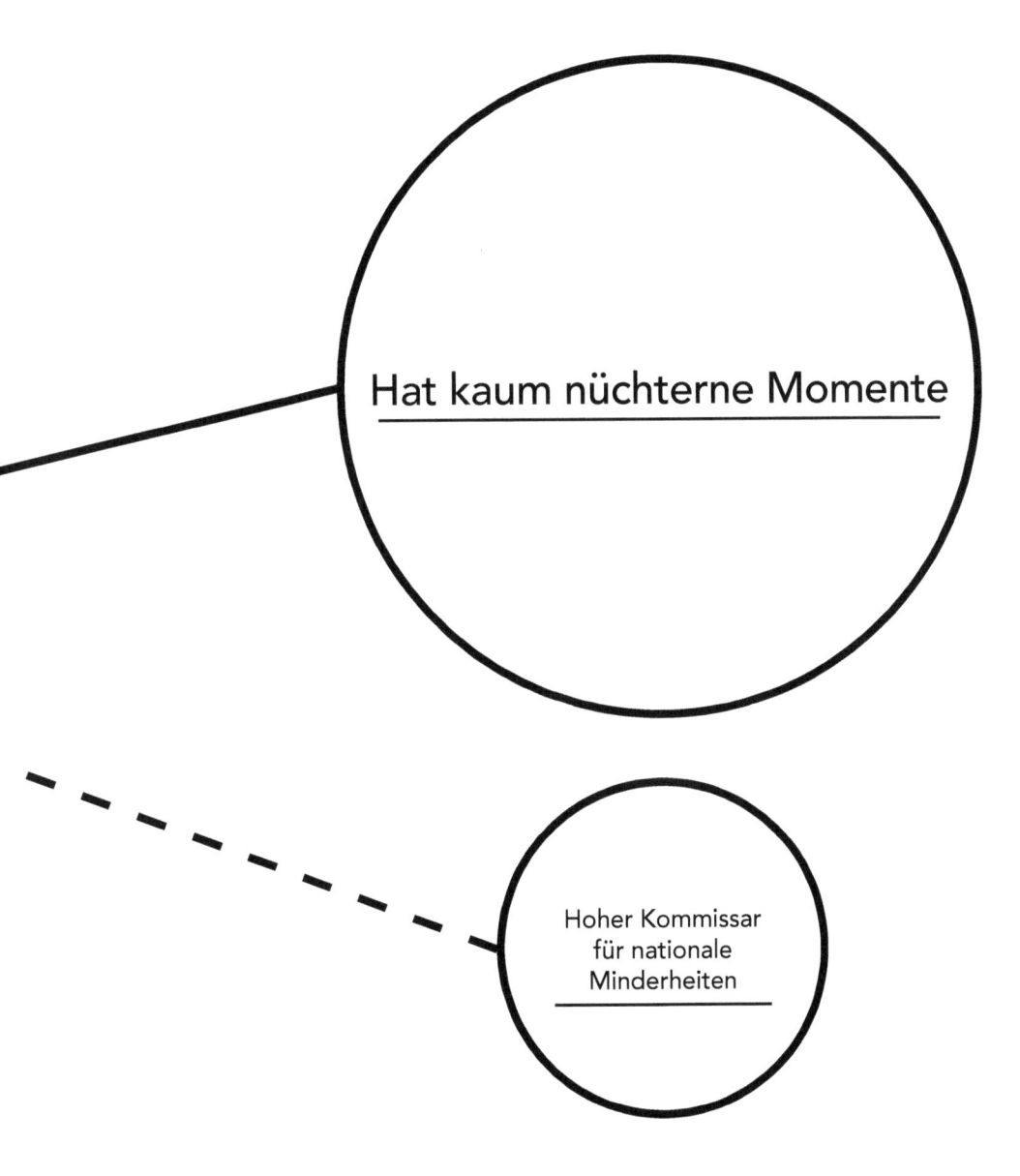

Hat kaum nüchterne Momente

Hoher Kommissar
für nationale
Minderheiten

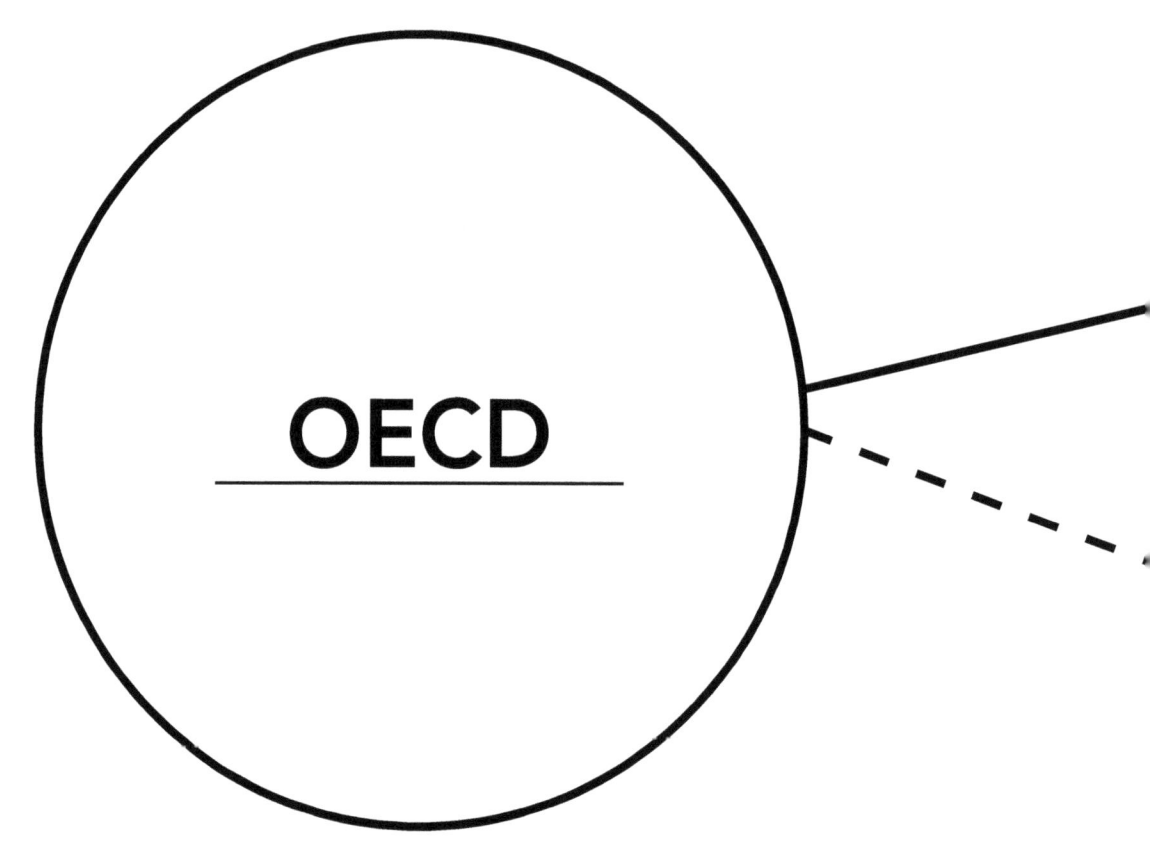

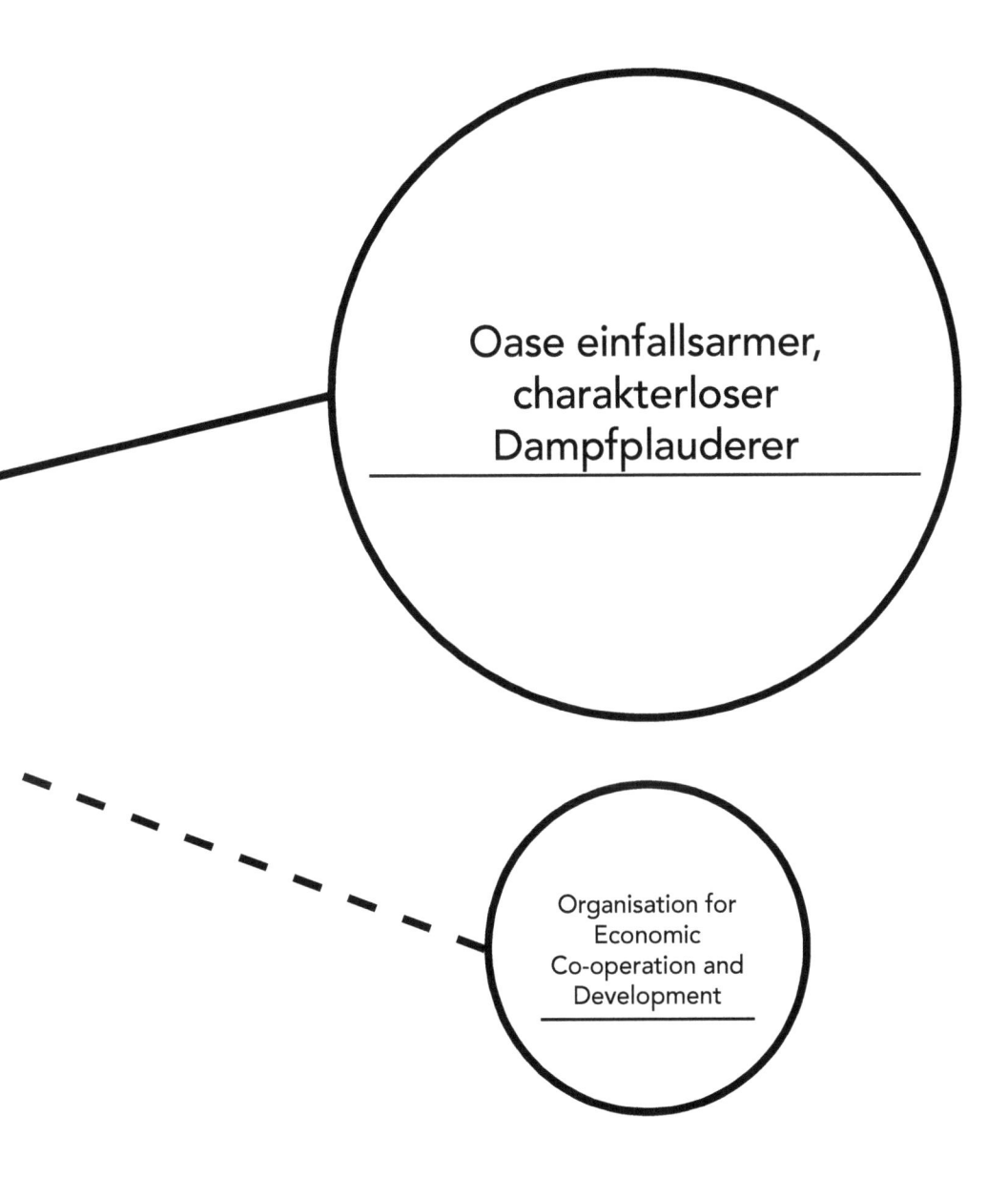

Oase einfallsarmer, charakterloser Dampfplauderer

Organisation for Economic Co-operation and Development

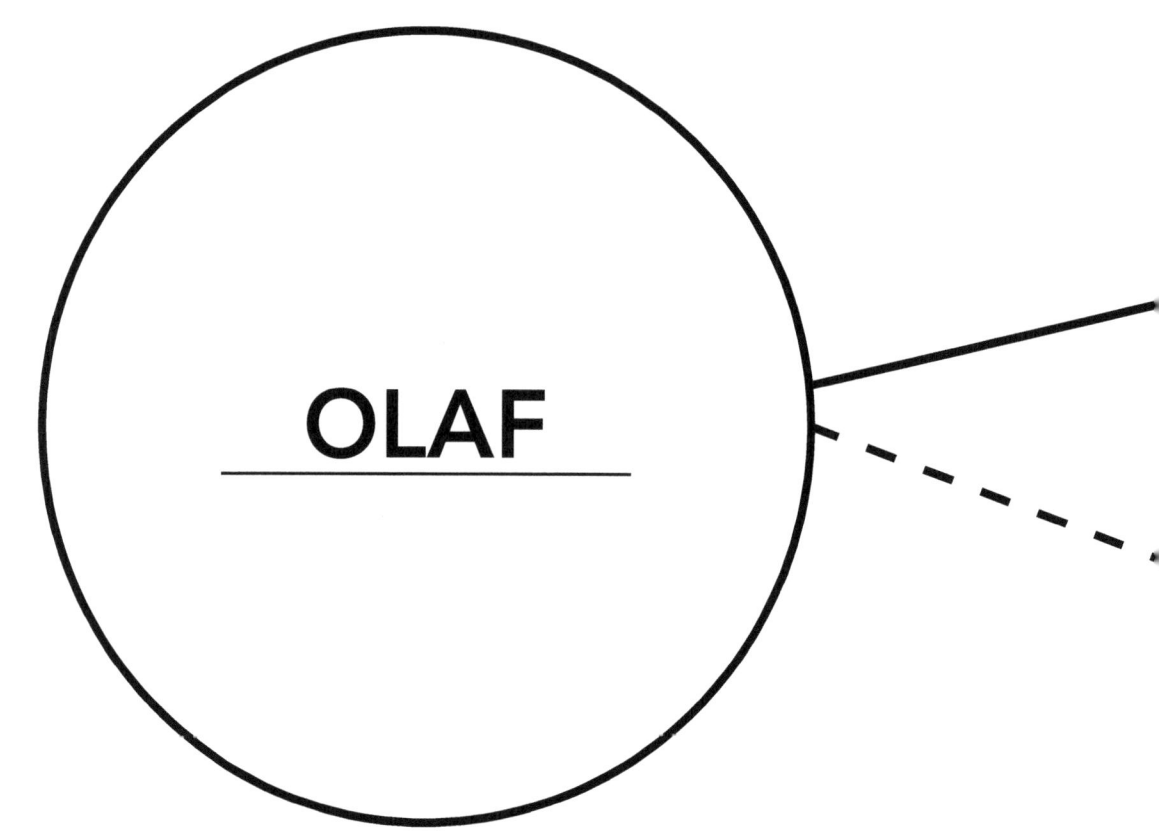

OLAF

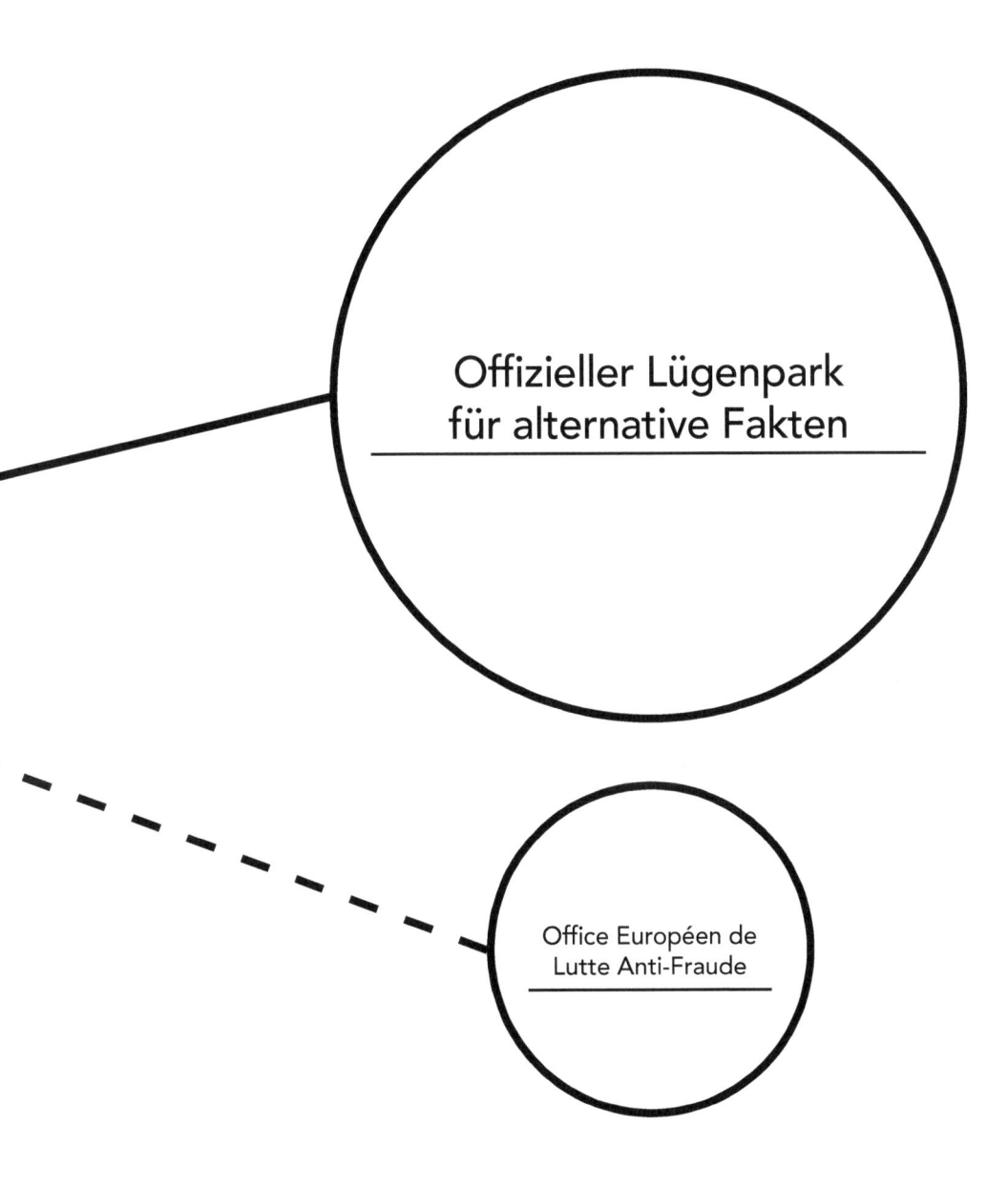

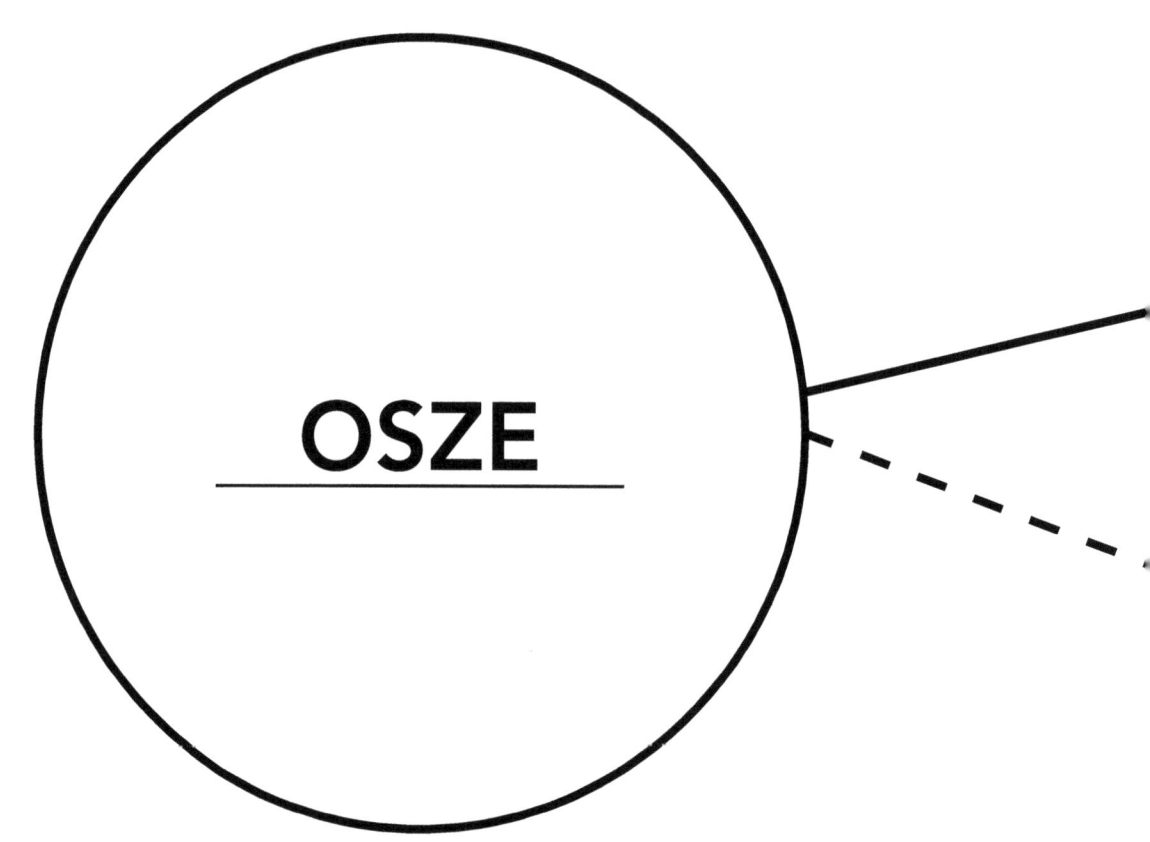

OSZE

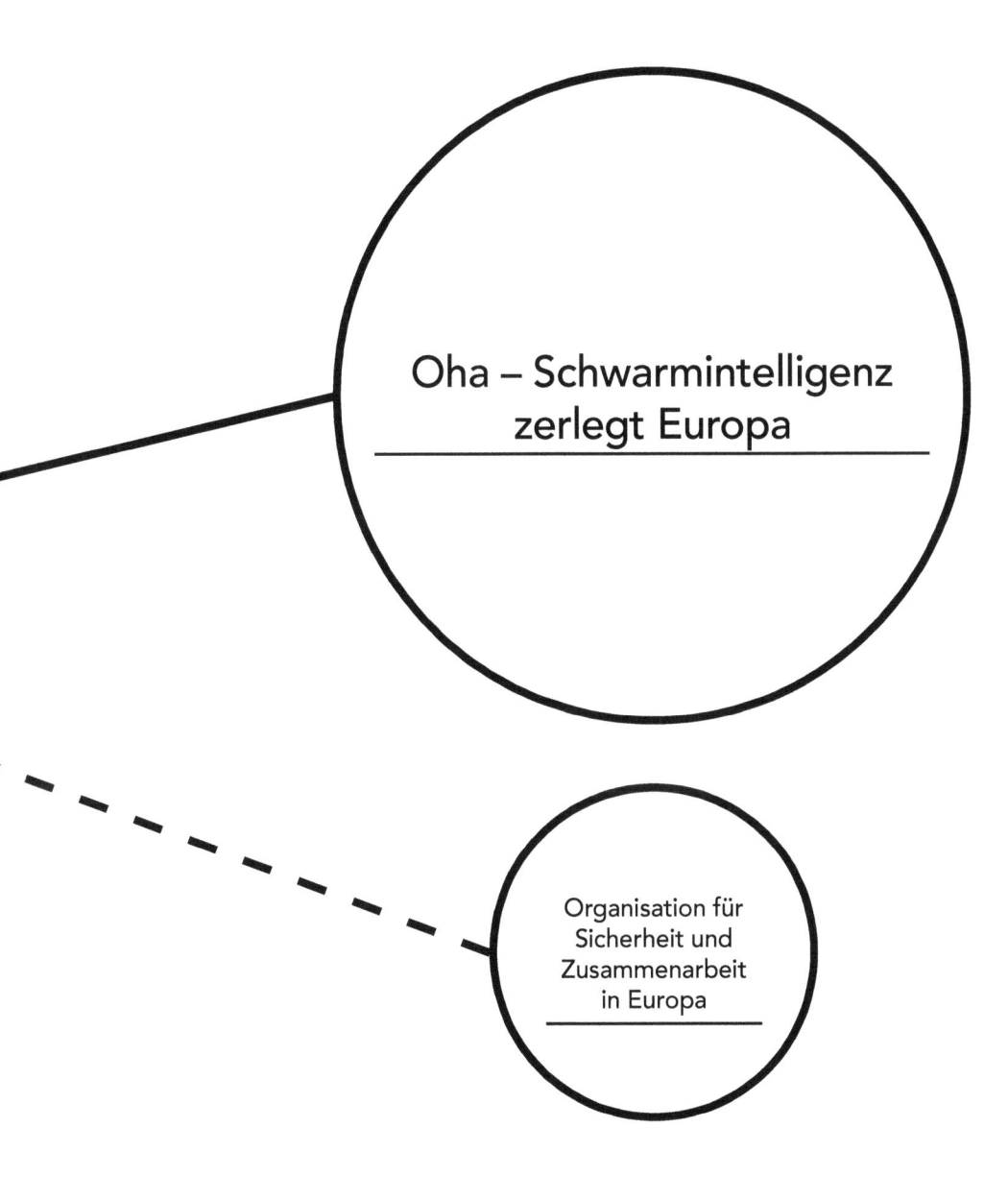

Oha – Schwarmintelligenz
zerlegt Europa

Organisation für
Sicherheit und
Zusammenarbeit
in Europa

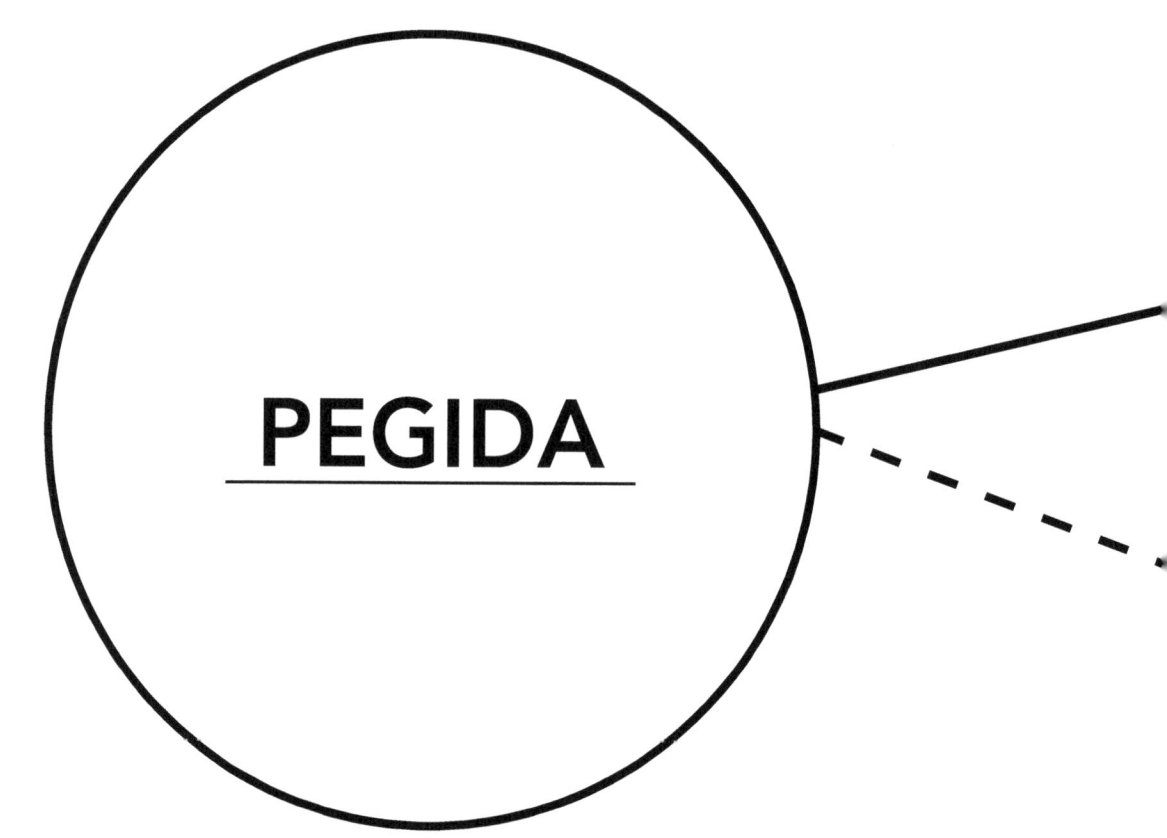

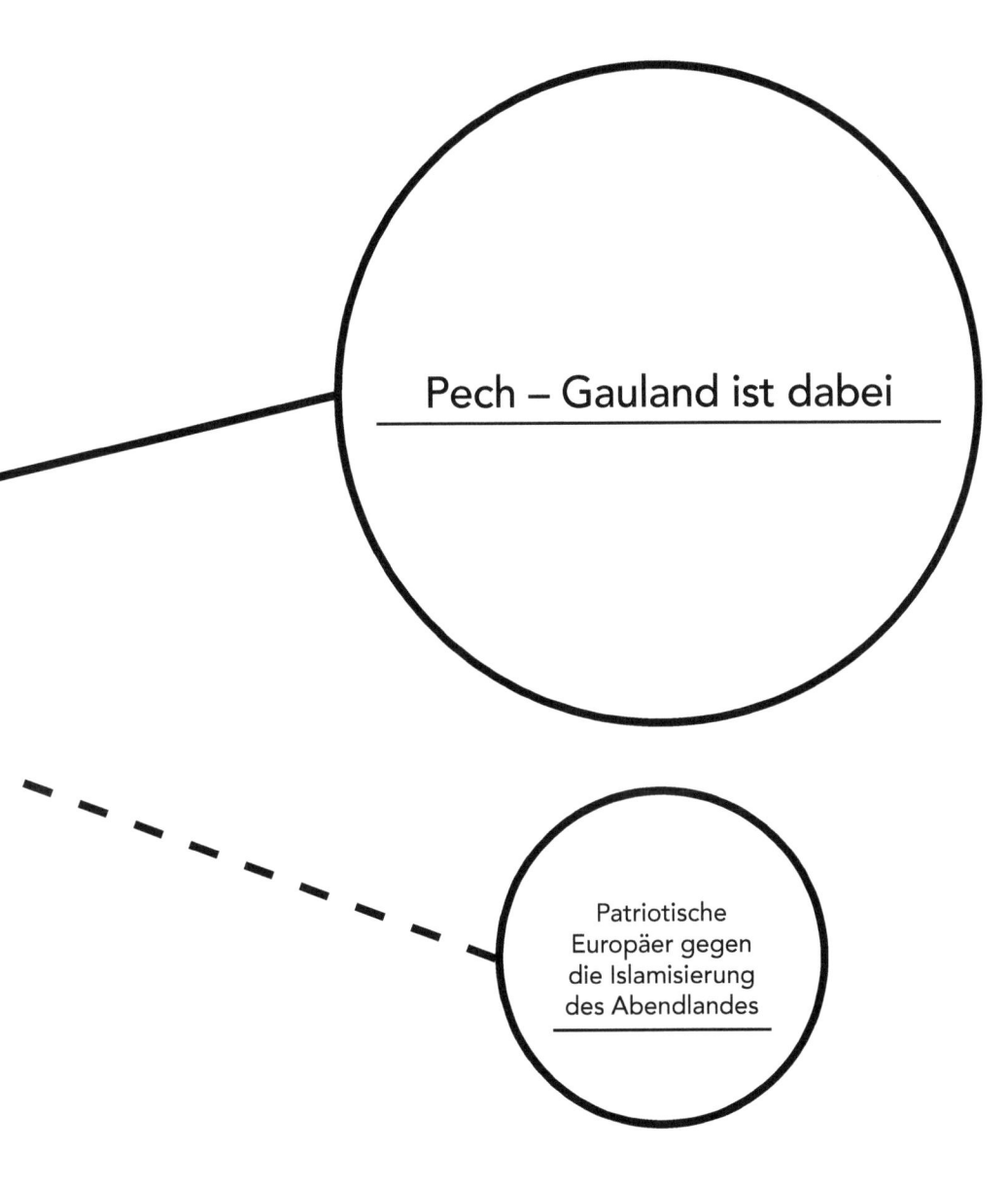

Pech – Gauland ist dabei

Patriotische
Europäer gegen
die Islamisierung
des Abendlandes

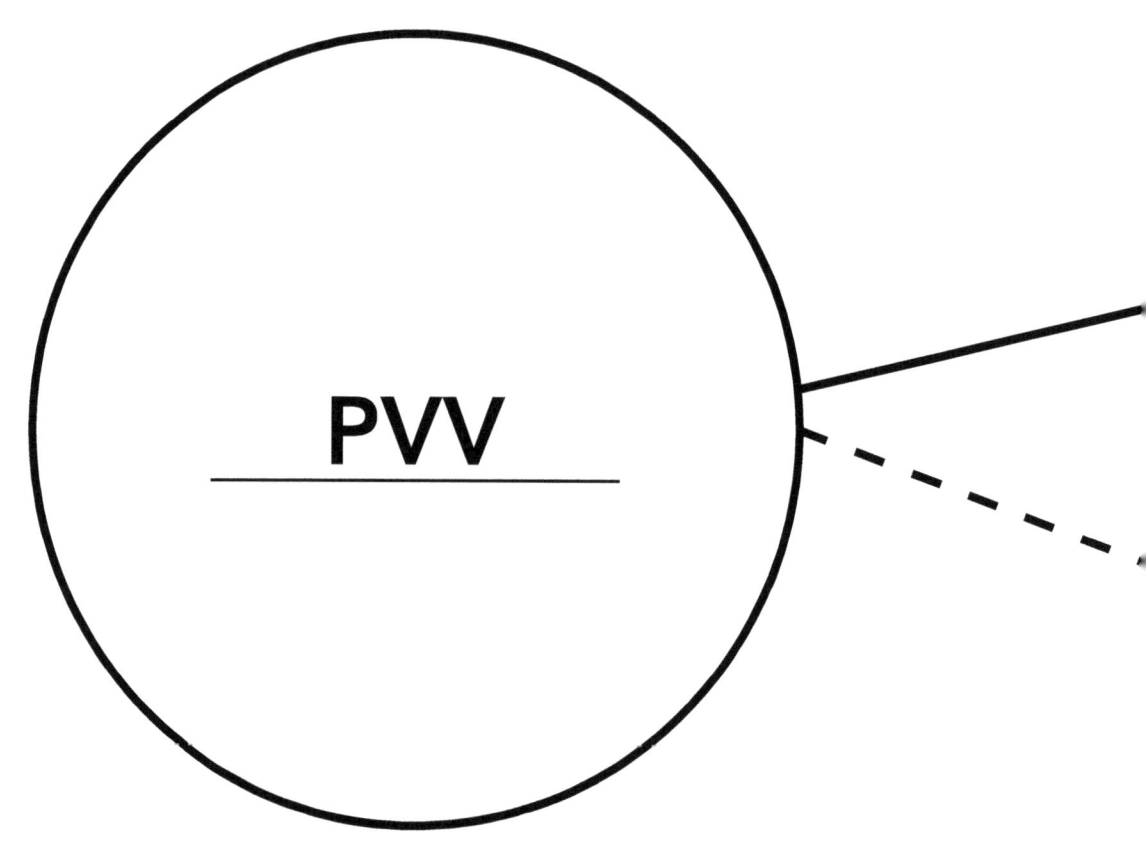

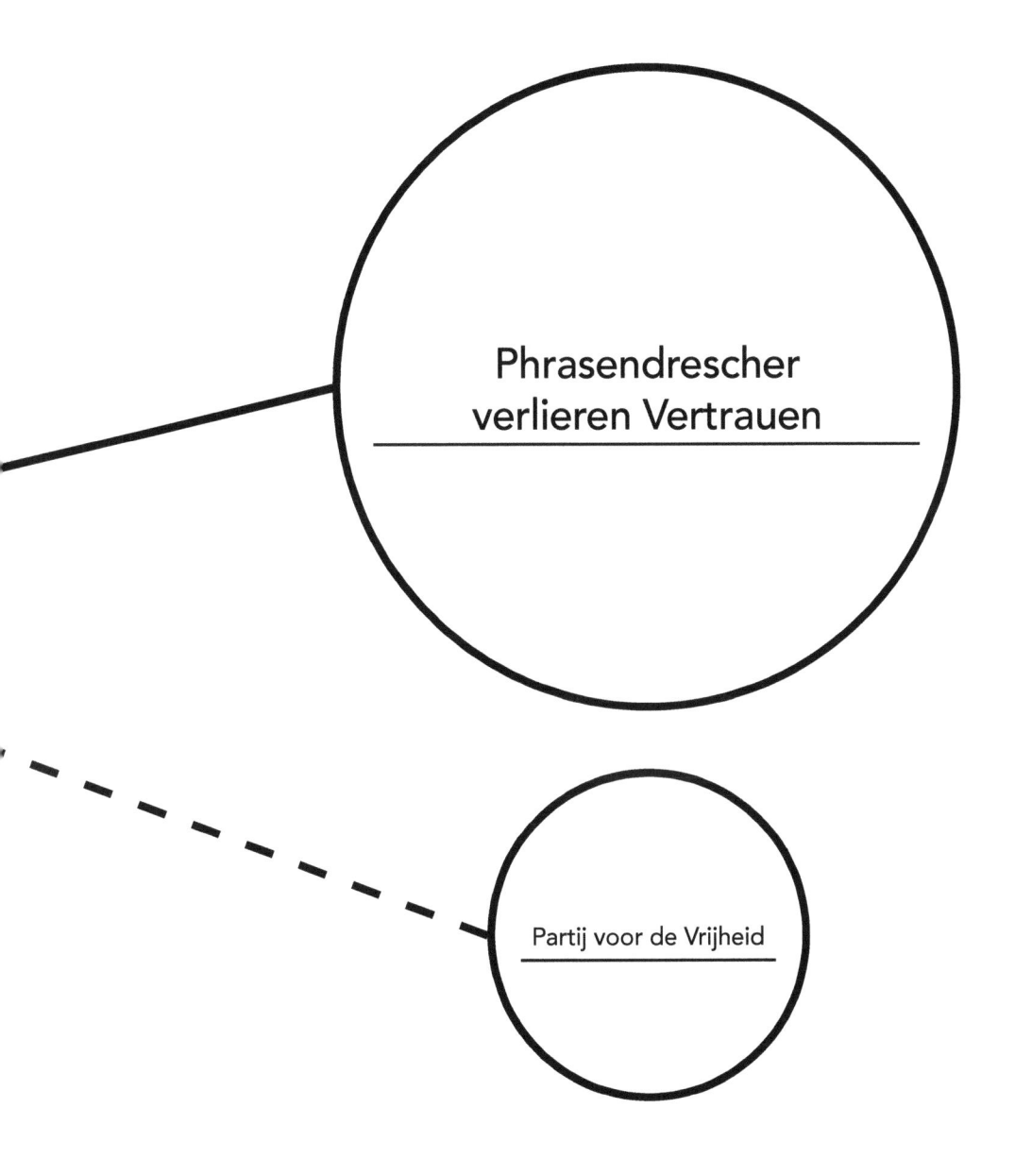

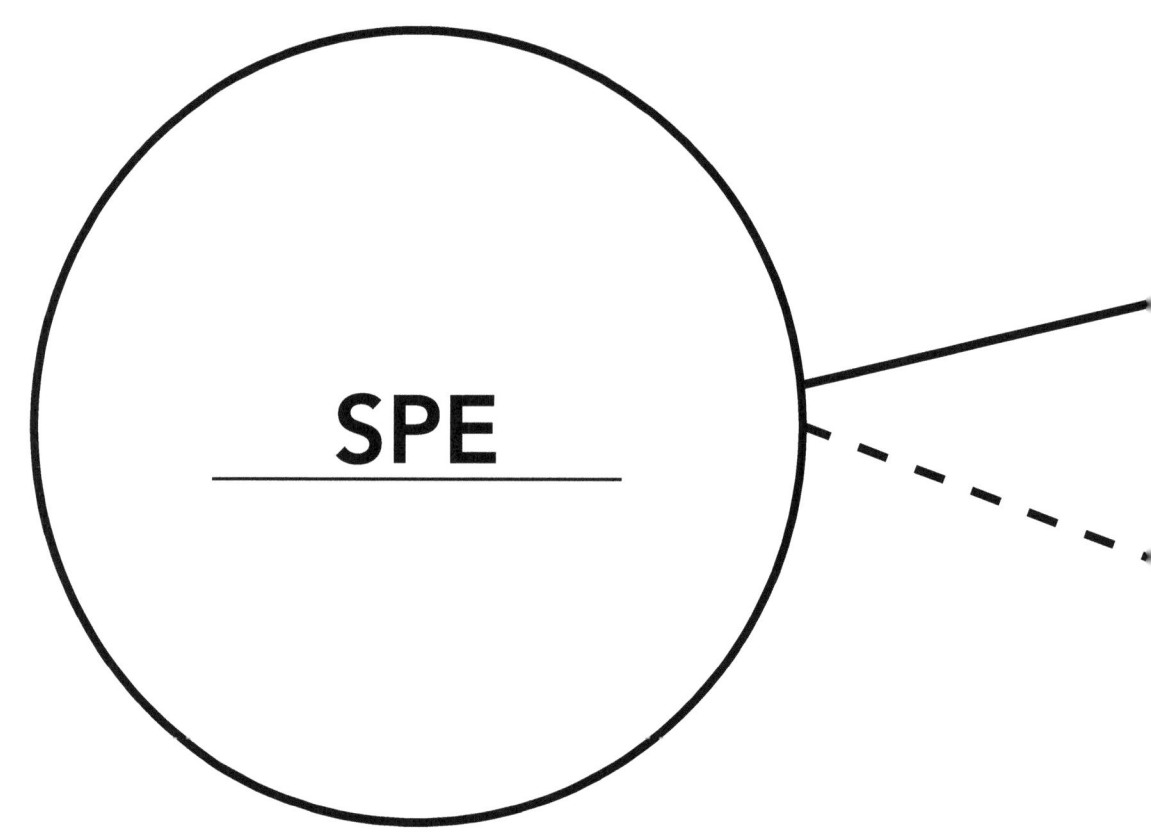

SPE

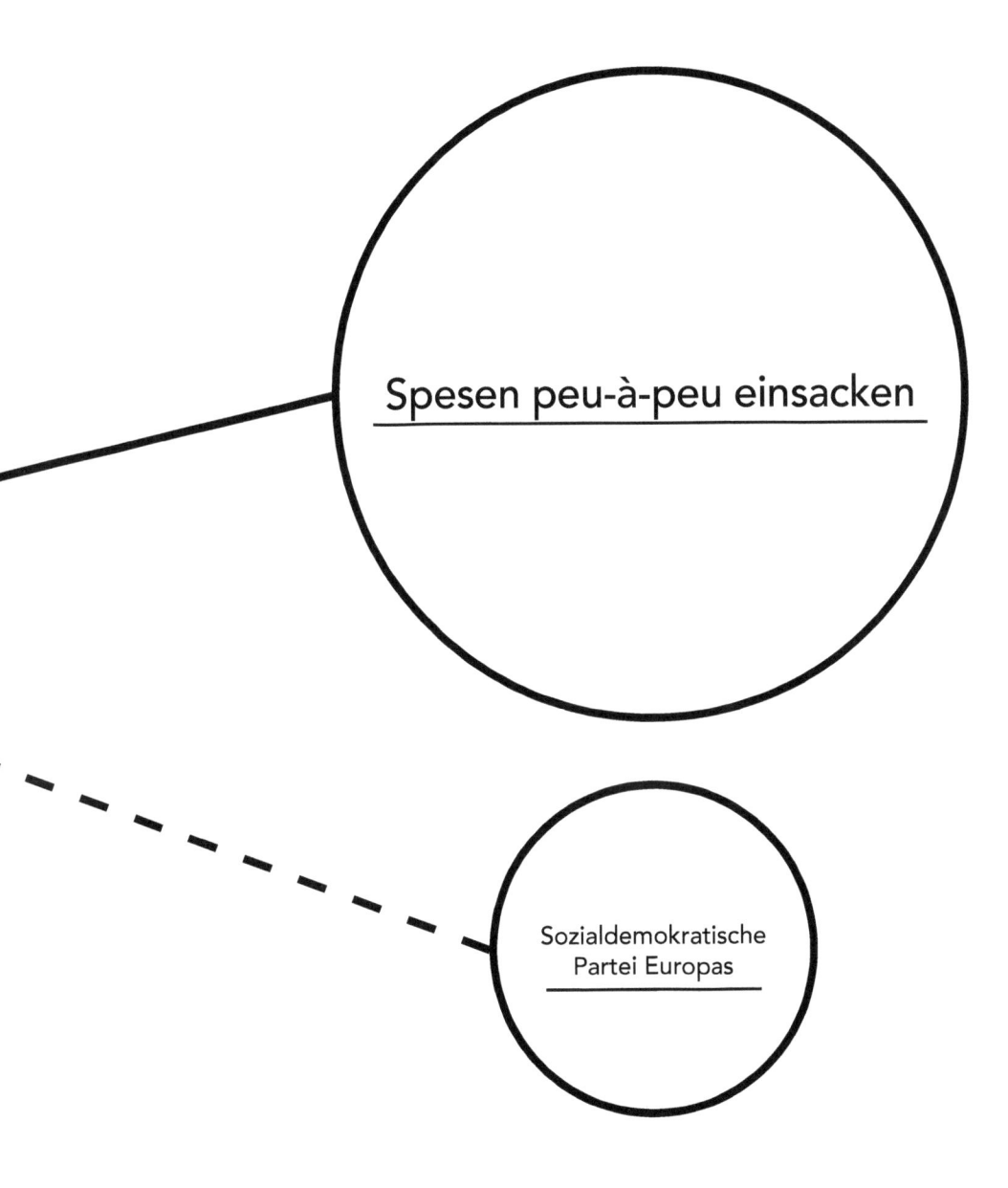

Spesen peu-à-peu einsacken

Sozialdemokratische
Partei Europas

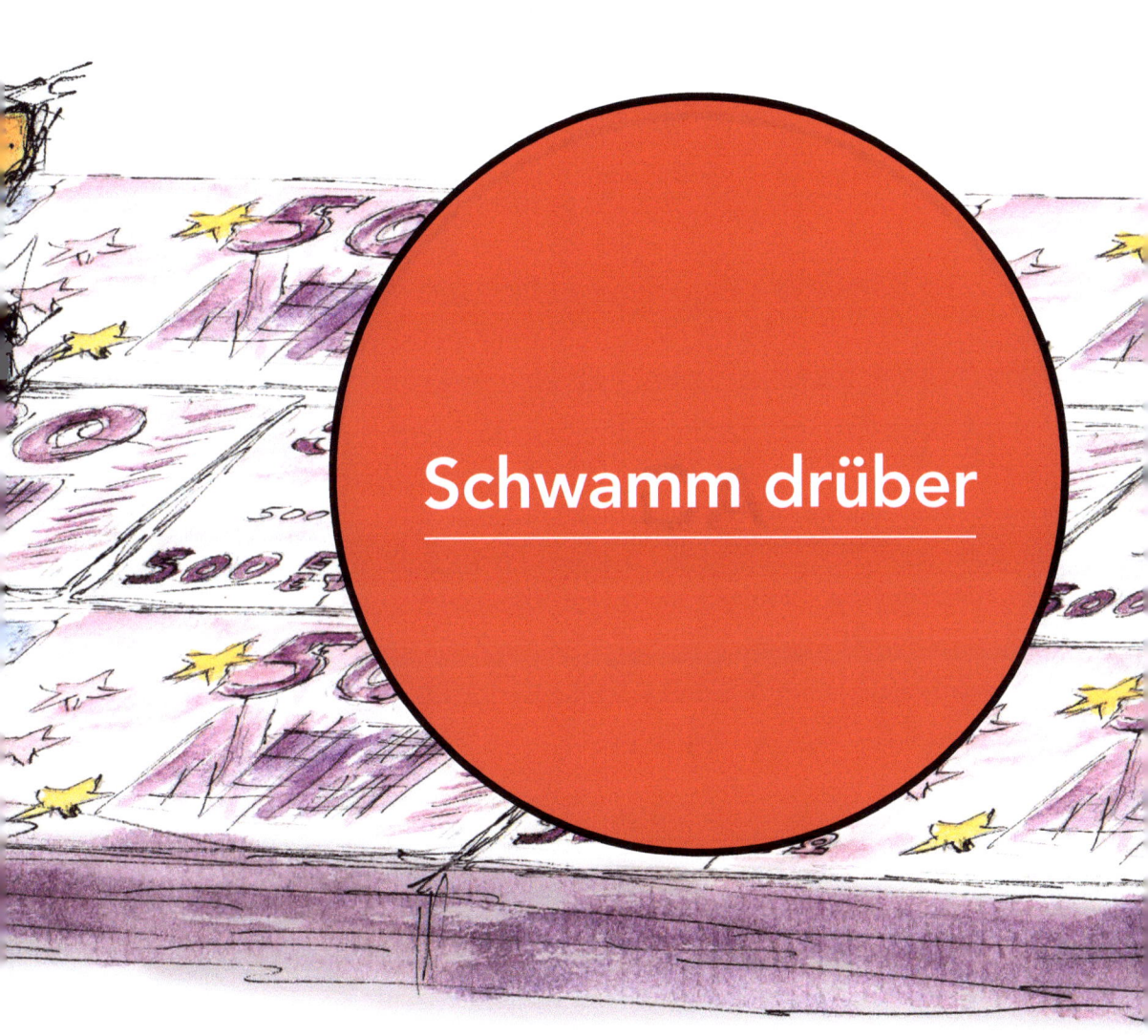

Schwamm drüber

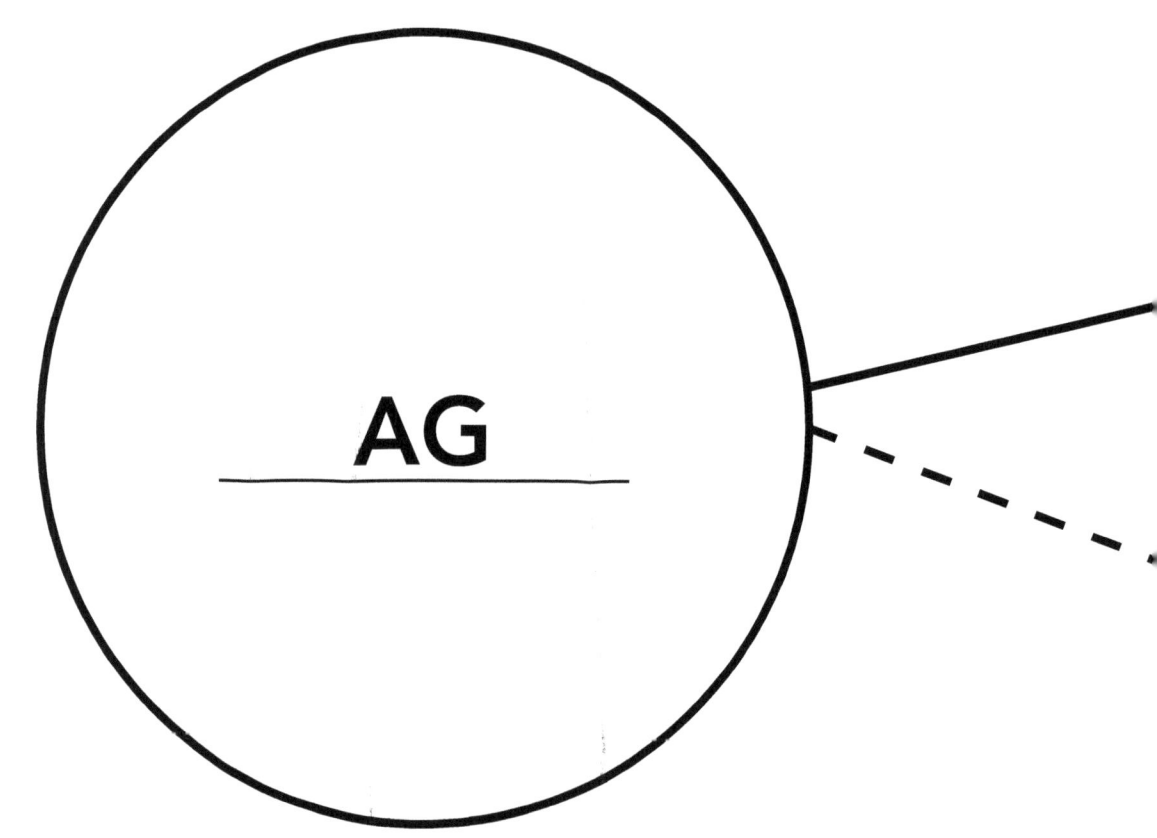

AG

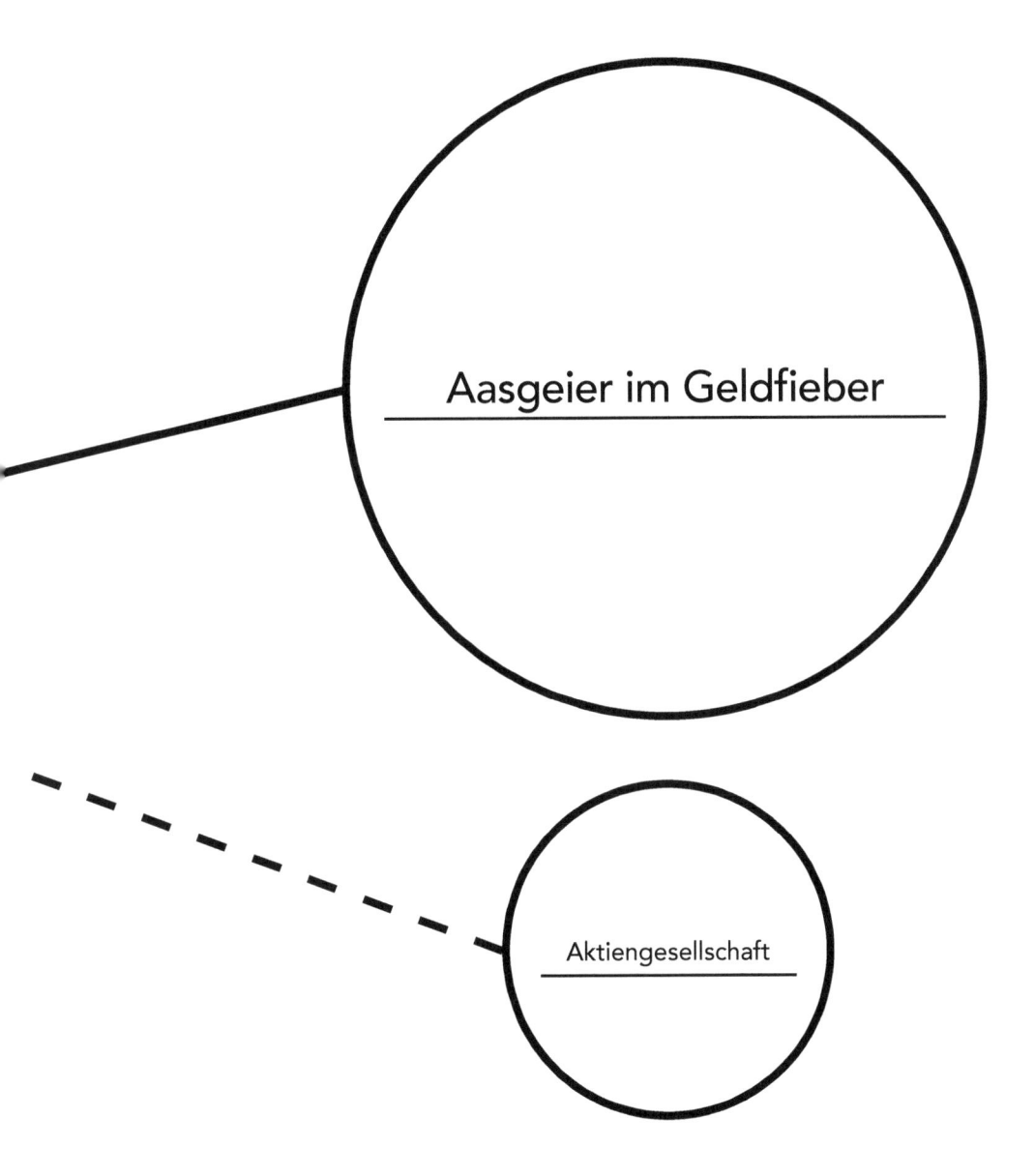

Aasgeier im Geldfieber

Aktiengesellschaft

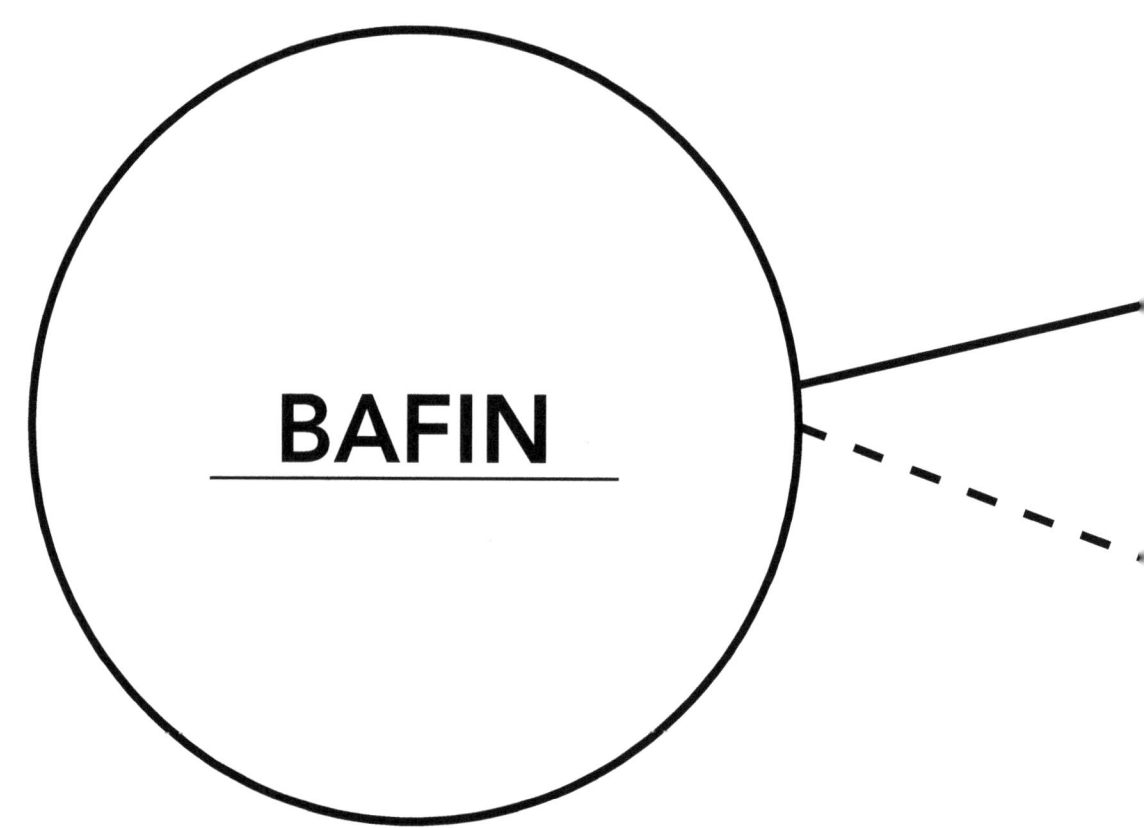

BAFIN

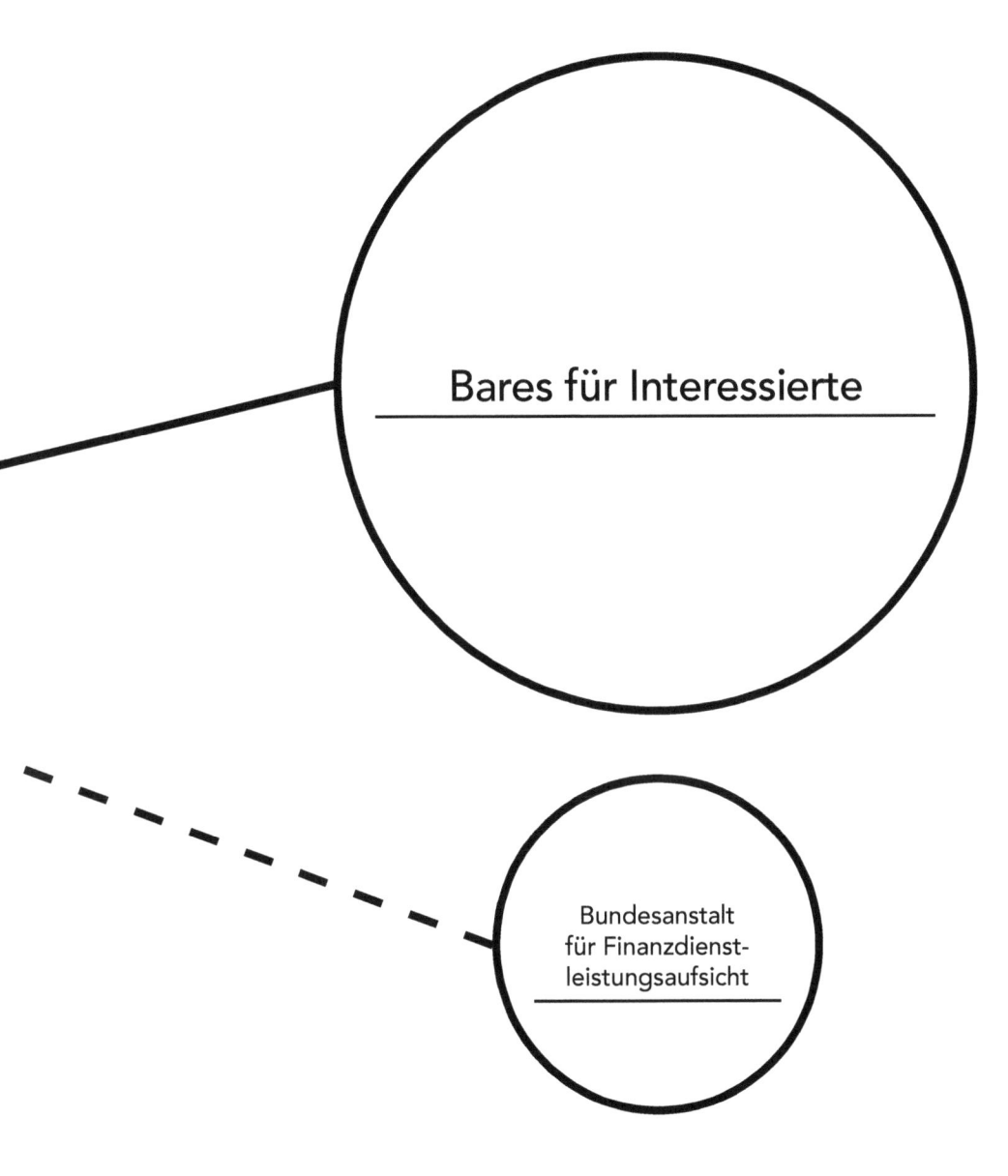

Bares für Interessierte

Bundesanstalt
für Finanzdienst-
leistungsaufsicht

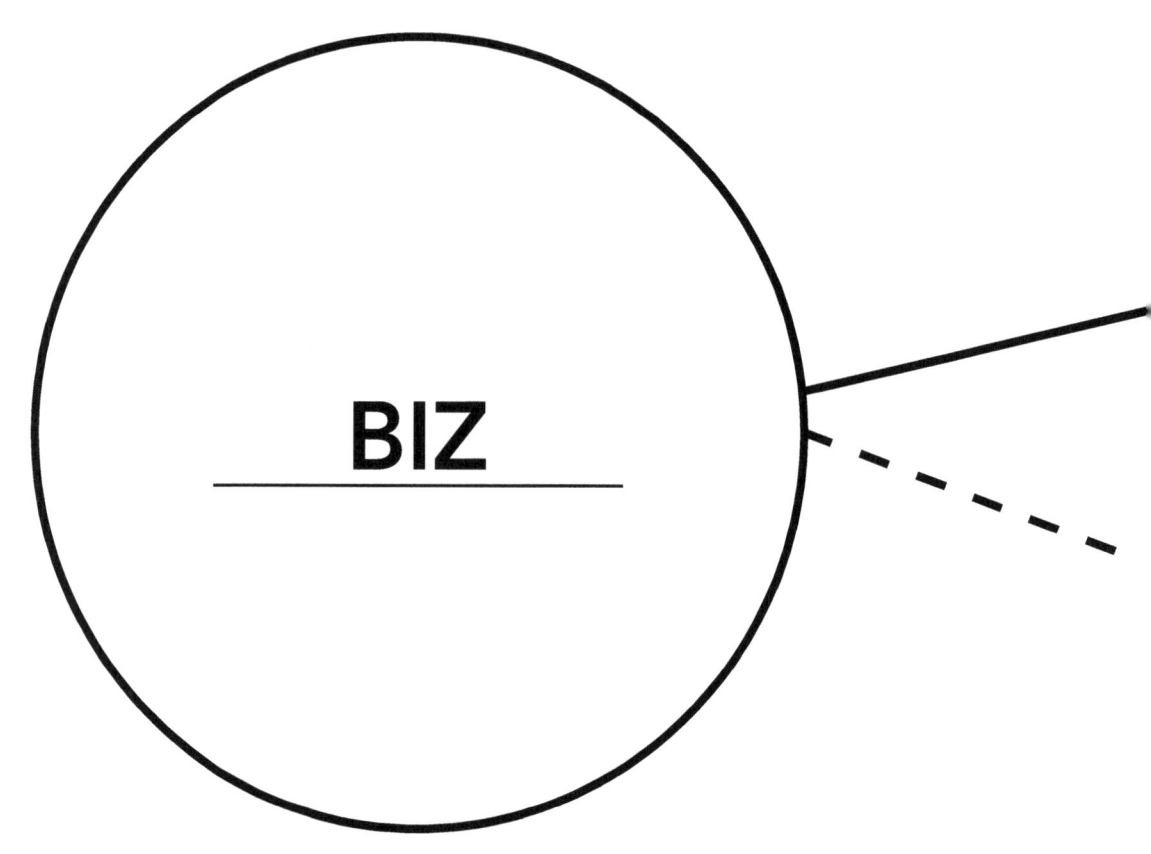

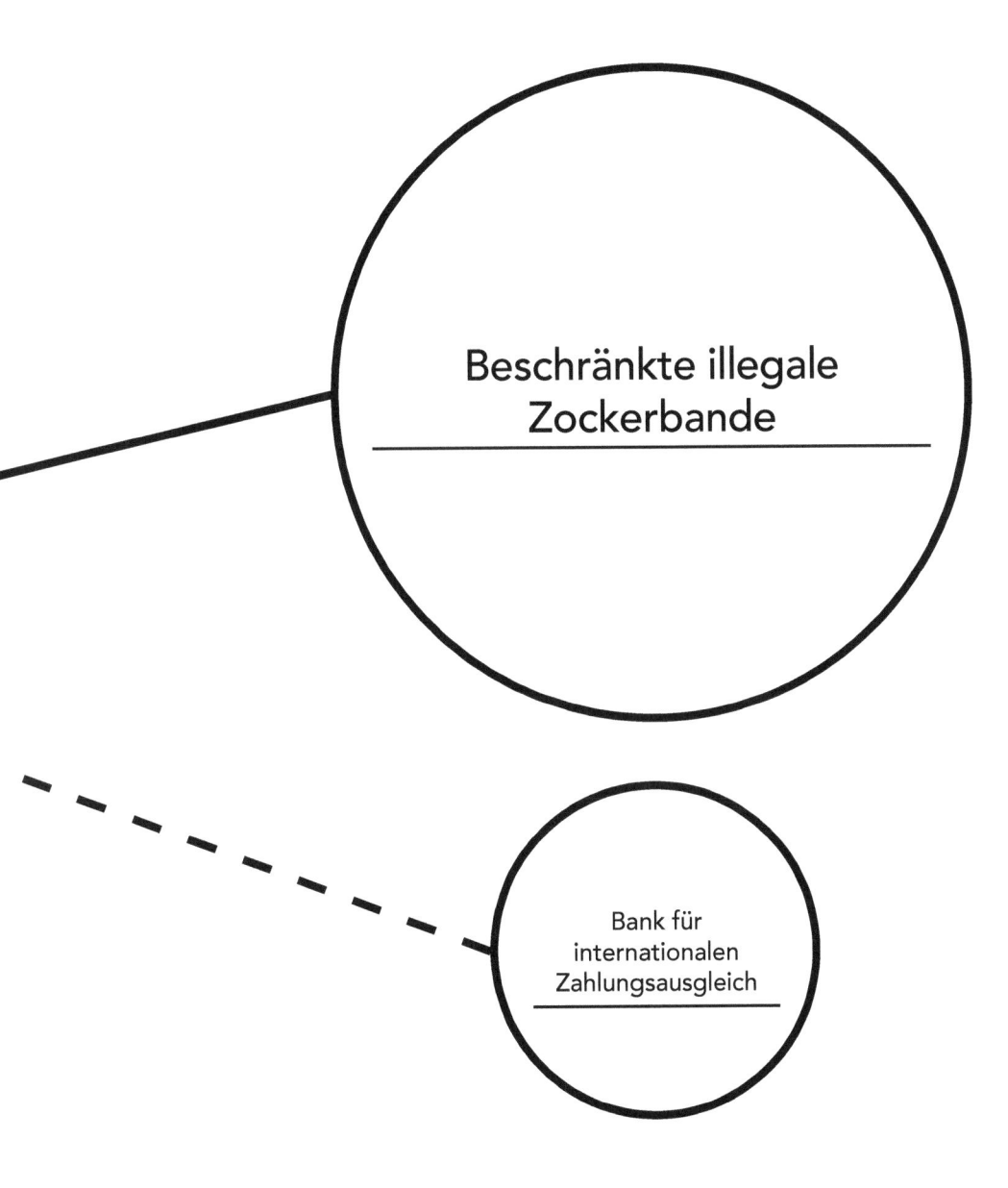

Beschränkte illegale
Zockerbande

Bank für
internationalen
Zahlungsausgleich

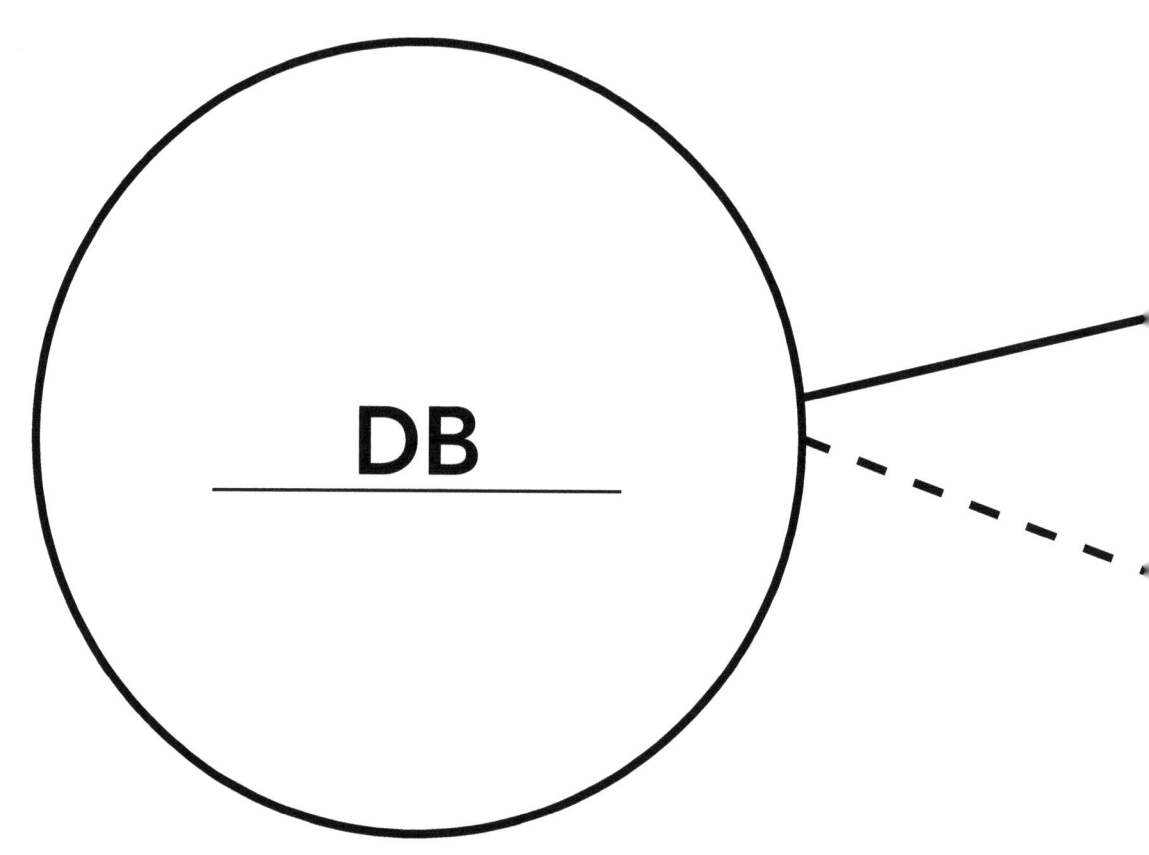

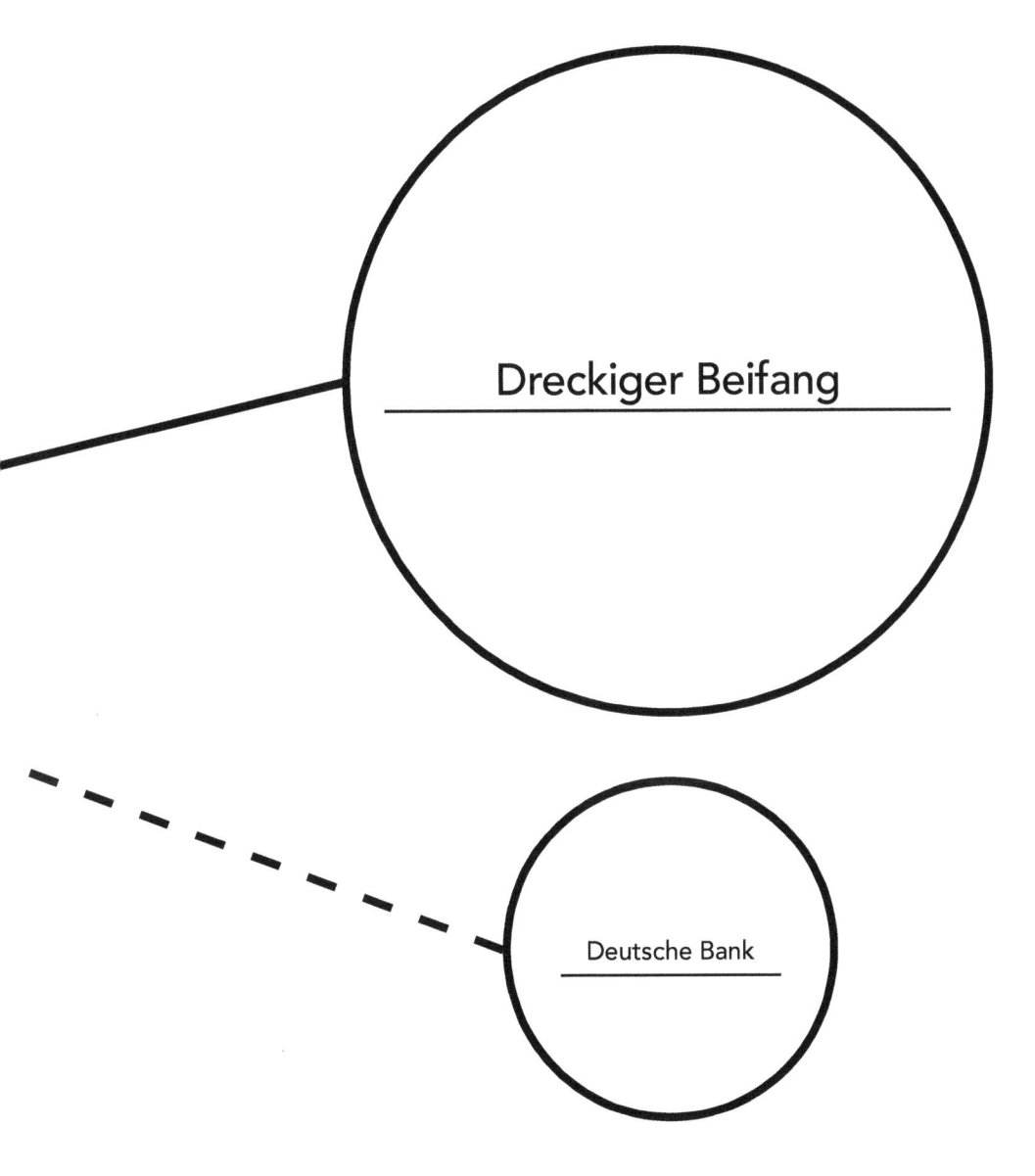

Dreckiger Beifang

Deutsche Bank

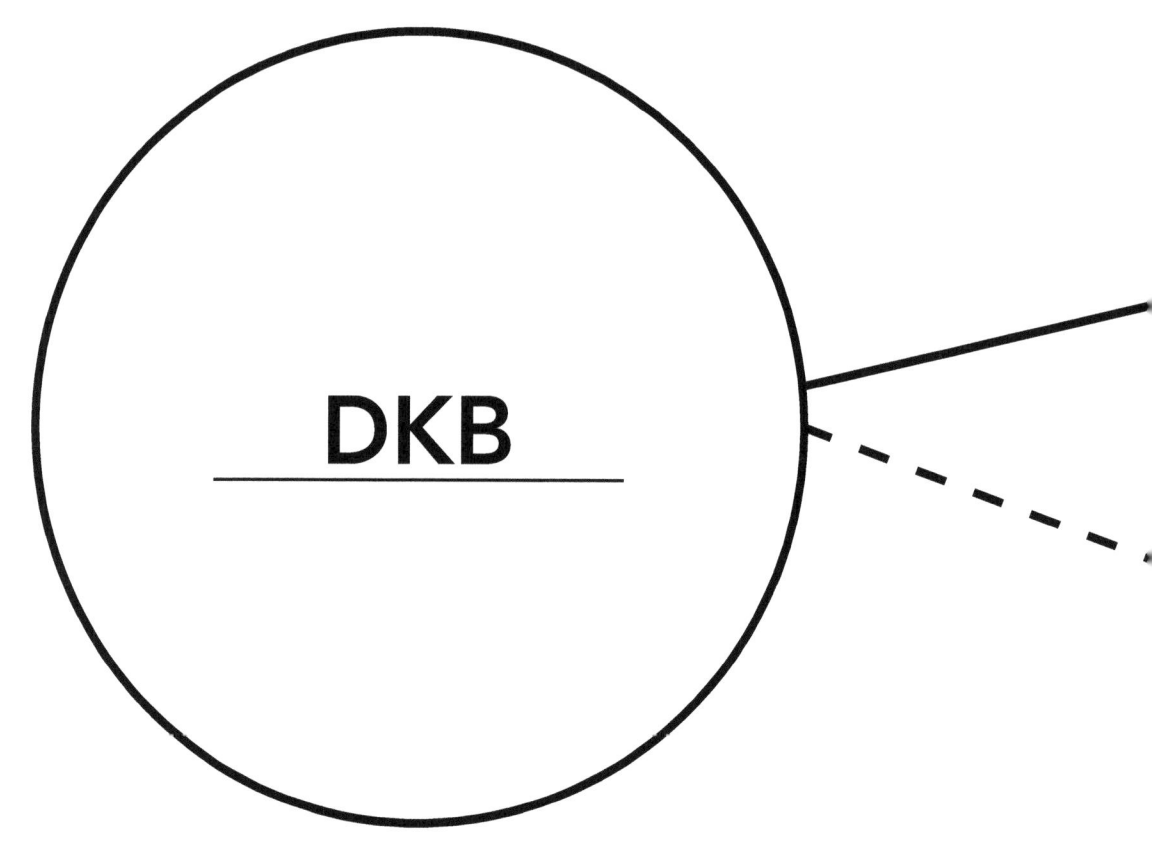

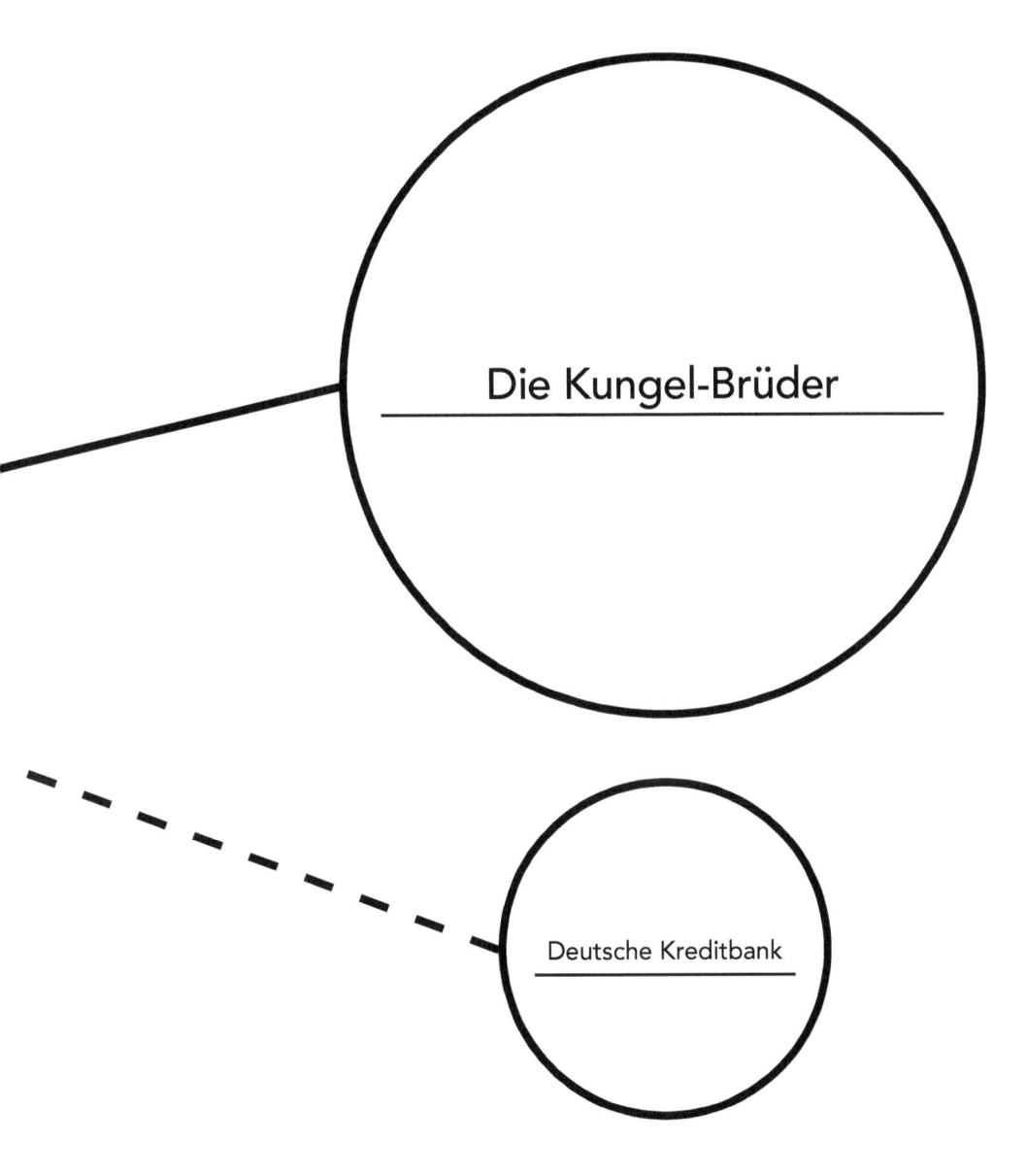

Die Kungel-Brüder

Deutsche Kreditbank

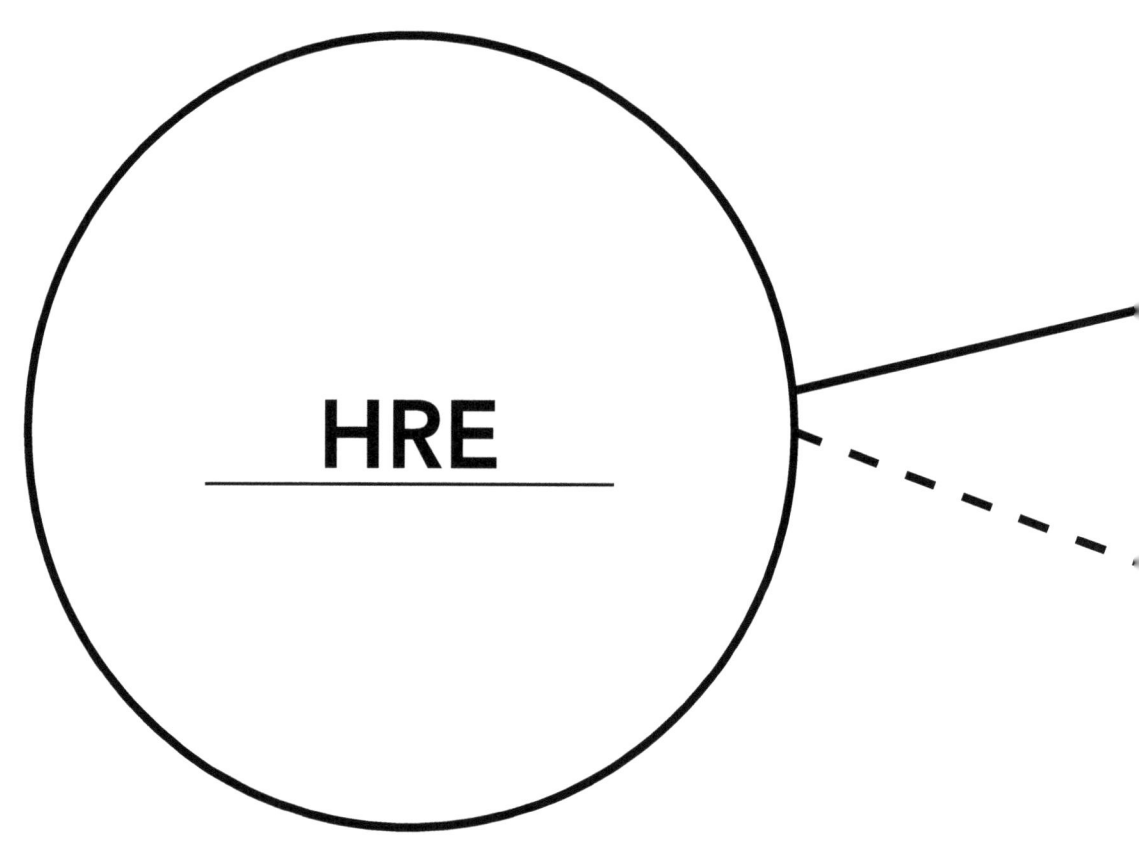

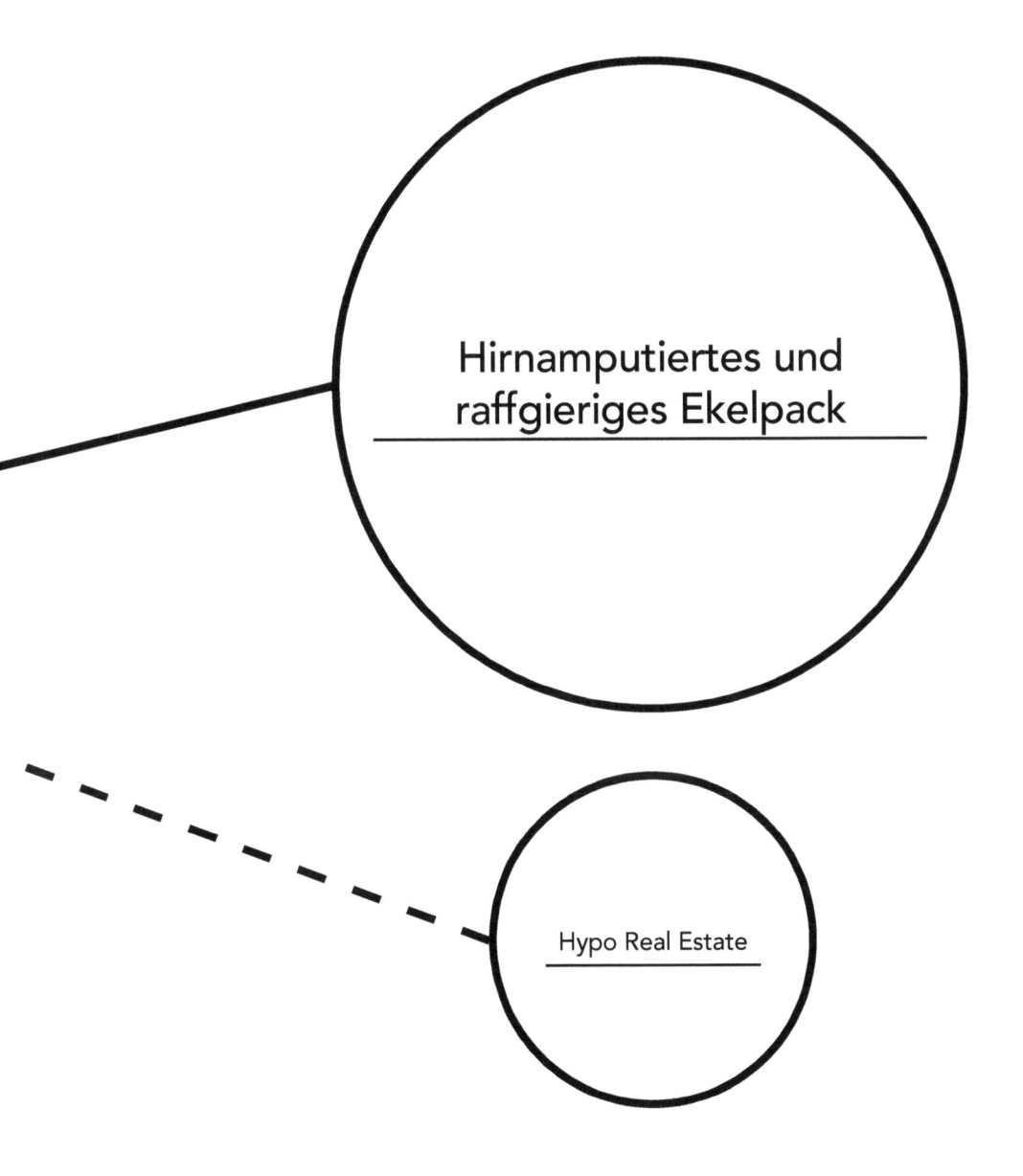

Hirnamputiertes und
raffgieriges Ekelpack

Hypo Real Estate

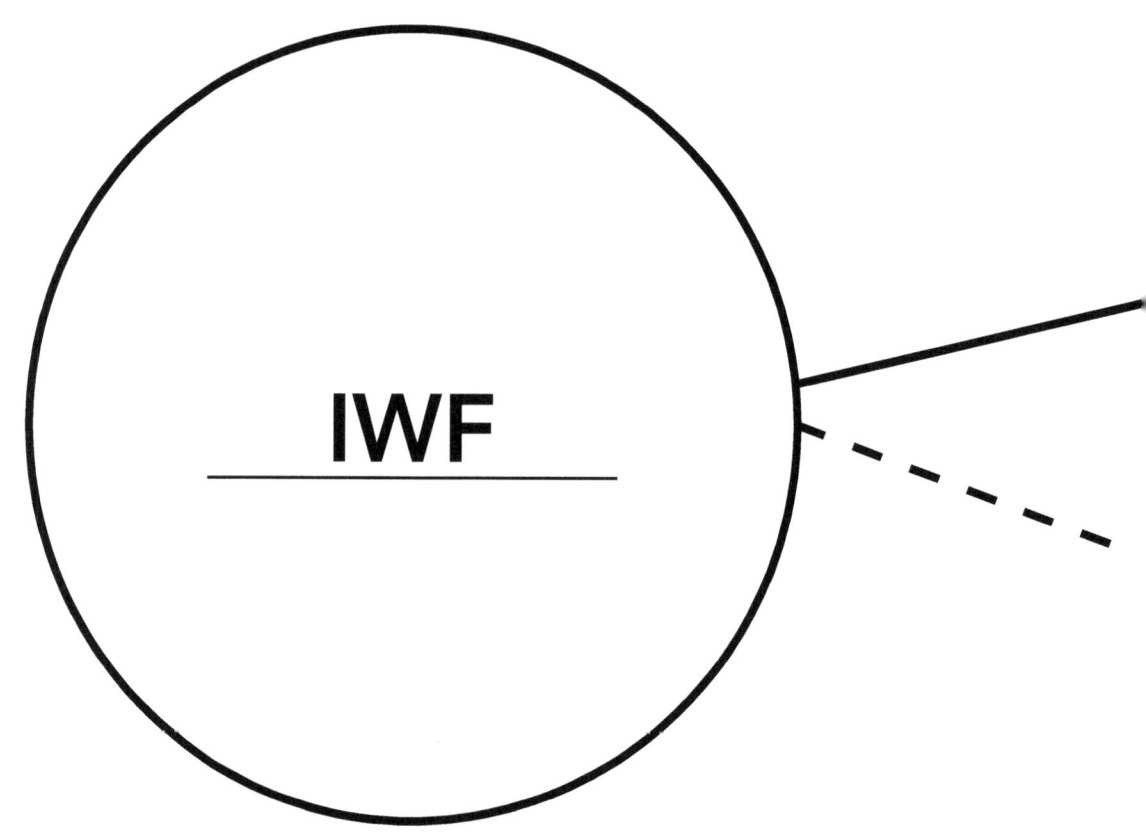

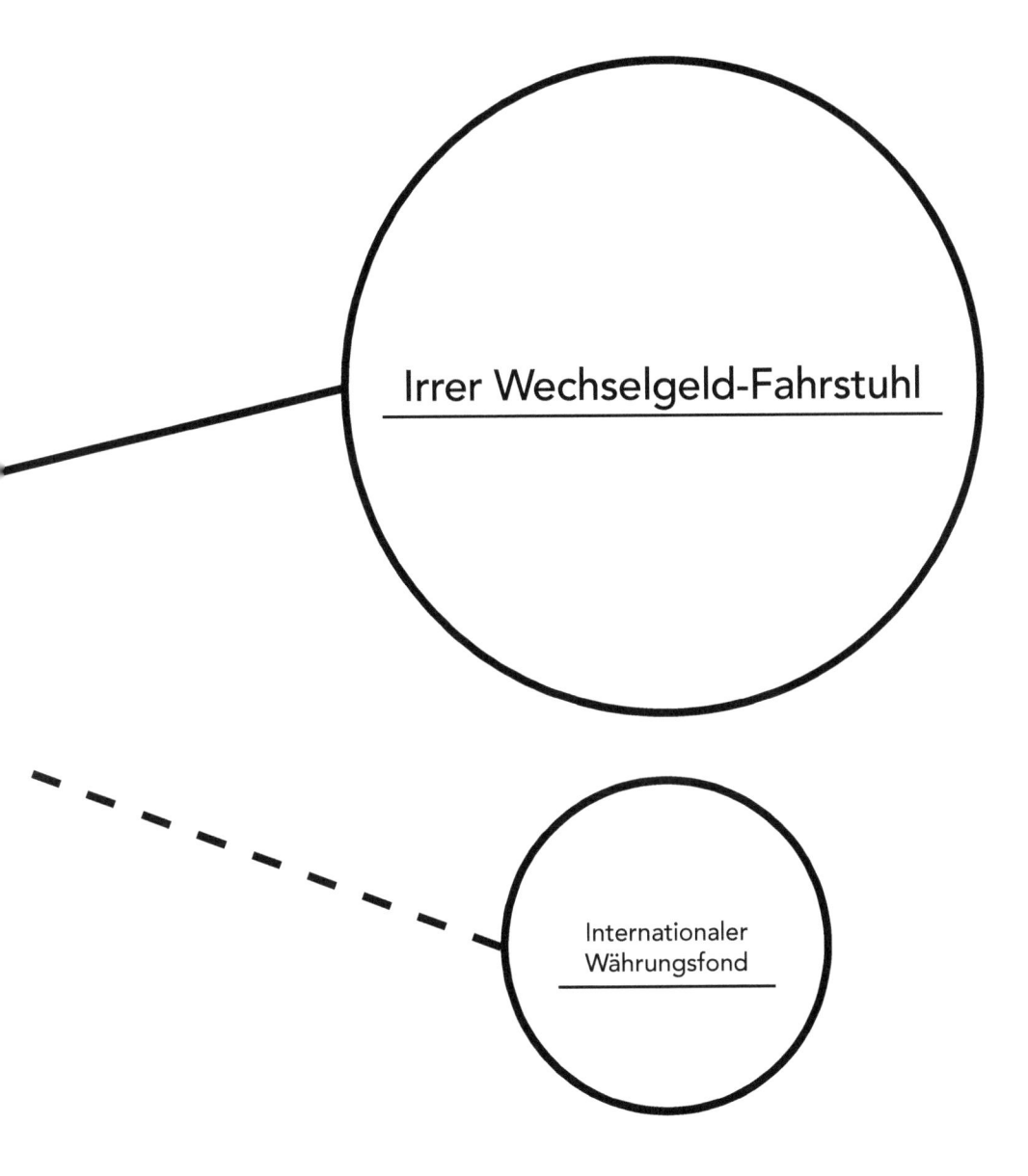

Irrer Wechselgeld-Fahrstuhl

Internationaler
Währungsfond

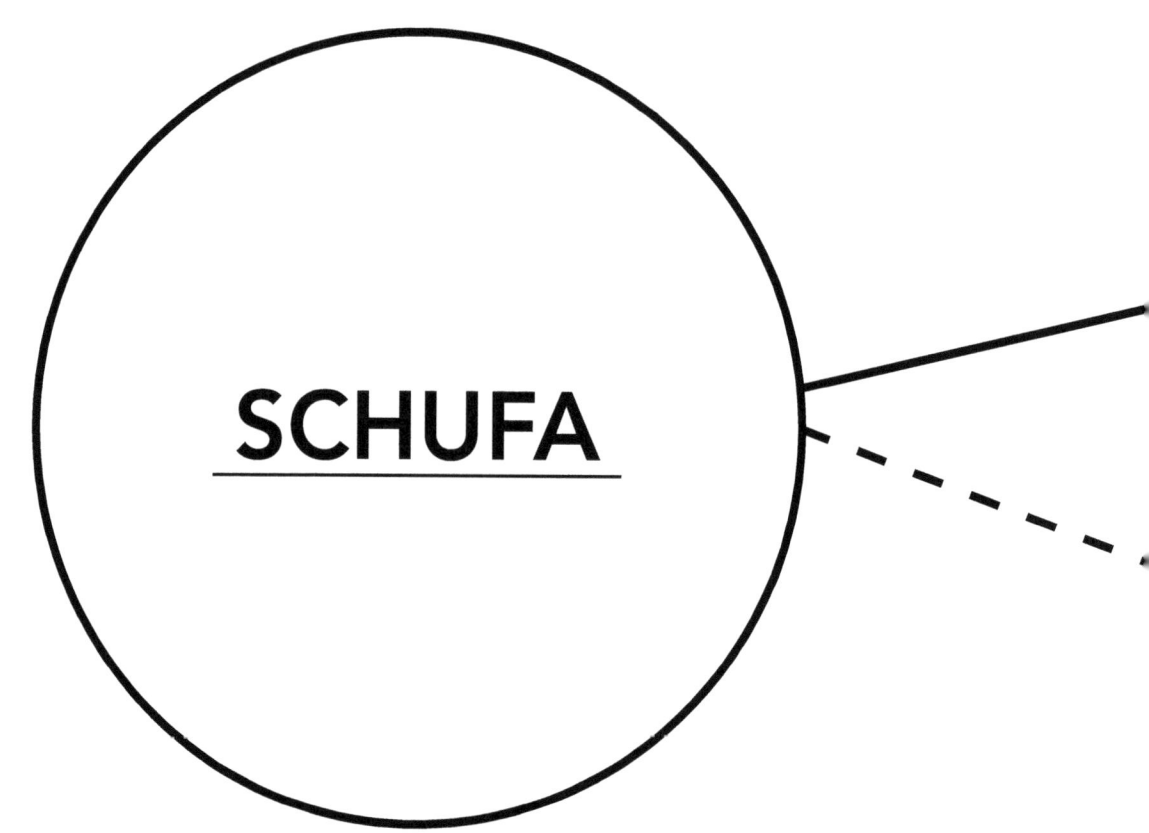

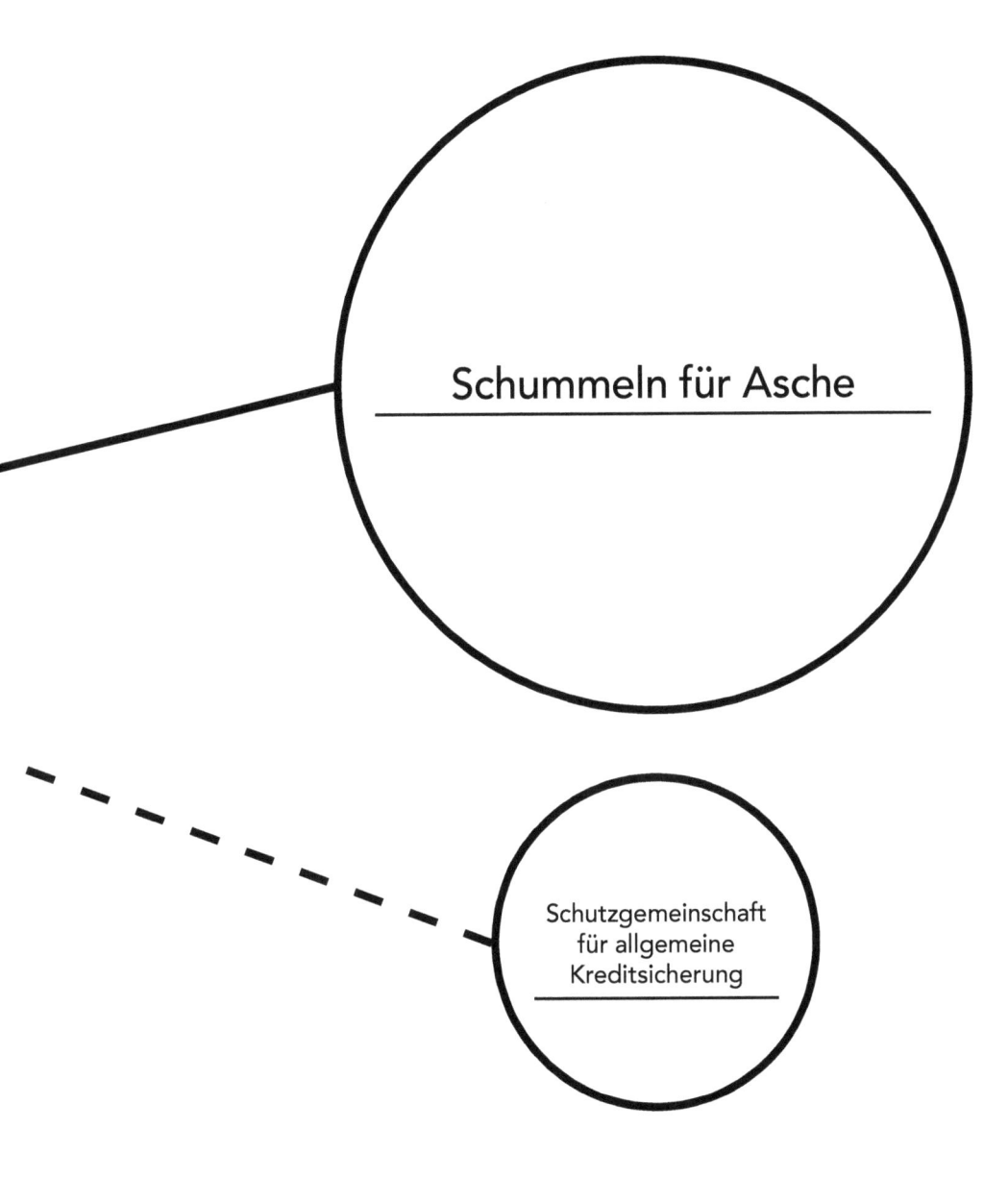

Schummeln für Asche

Schutzgemeinschaft
für allgemeine
Kreditsicherung

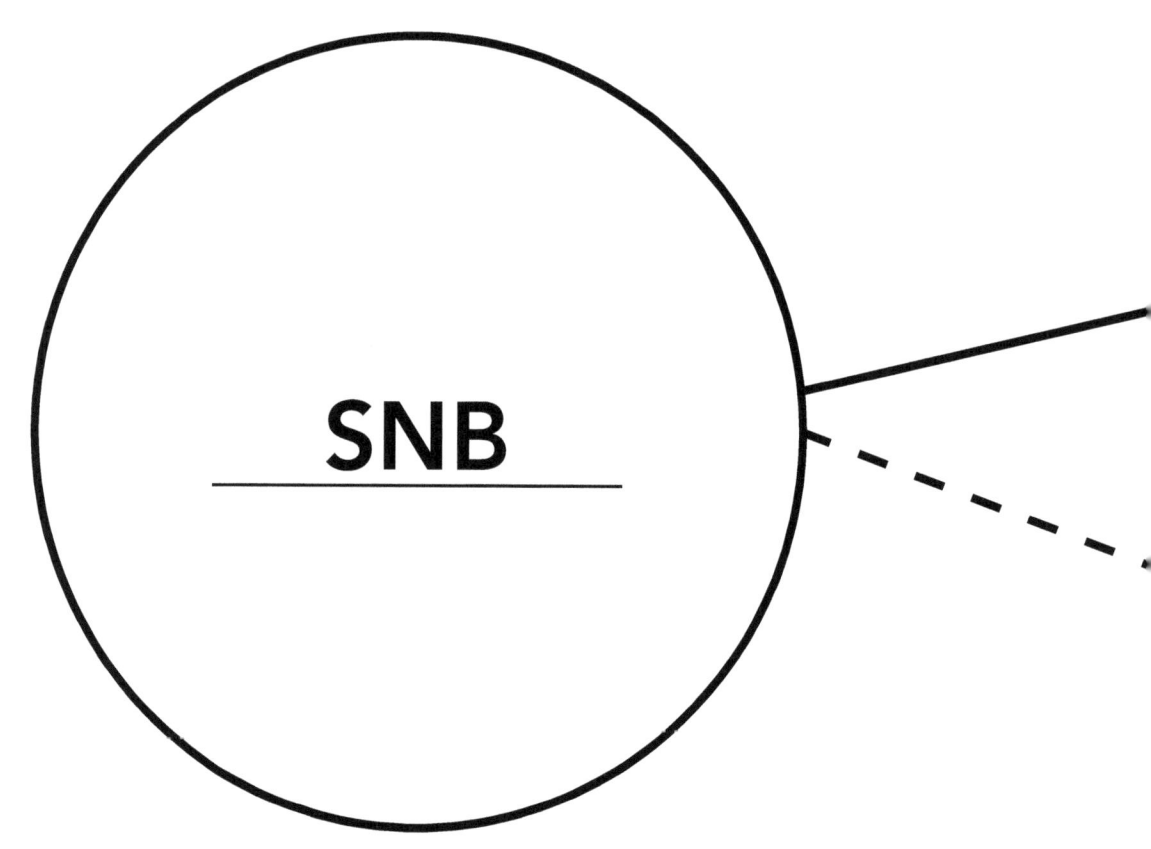

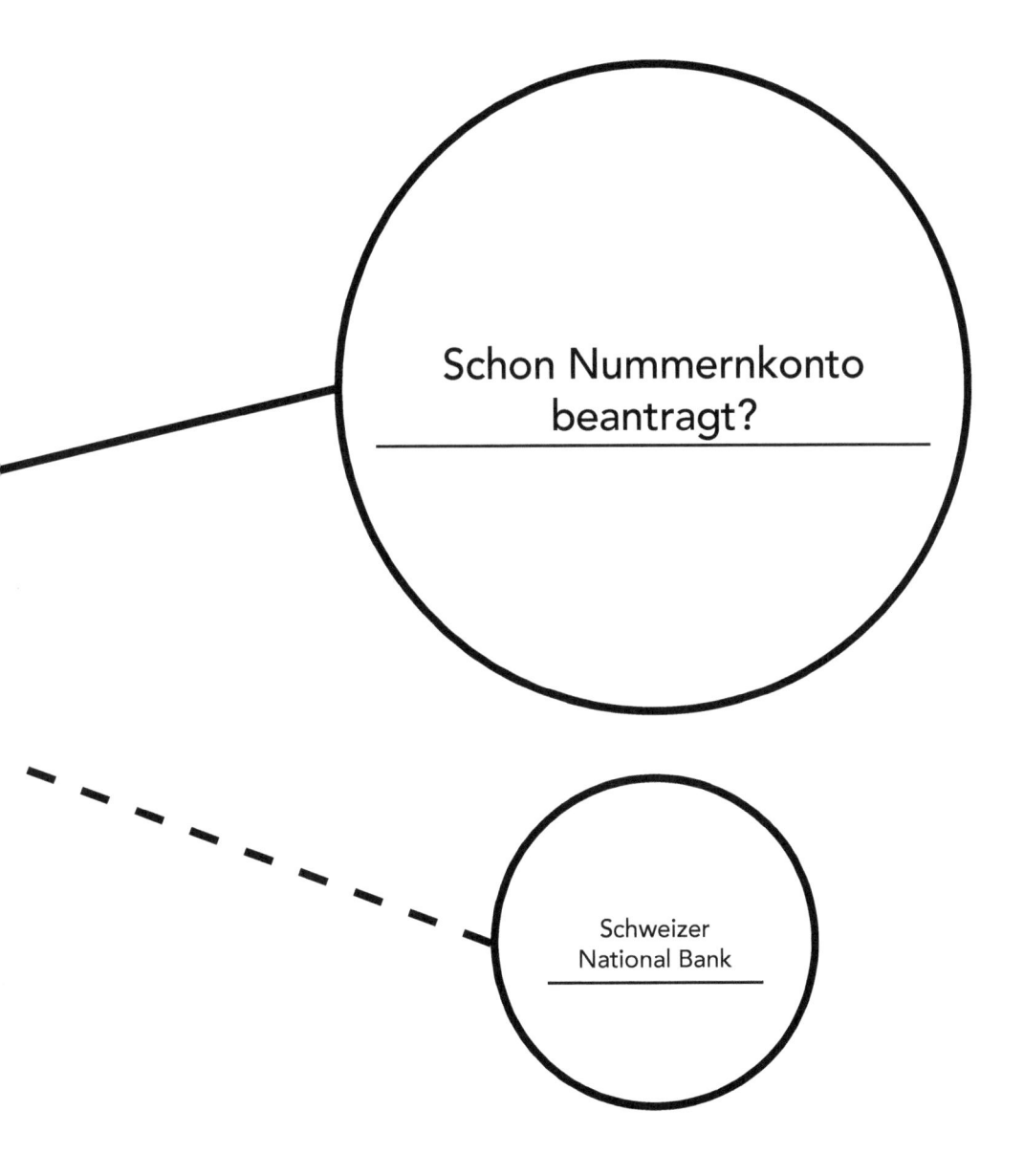

Schon Nummernkonto
beantragt?

Schweizer
National Bank

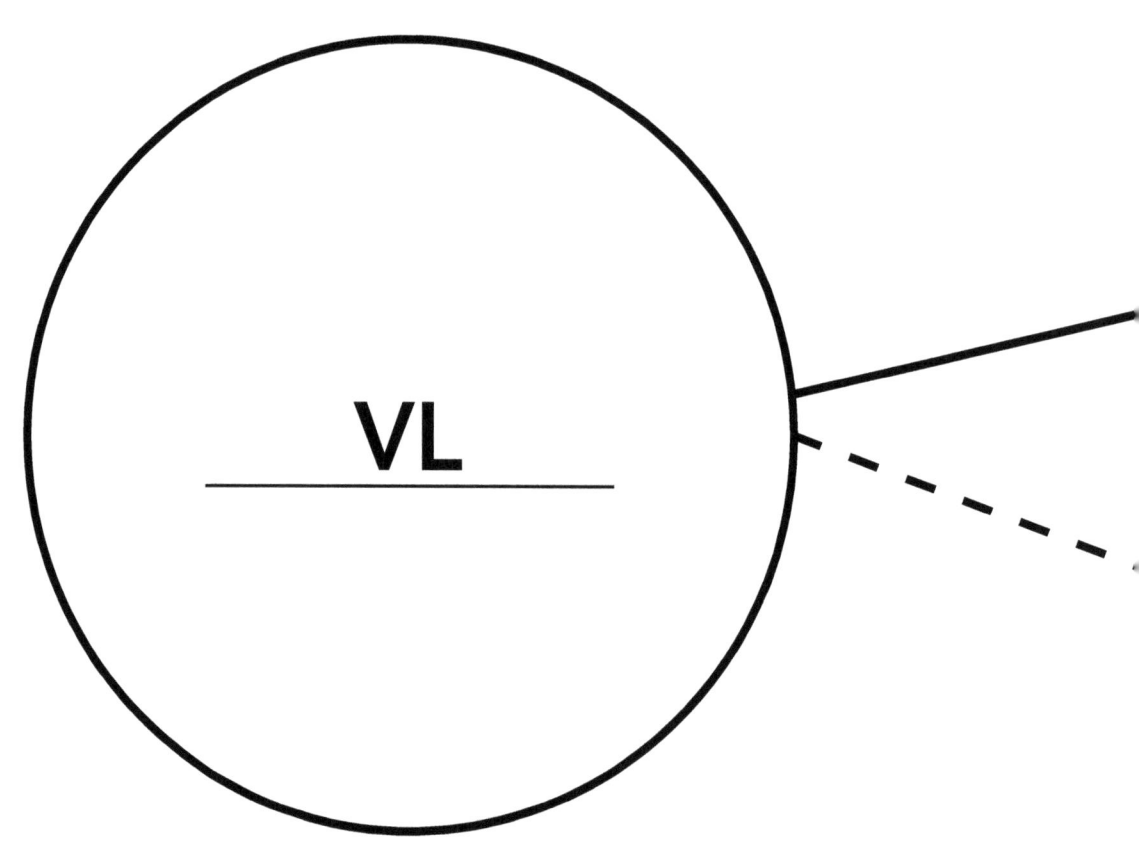

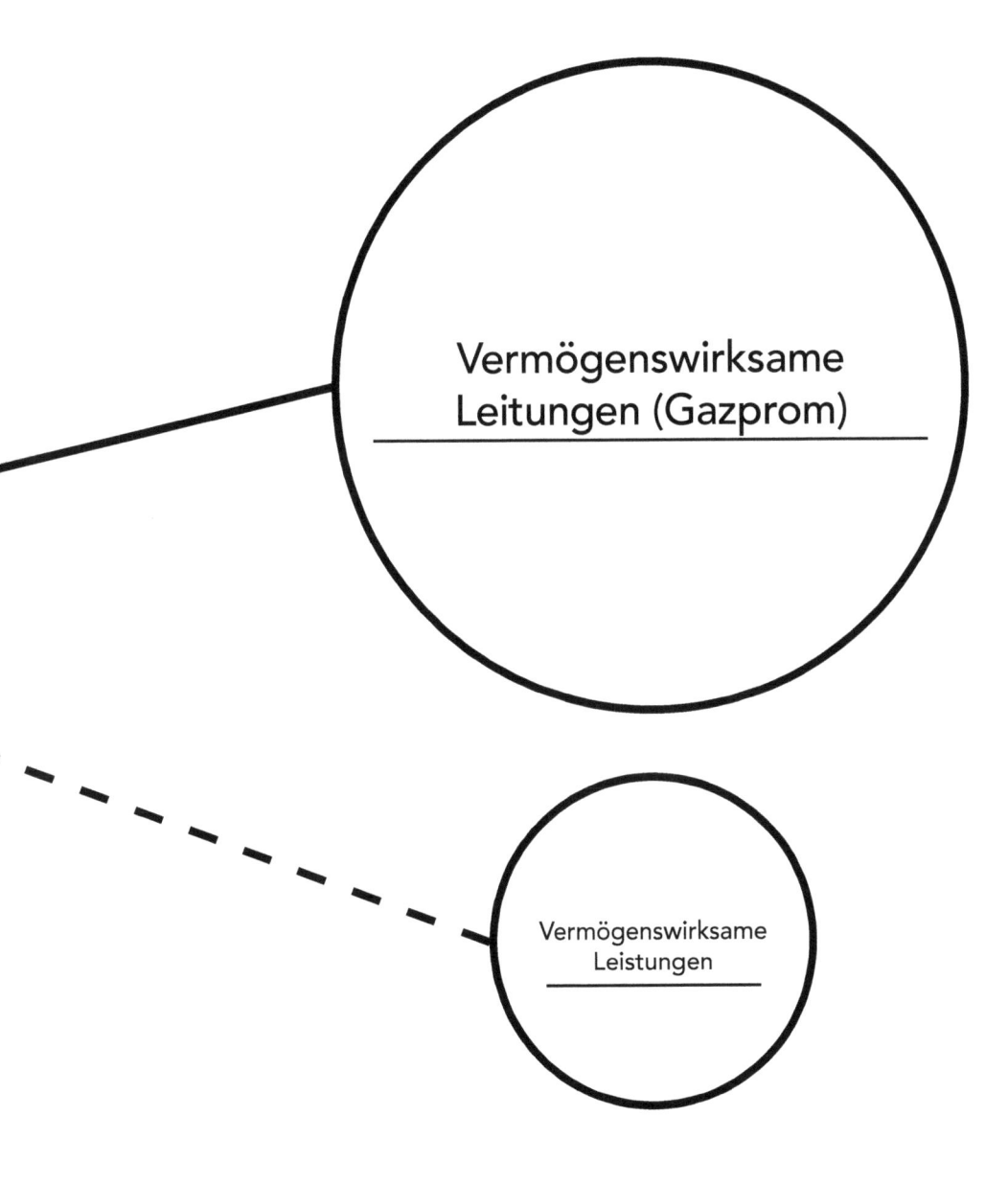

Vermögenswirksame
Leitungen (Gazprom)

Vermögenswirksame
Leistungen

Peace – auch
wenn ich schieß

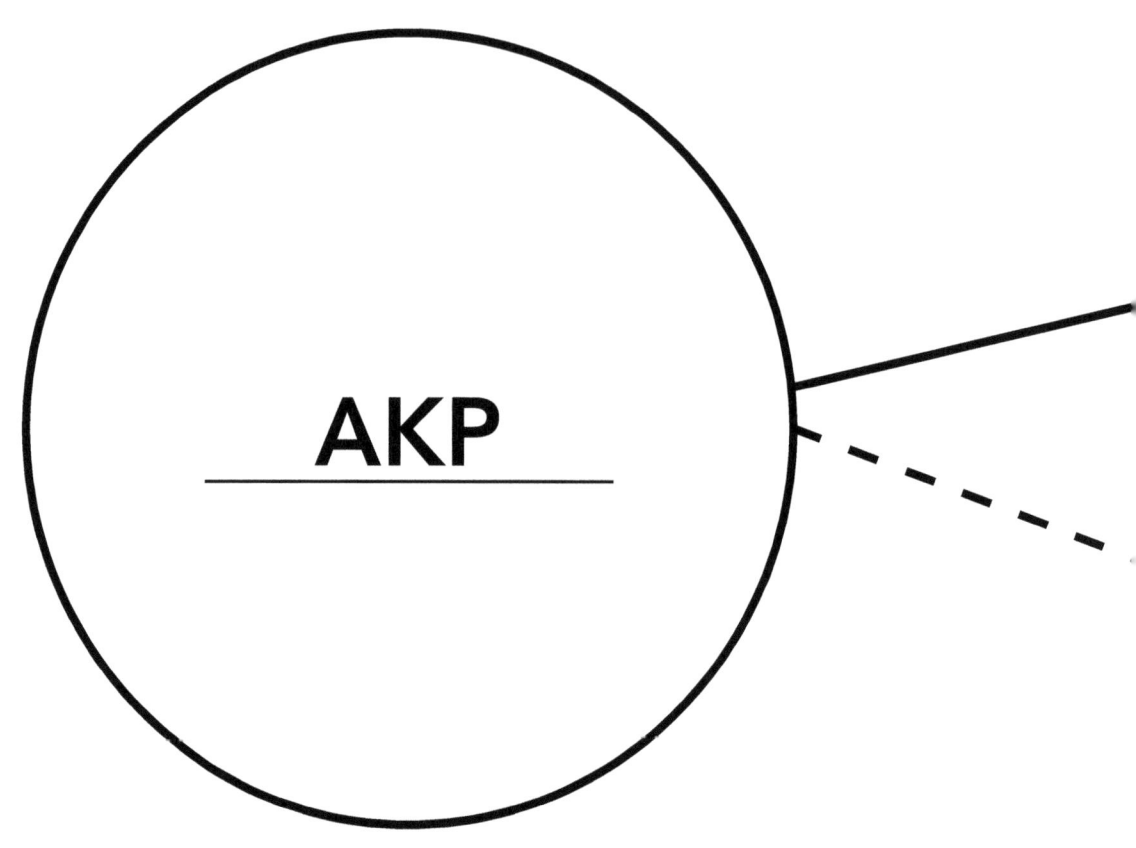

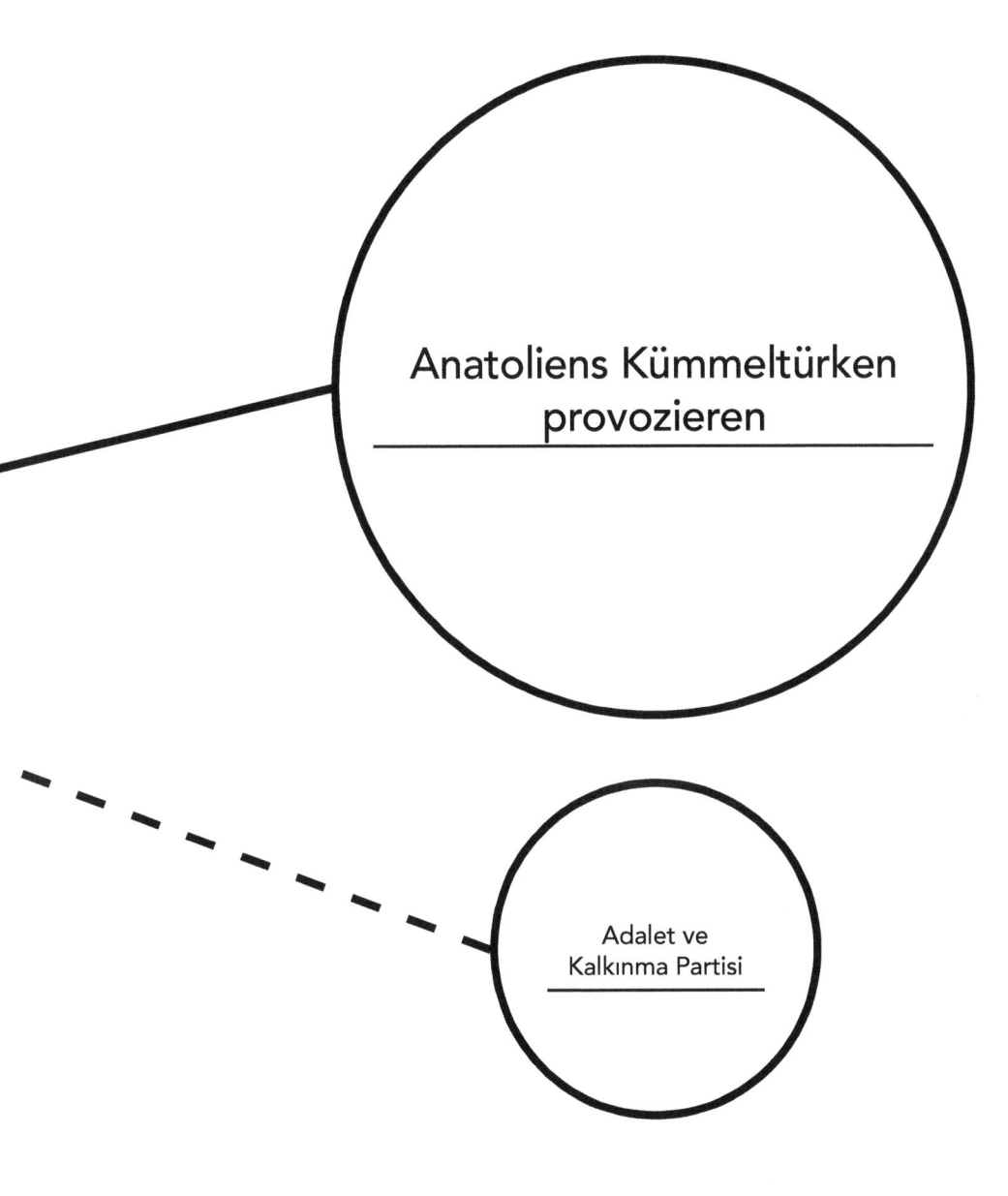

Anatoliens Kümmeltürken
provozieren

Adalet ve
Kalkınma Partisi

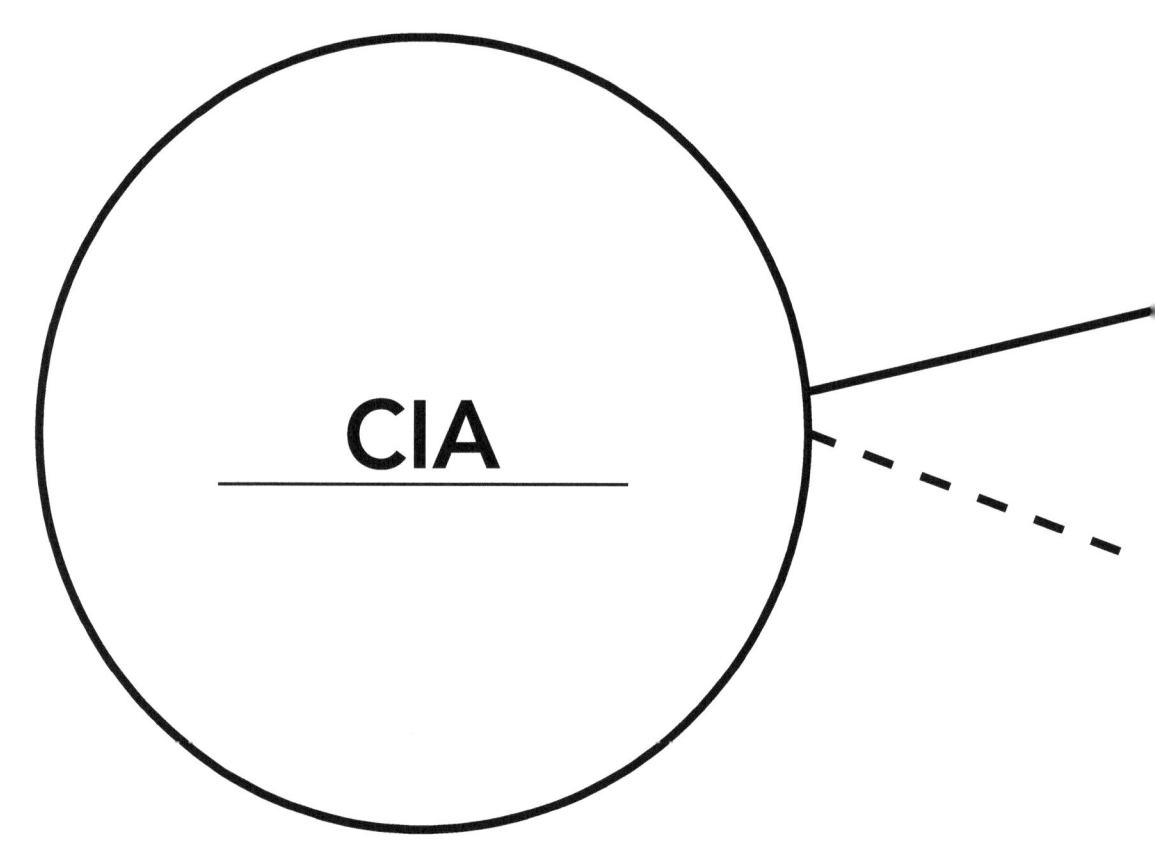

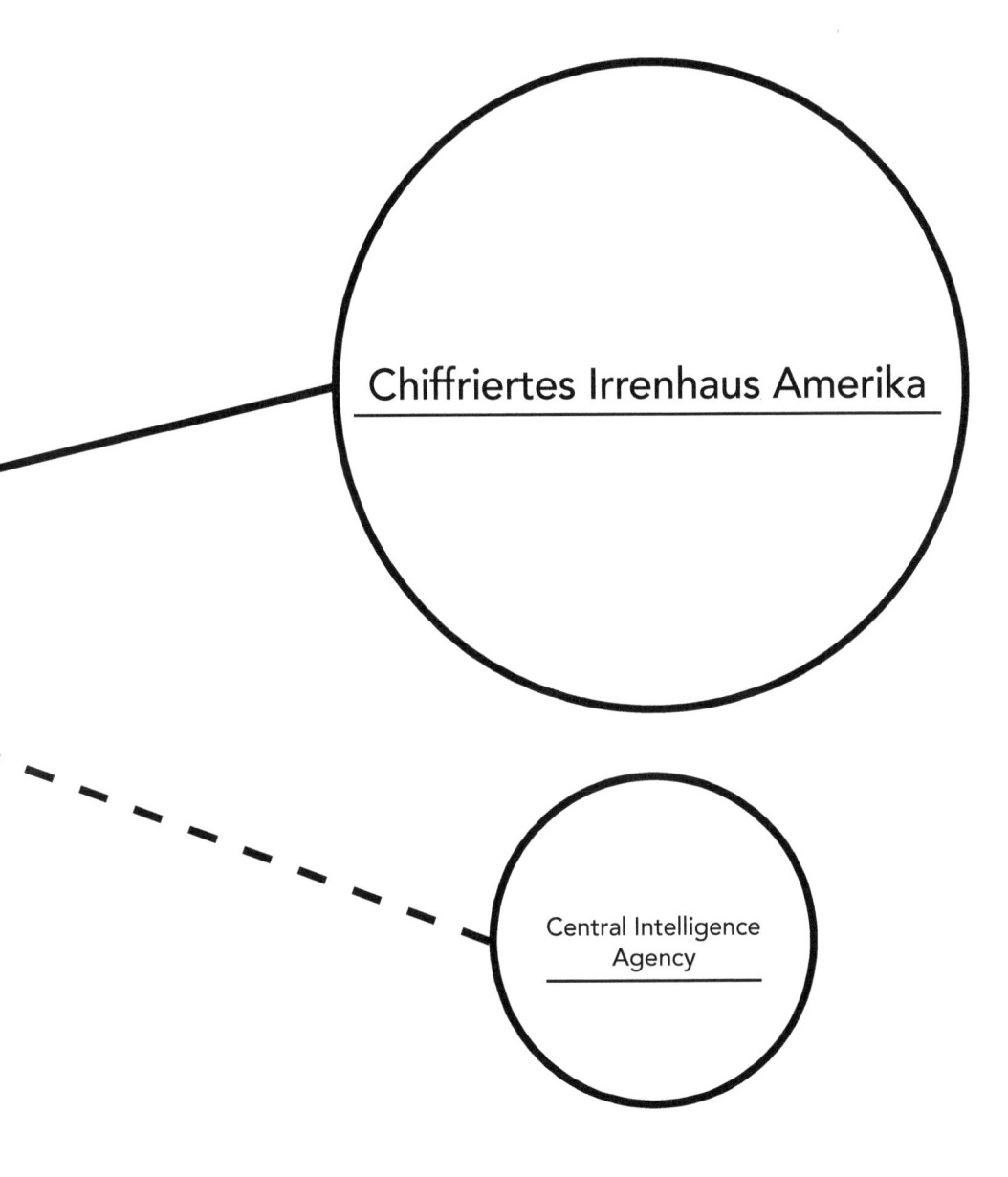

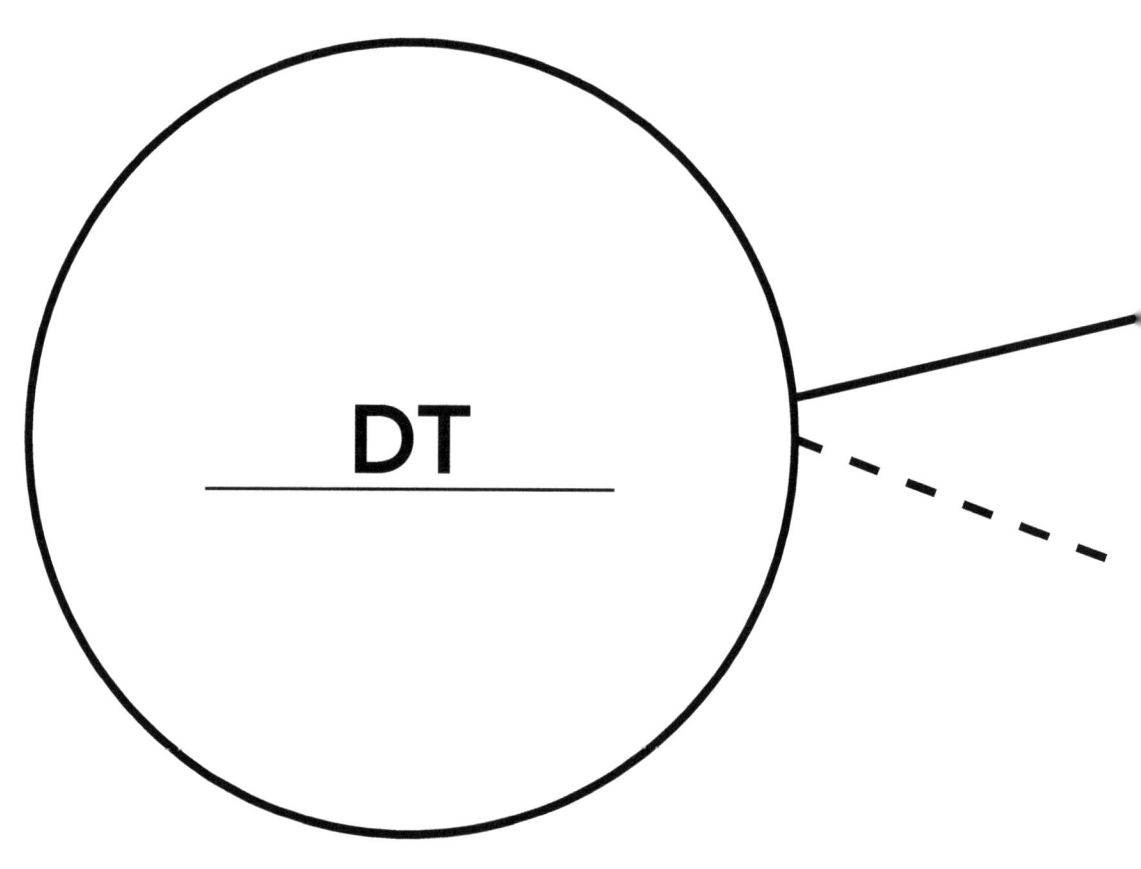

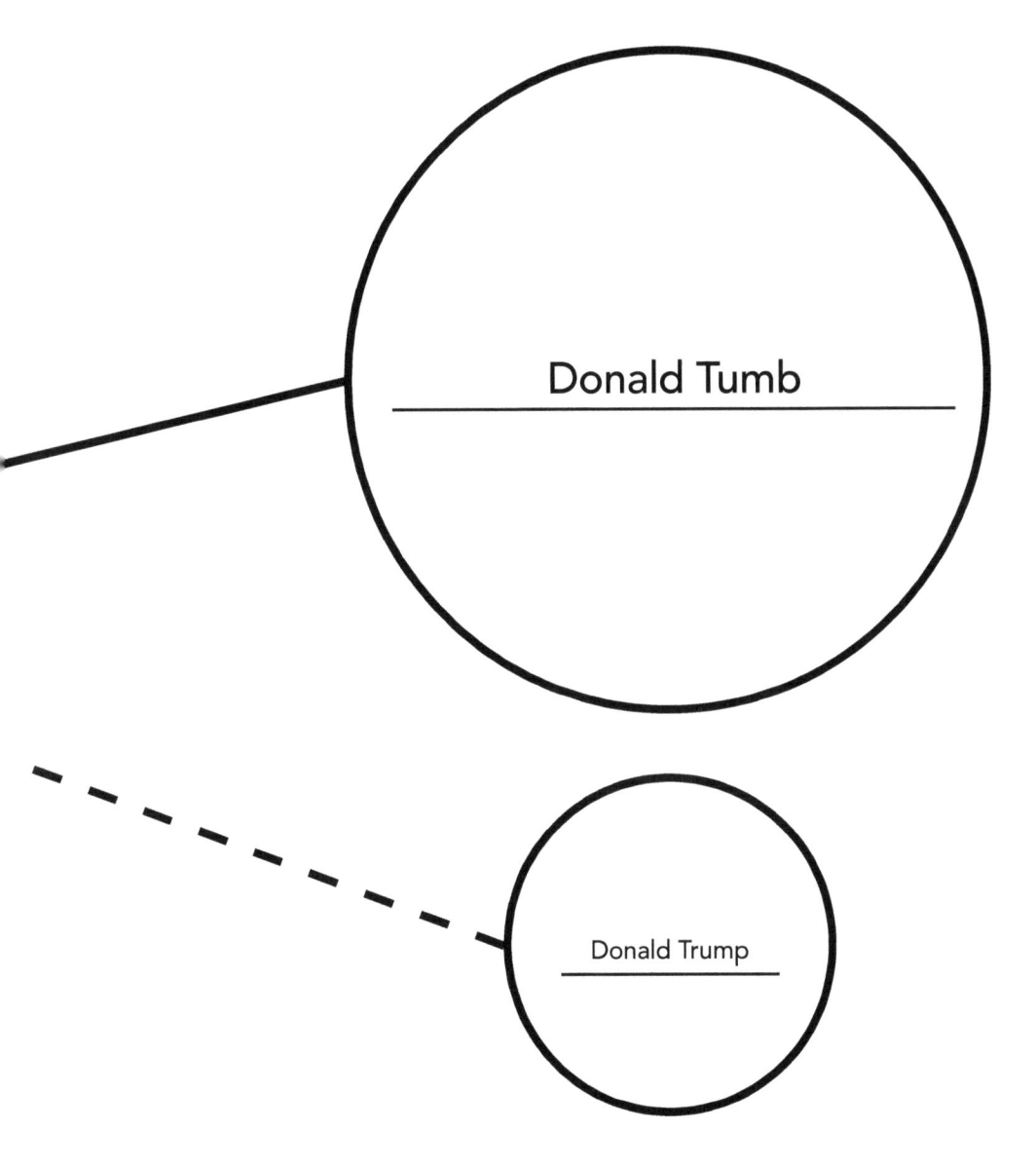

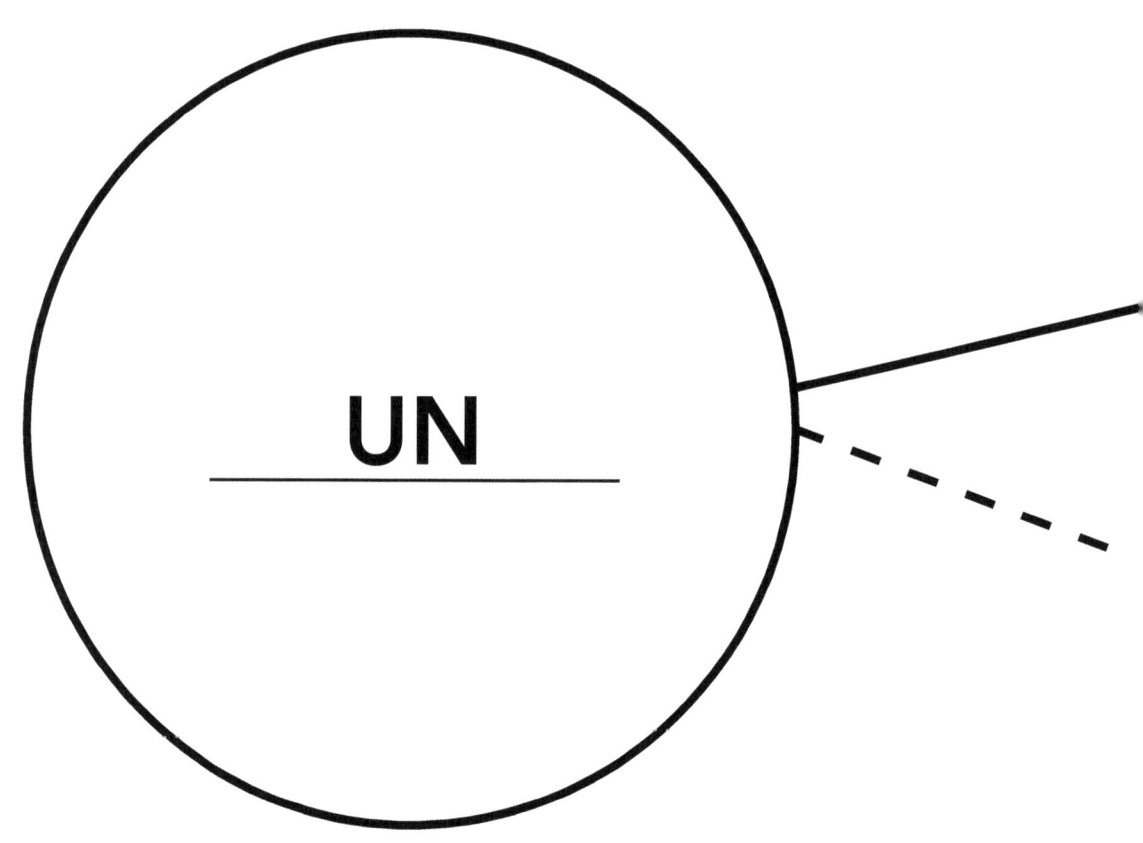

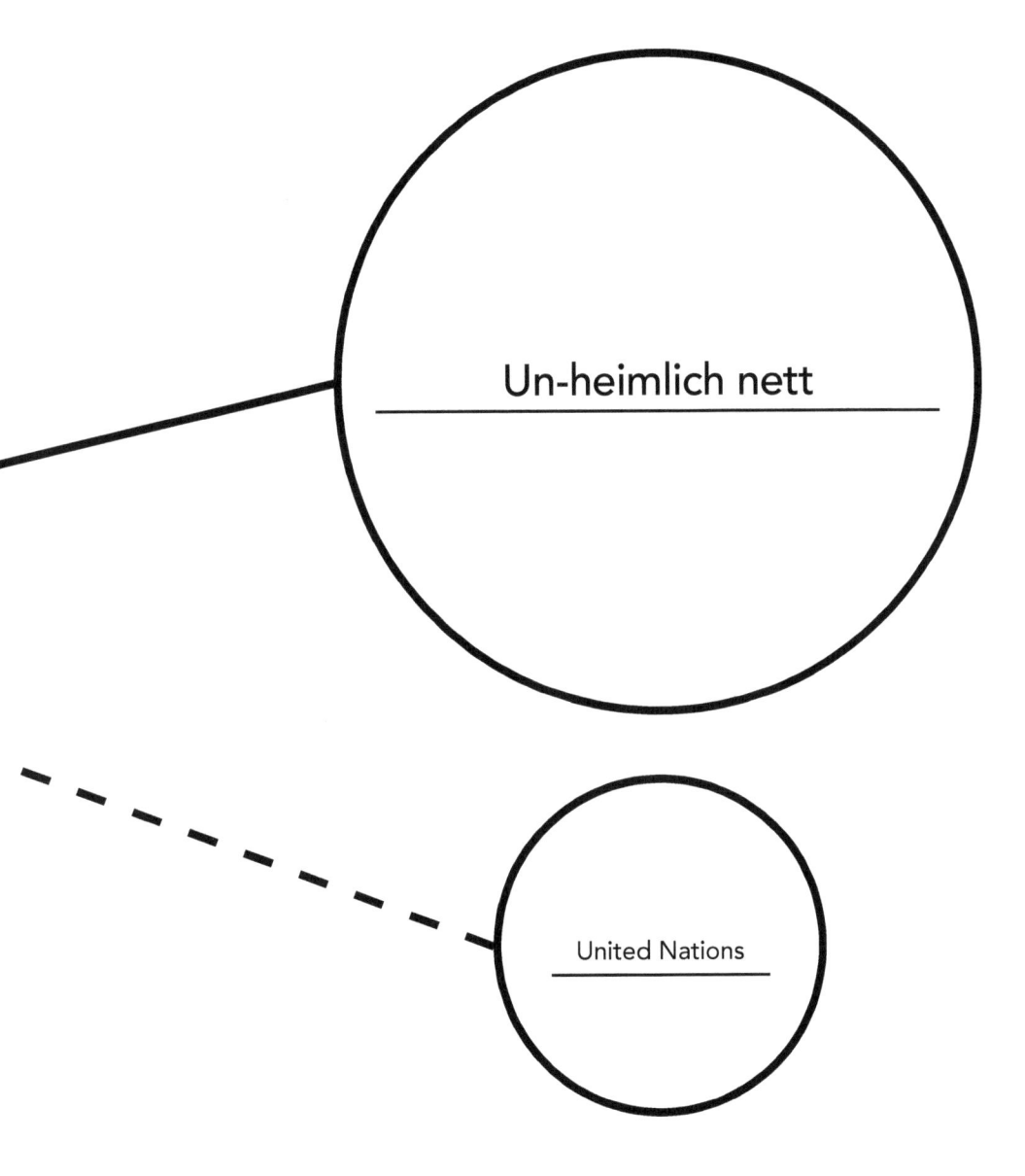

Un-heimlich nett

United Nations

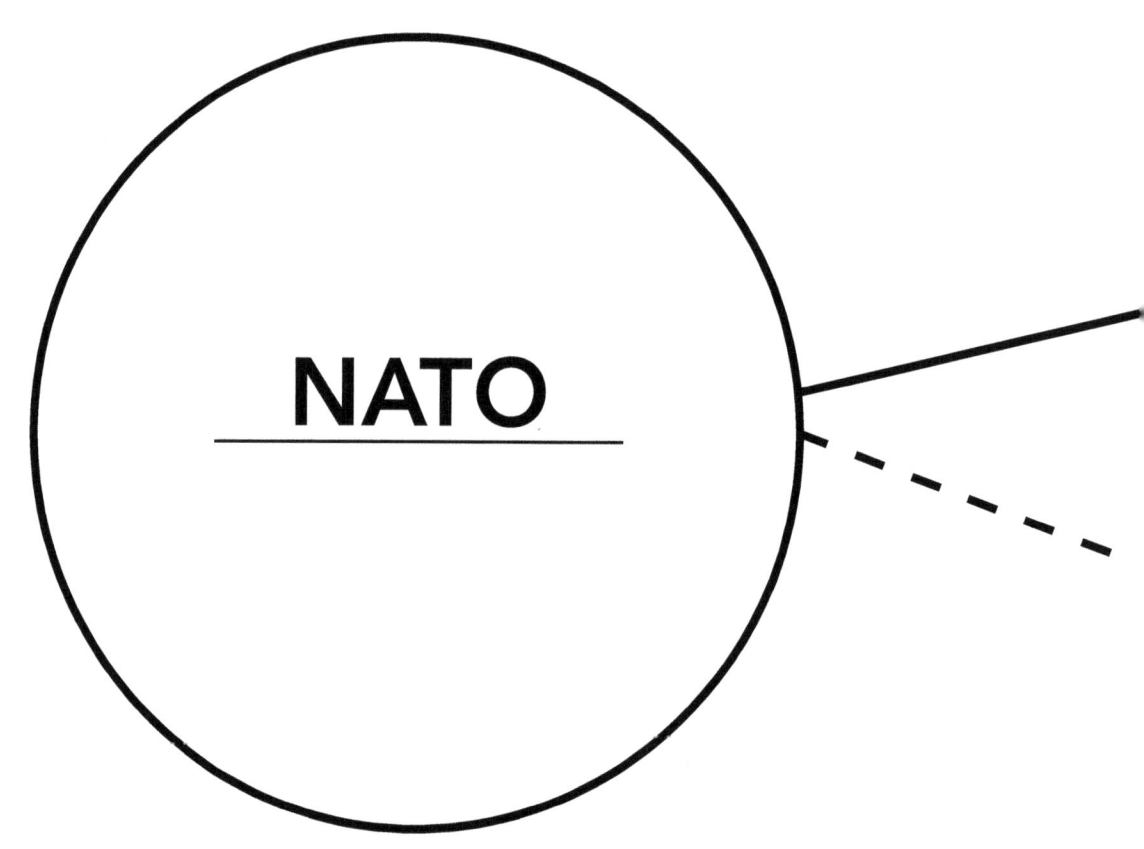

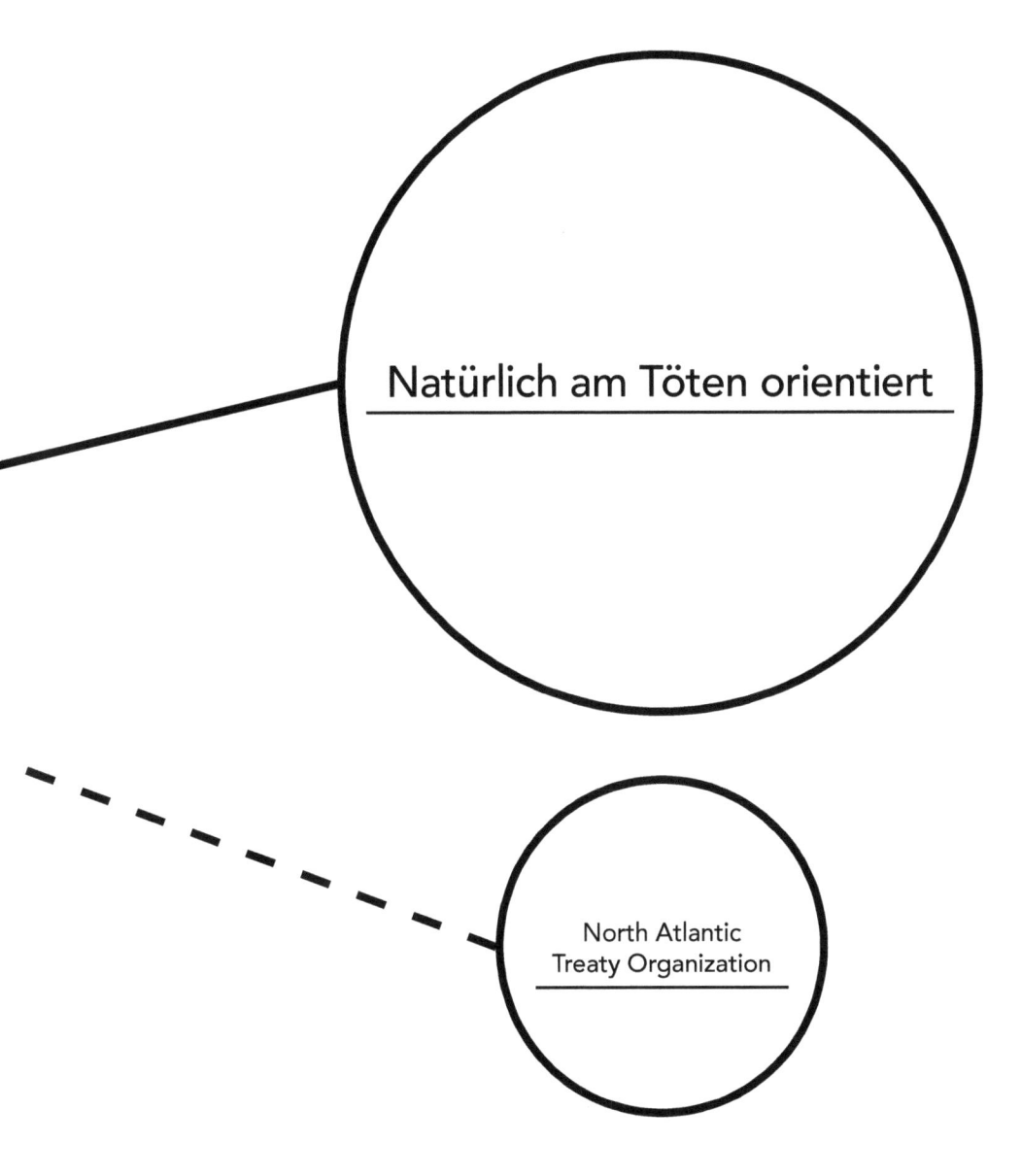

Natürlich am Töten orientiert

North Atlantic
Treaty Organization

Ämter hört
die Signale

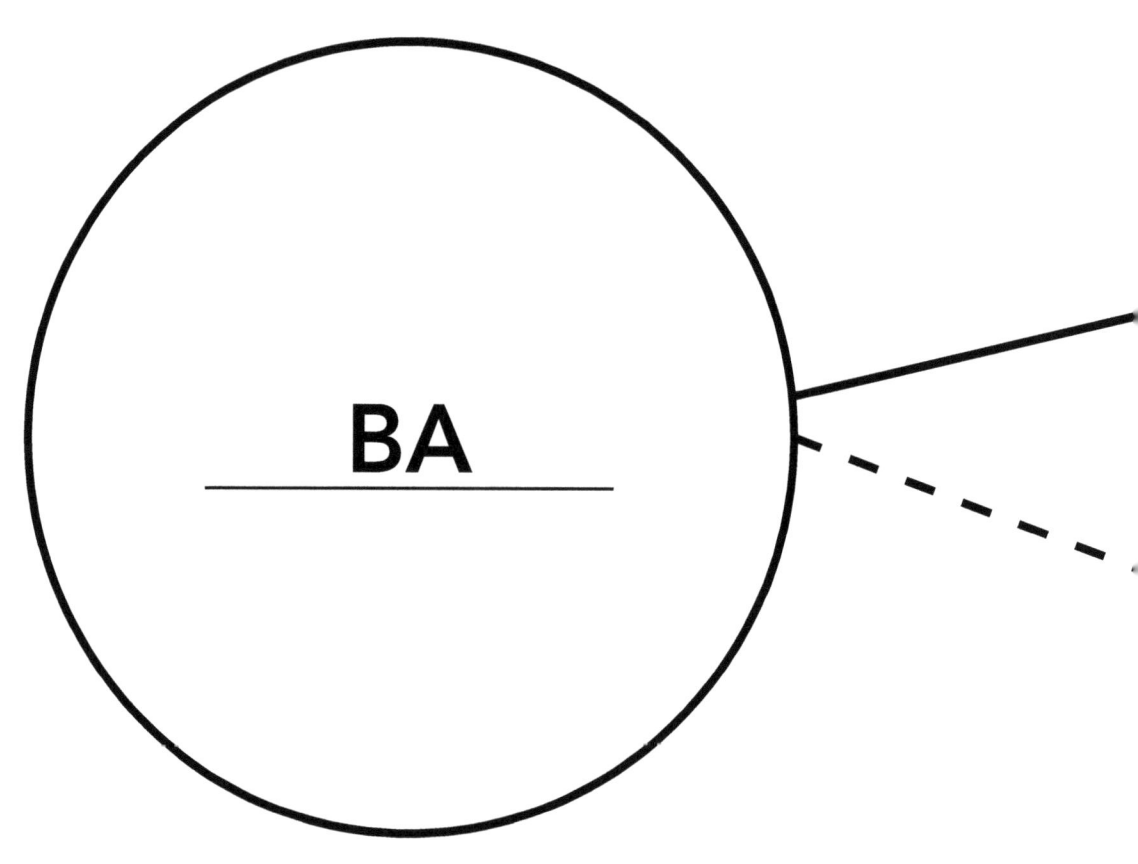

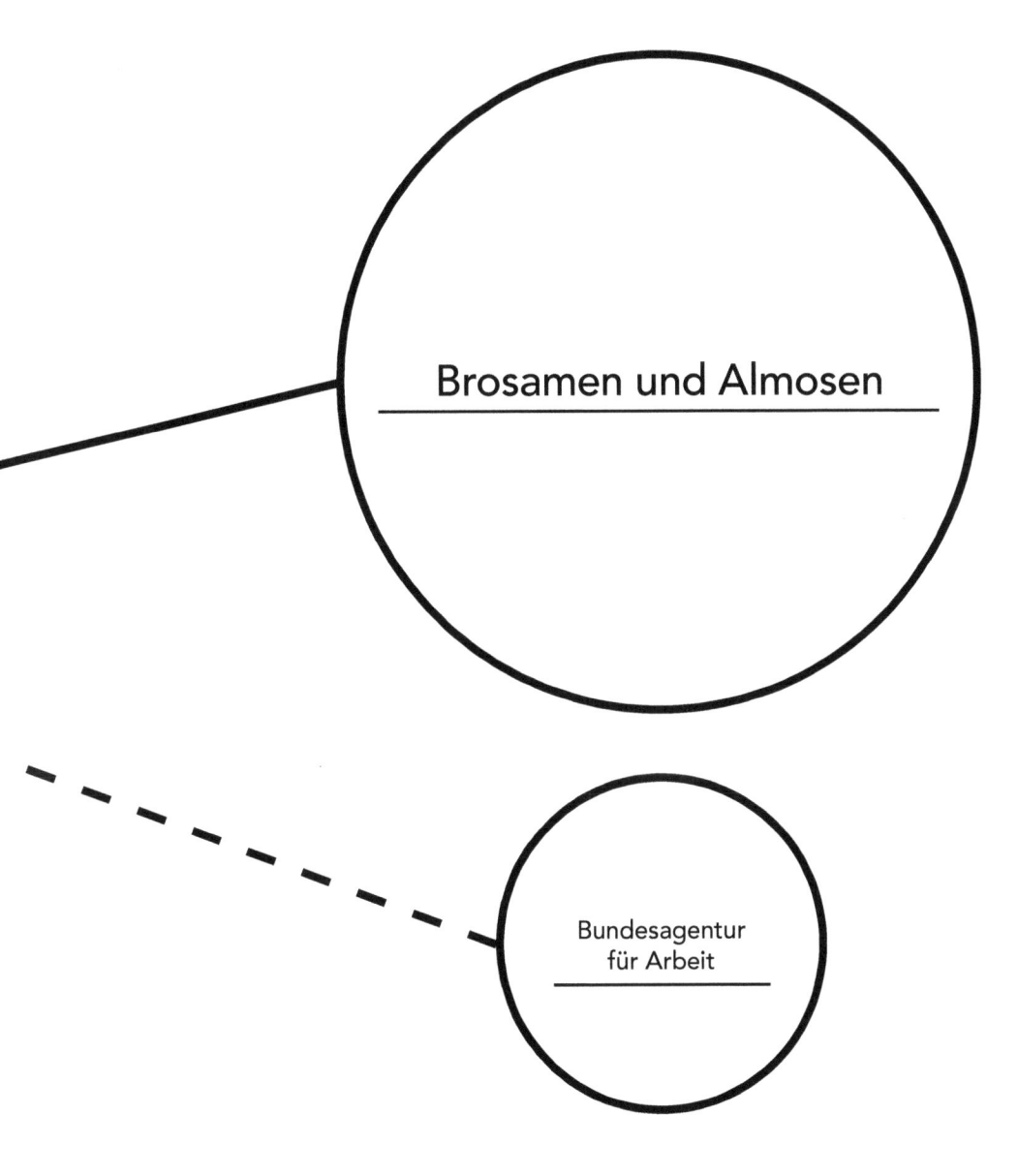

Brosamen und Almosen

Bundesagentur
für Arbeit

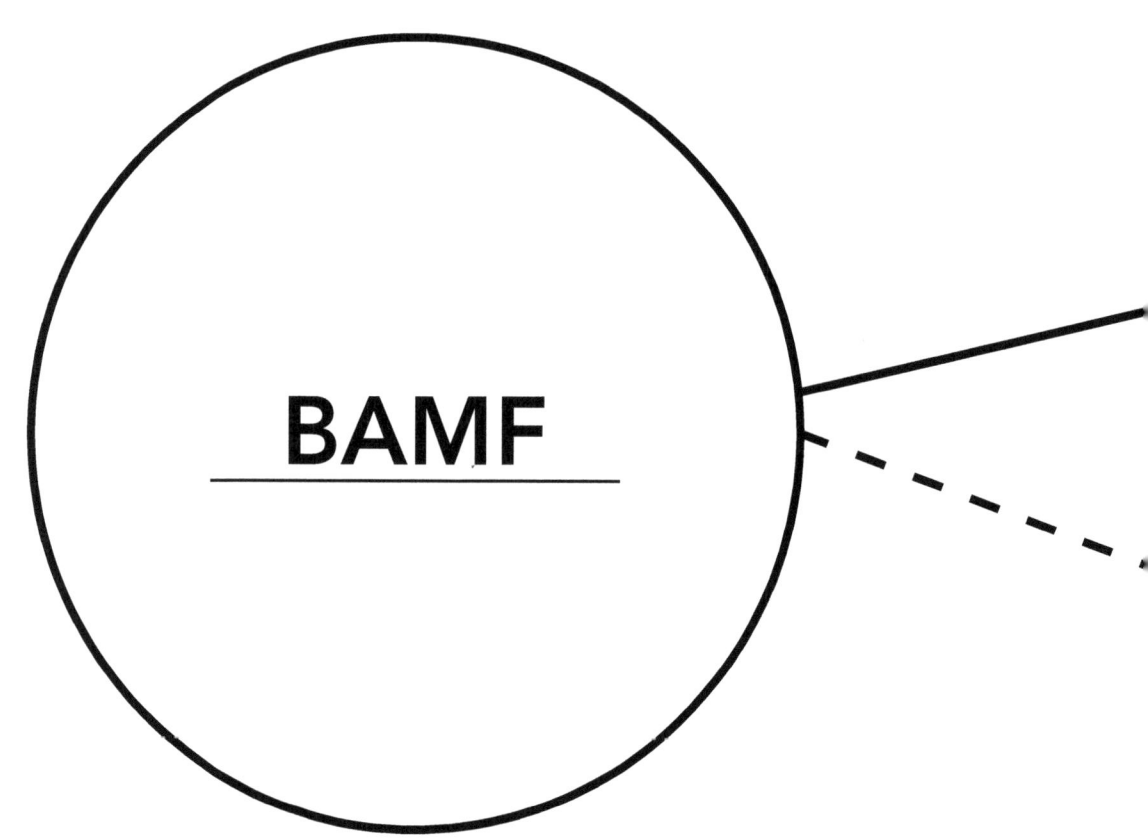

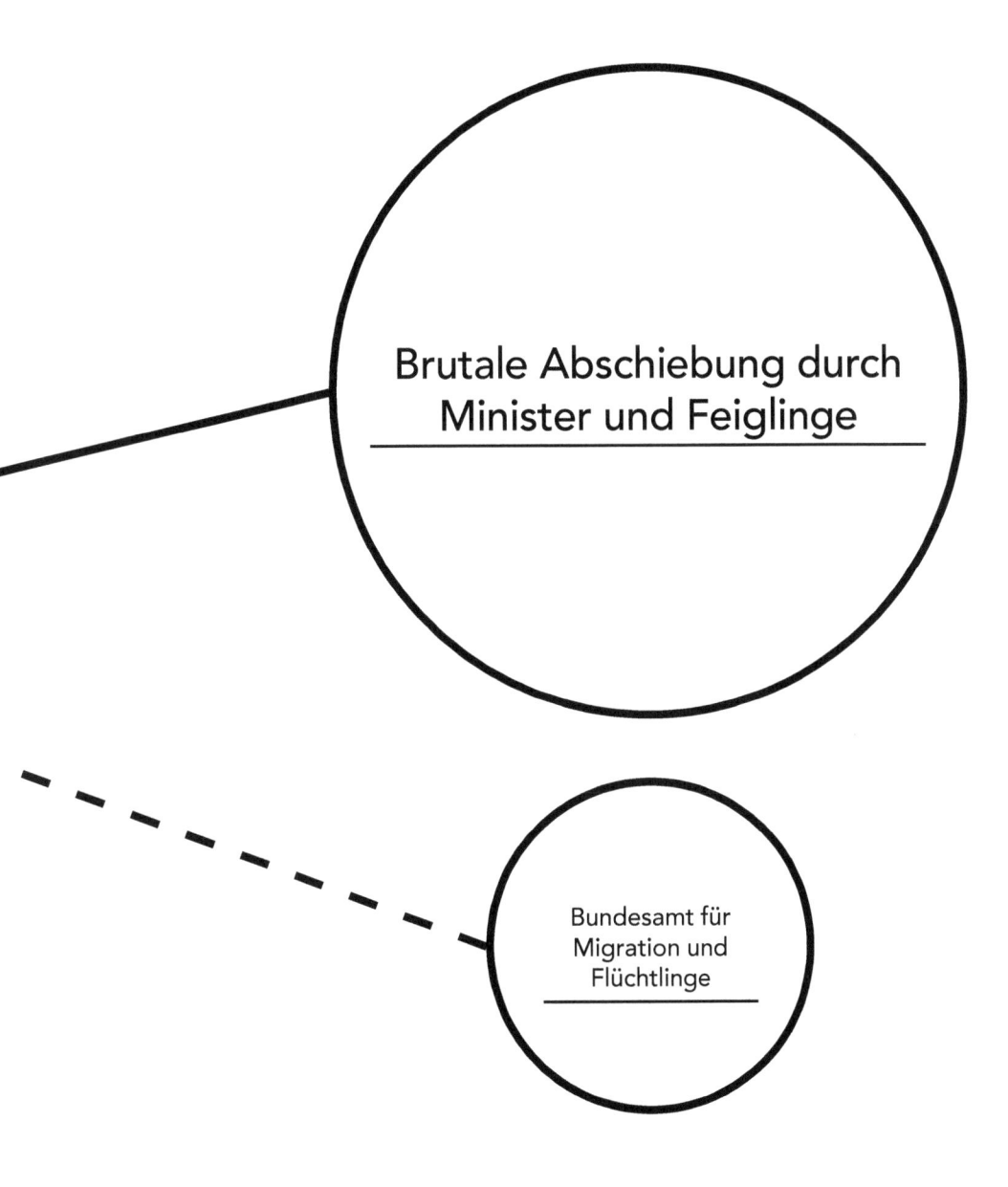

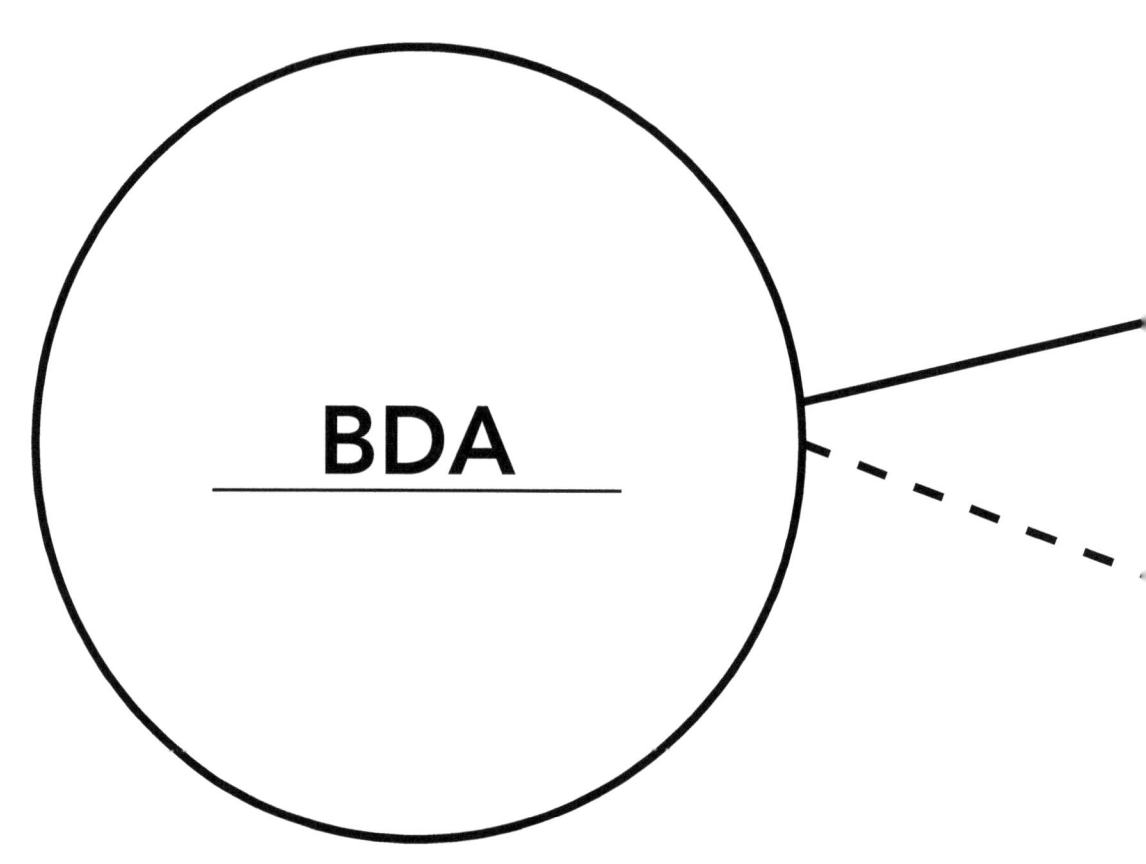

Bildungsferne Dep(p)endance
der Ausbeuter

Bundesvereinigung
der deutschen
Arbeitgeberverbände

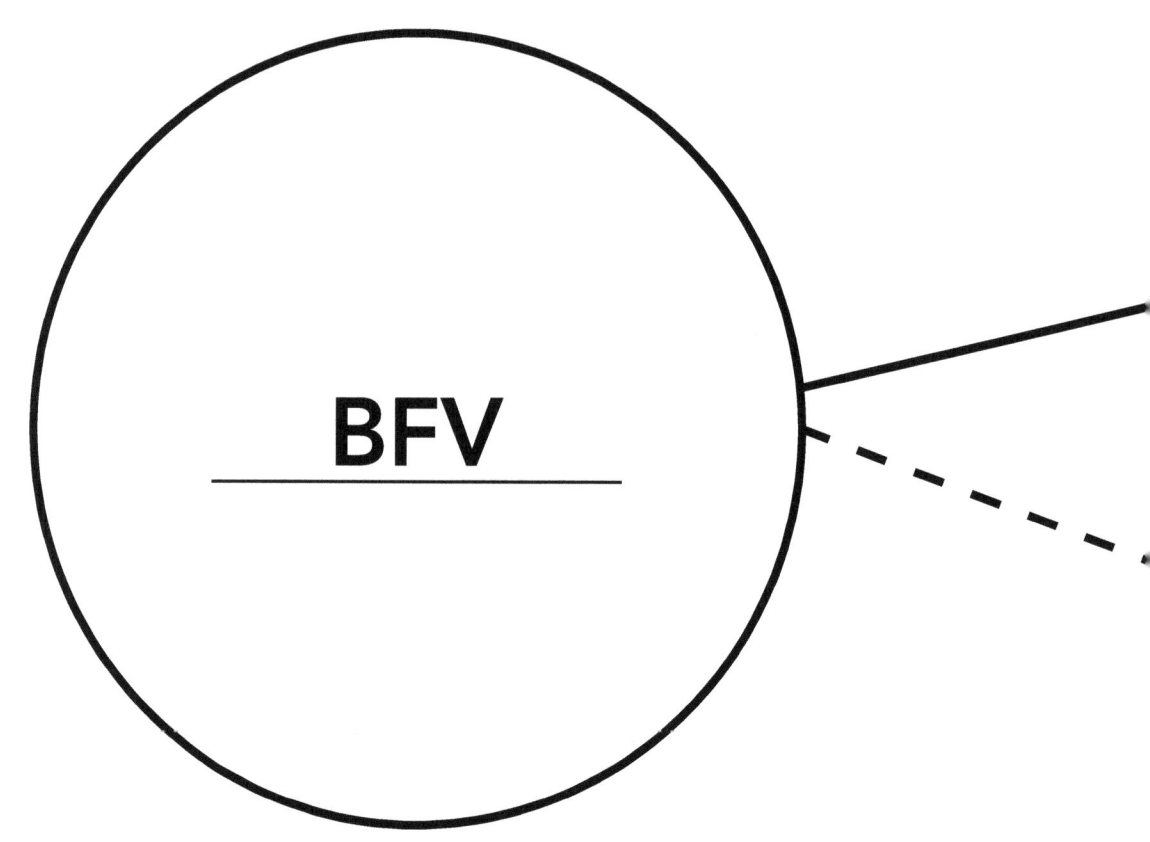

Butterfahrt ins Verderben

Bundesamt für
Verfassungsschutz

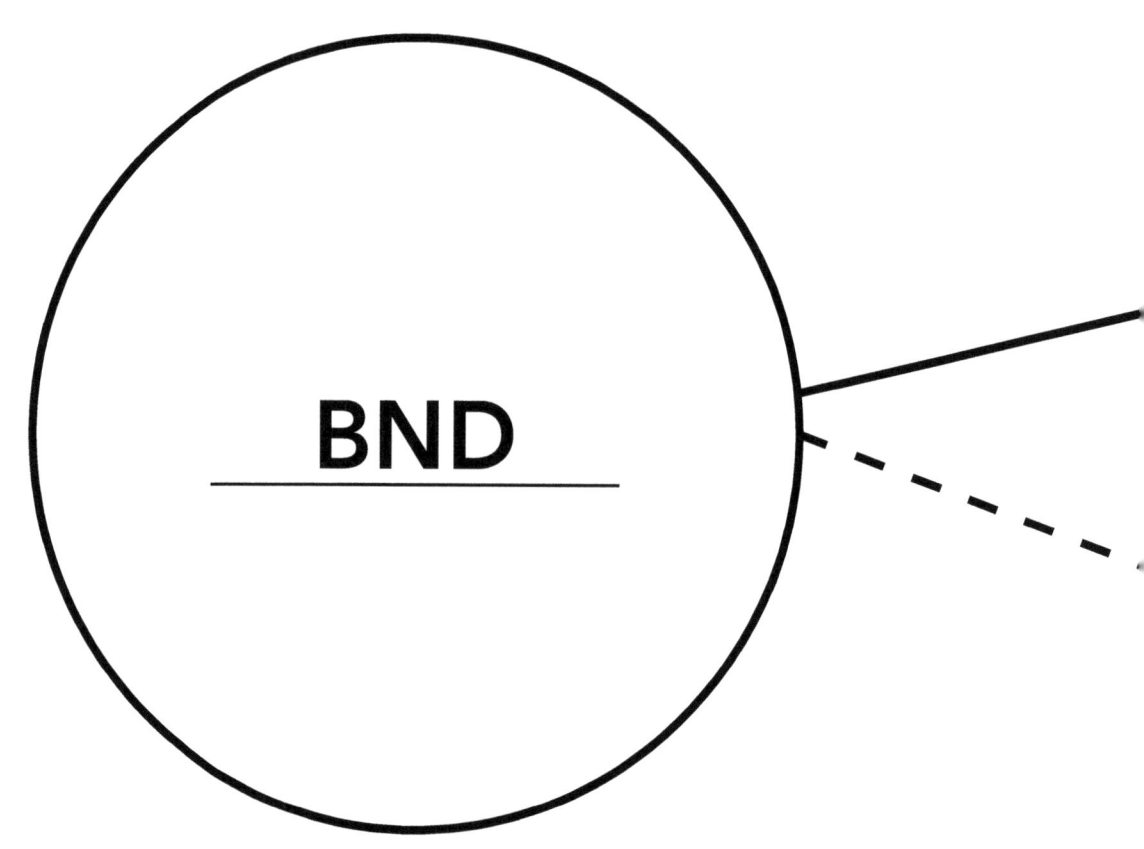

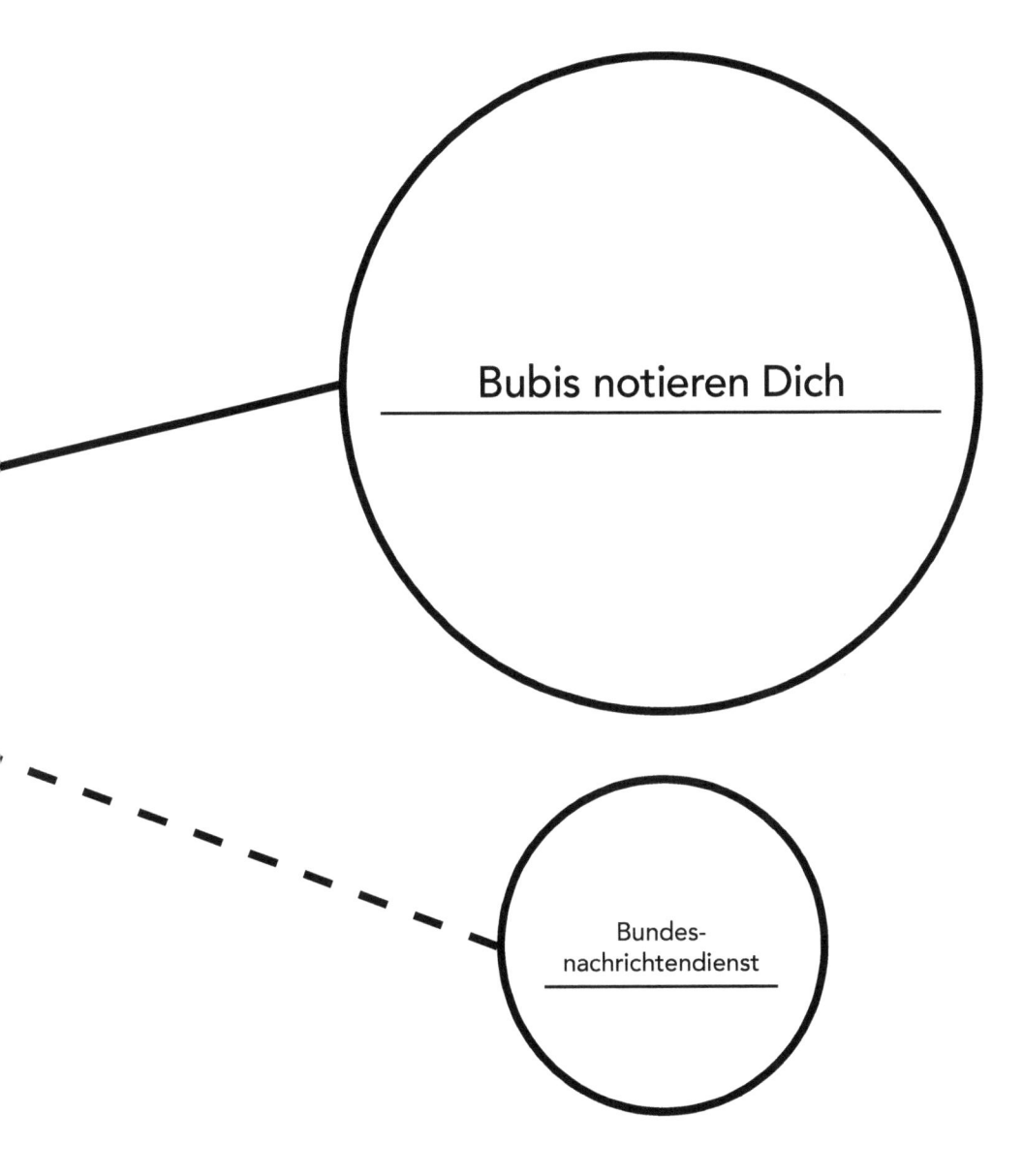

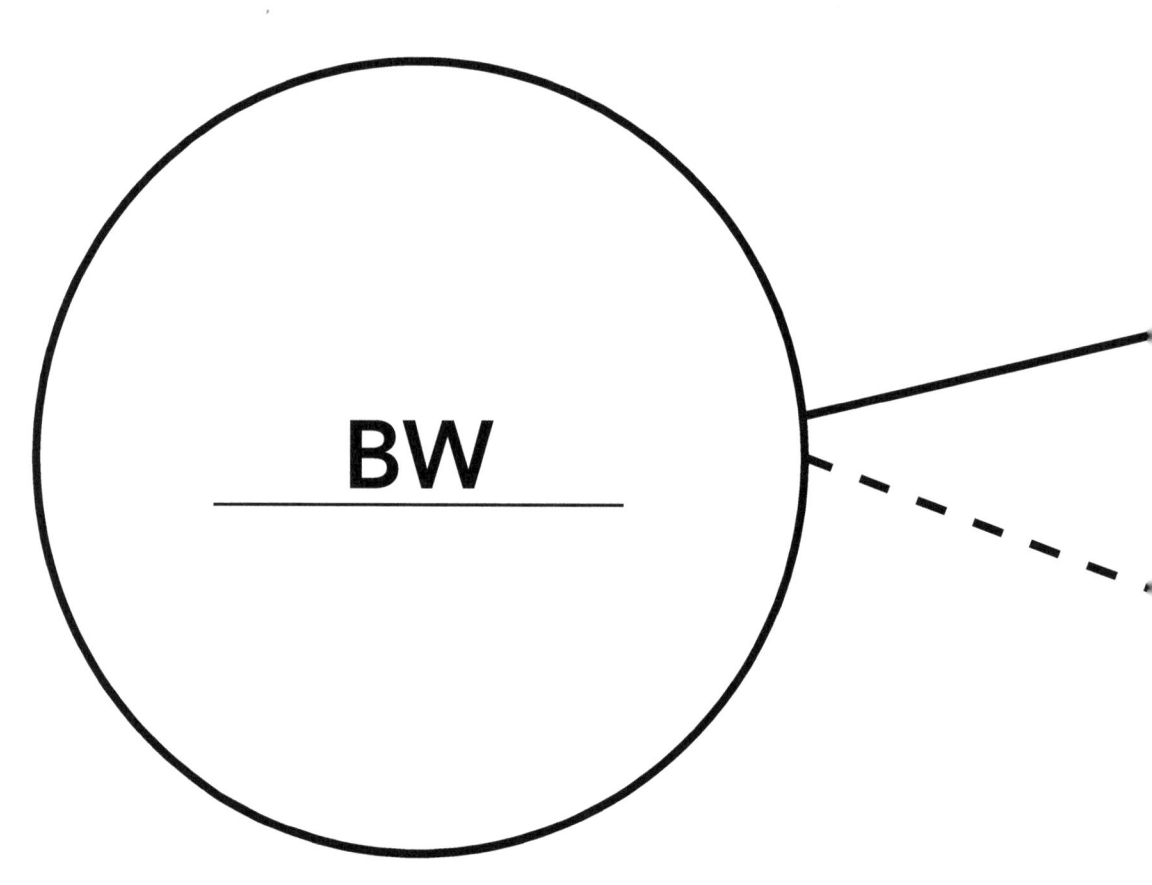

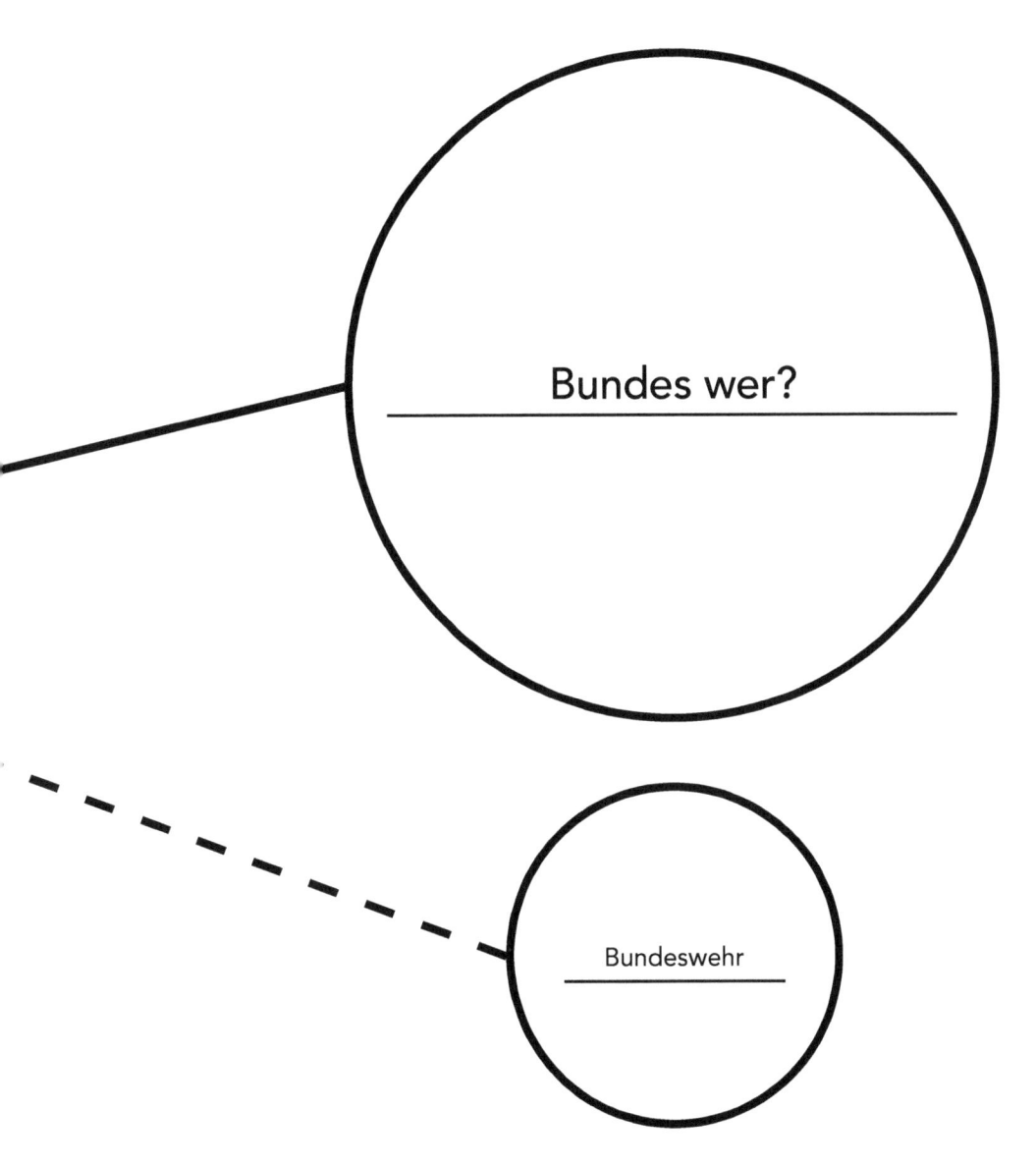

Bundes wer?

Bundeswehr

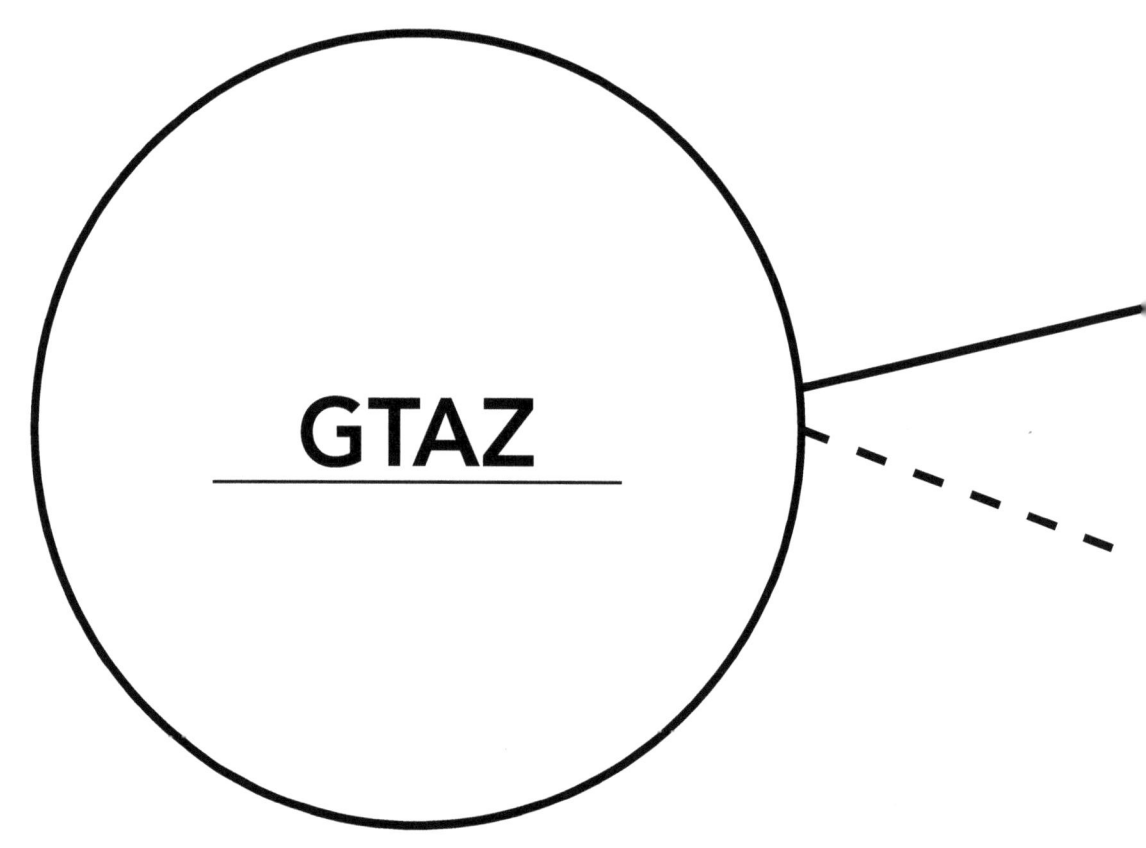

GTAZ

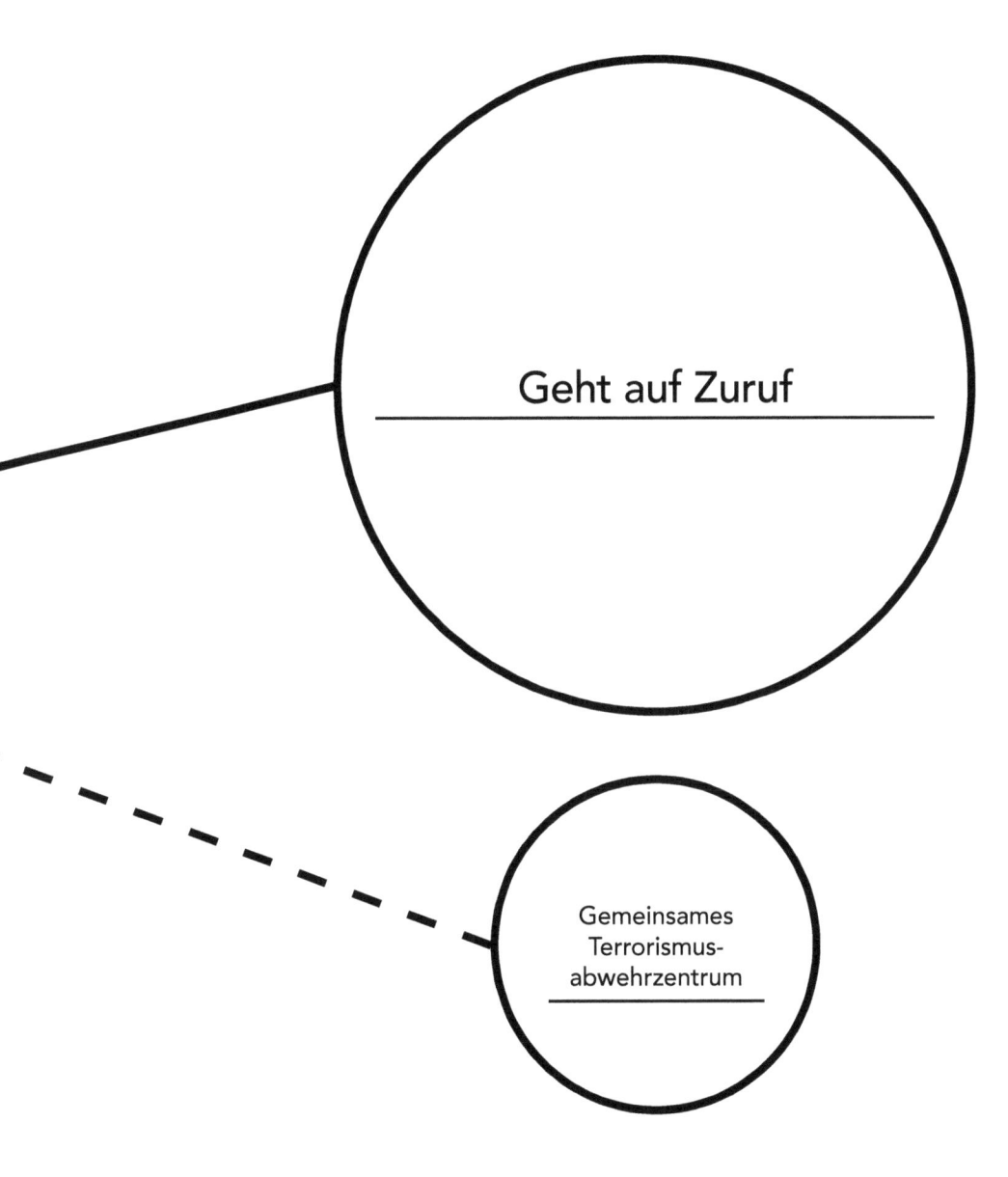

Geht auf Zuruf

Gemeinsames
Terrorismus-
abwehrzentrum

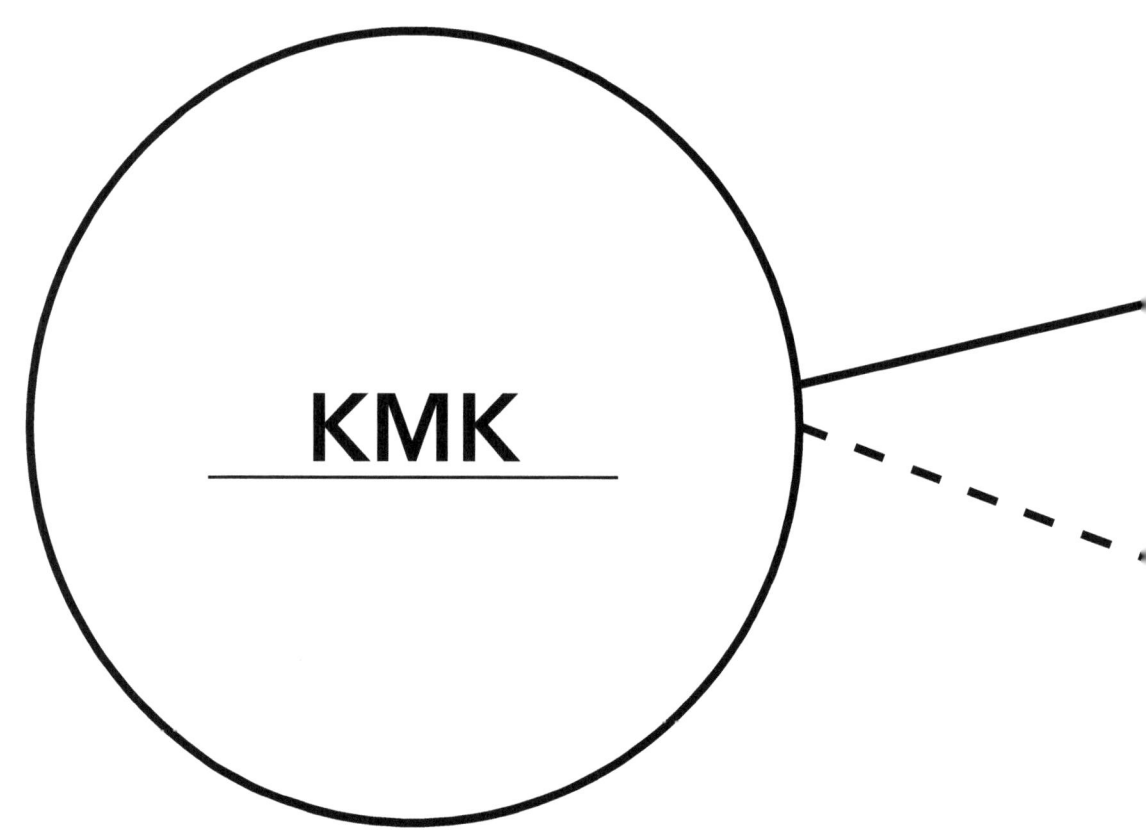

Konzeptlose Maulhelden
reden Kauderwelsch

Kultusminister-
konferenz

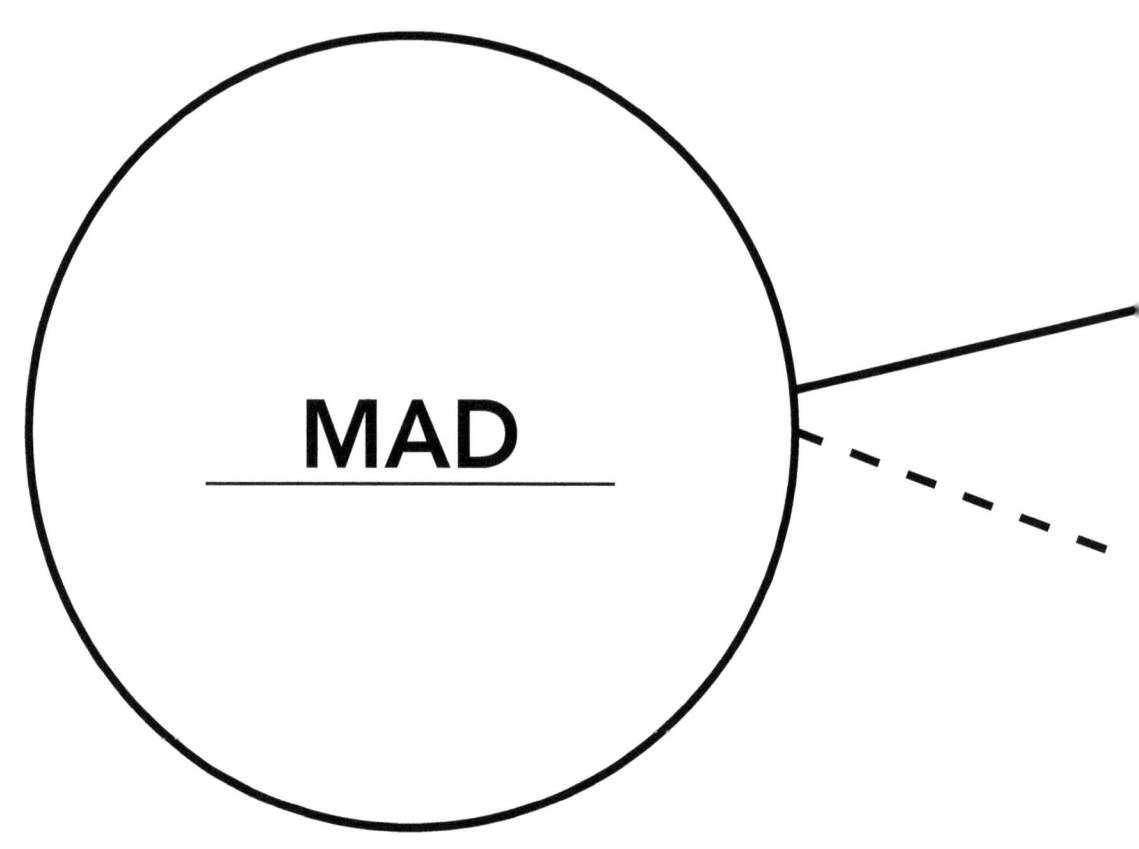

Minderbemittelte
Aktenfresser im Delirium

Militärischer
Abschirmdienst

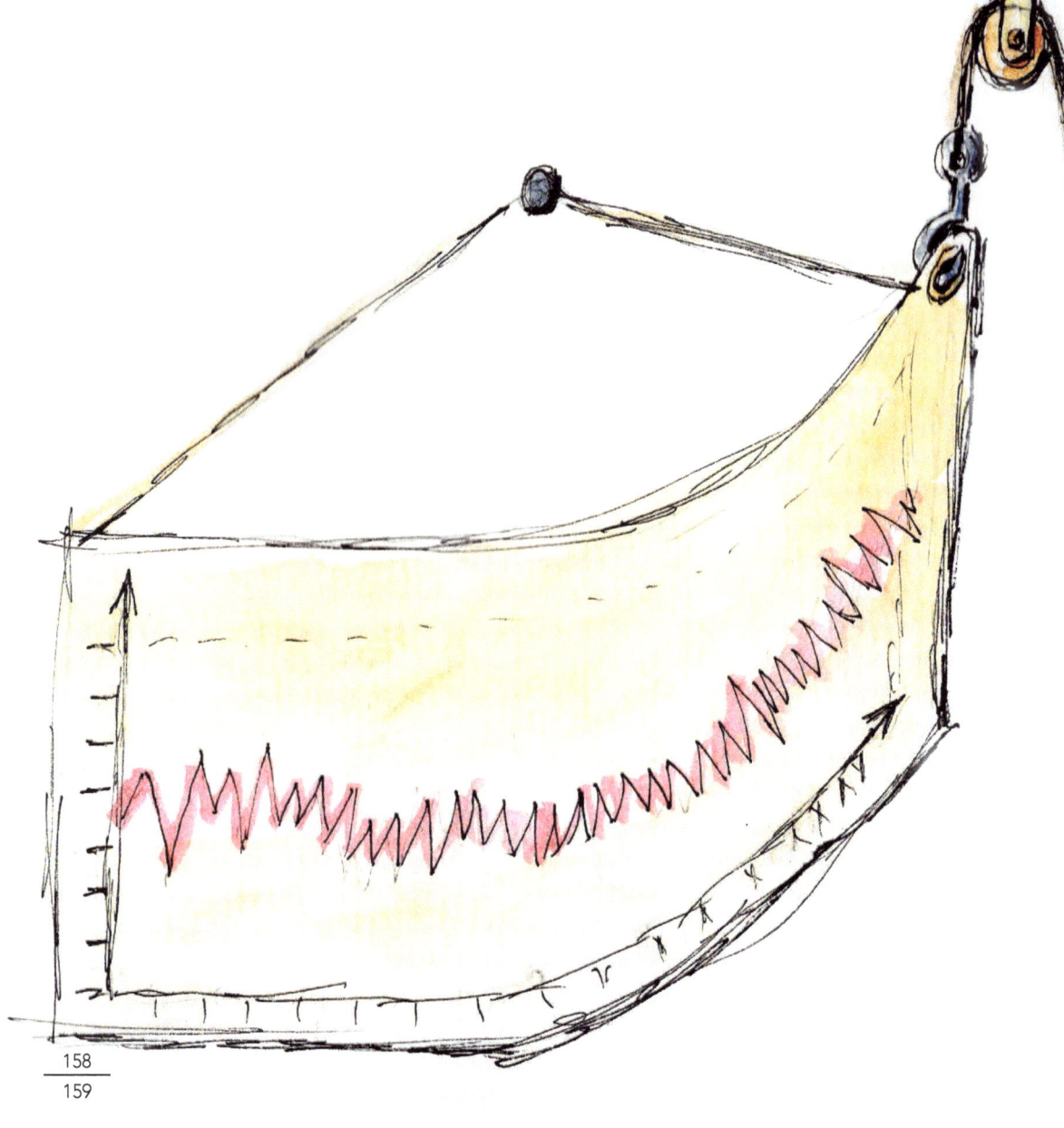

www – world wide wahrsager

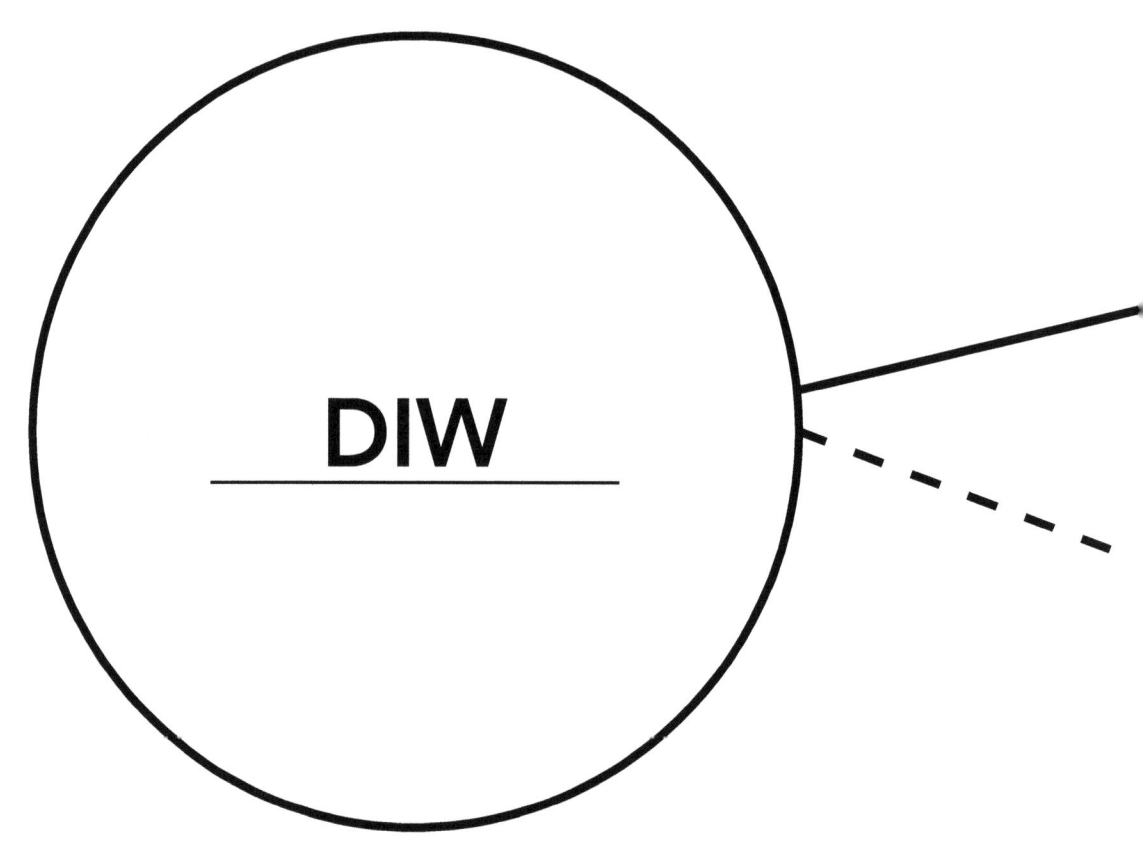

Dösbaddel im Wachkoma

Deutsches Institut für
Wirtschaftsforschung

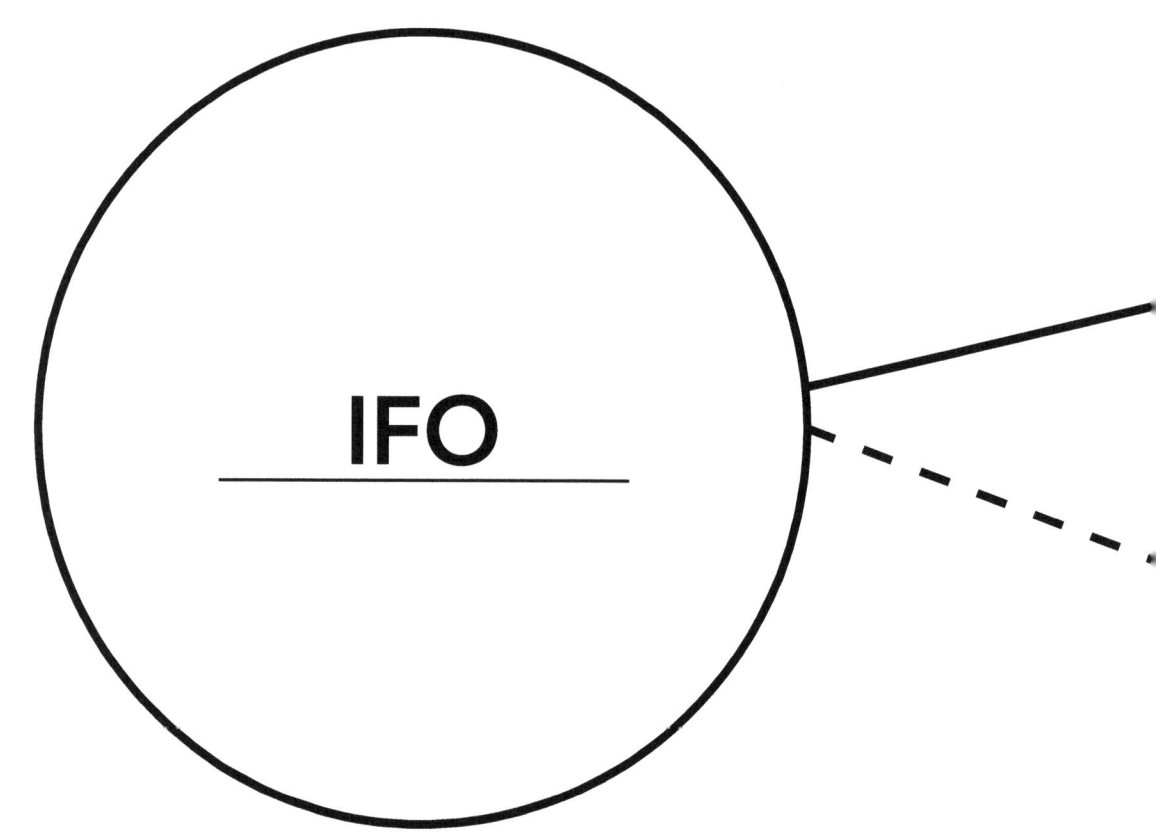

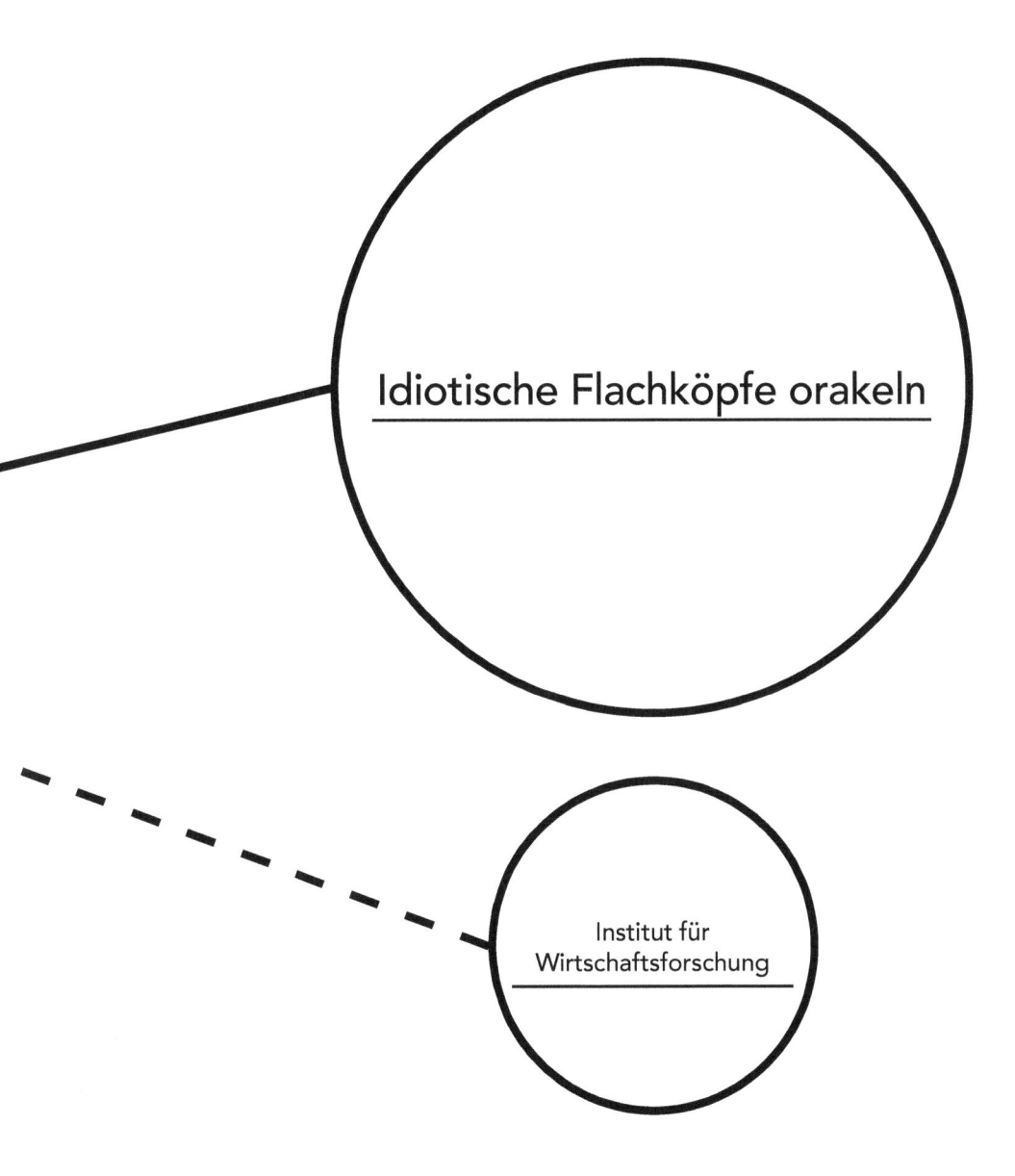

Idiotische Flachköpfe orakeln

Institut für
Wirtschaftsforschung

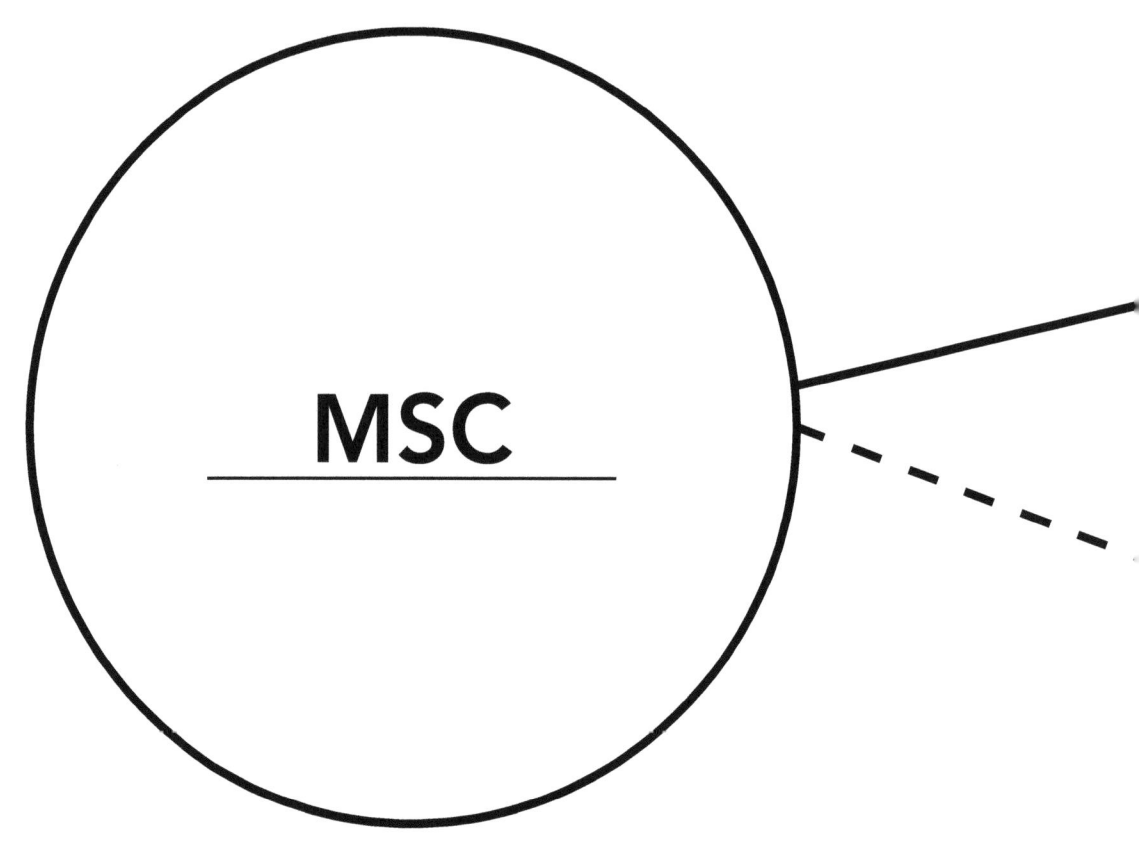

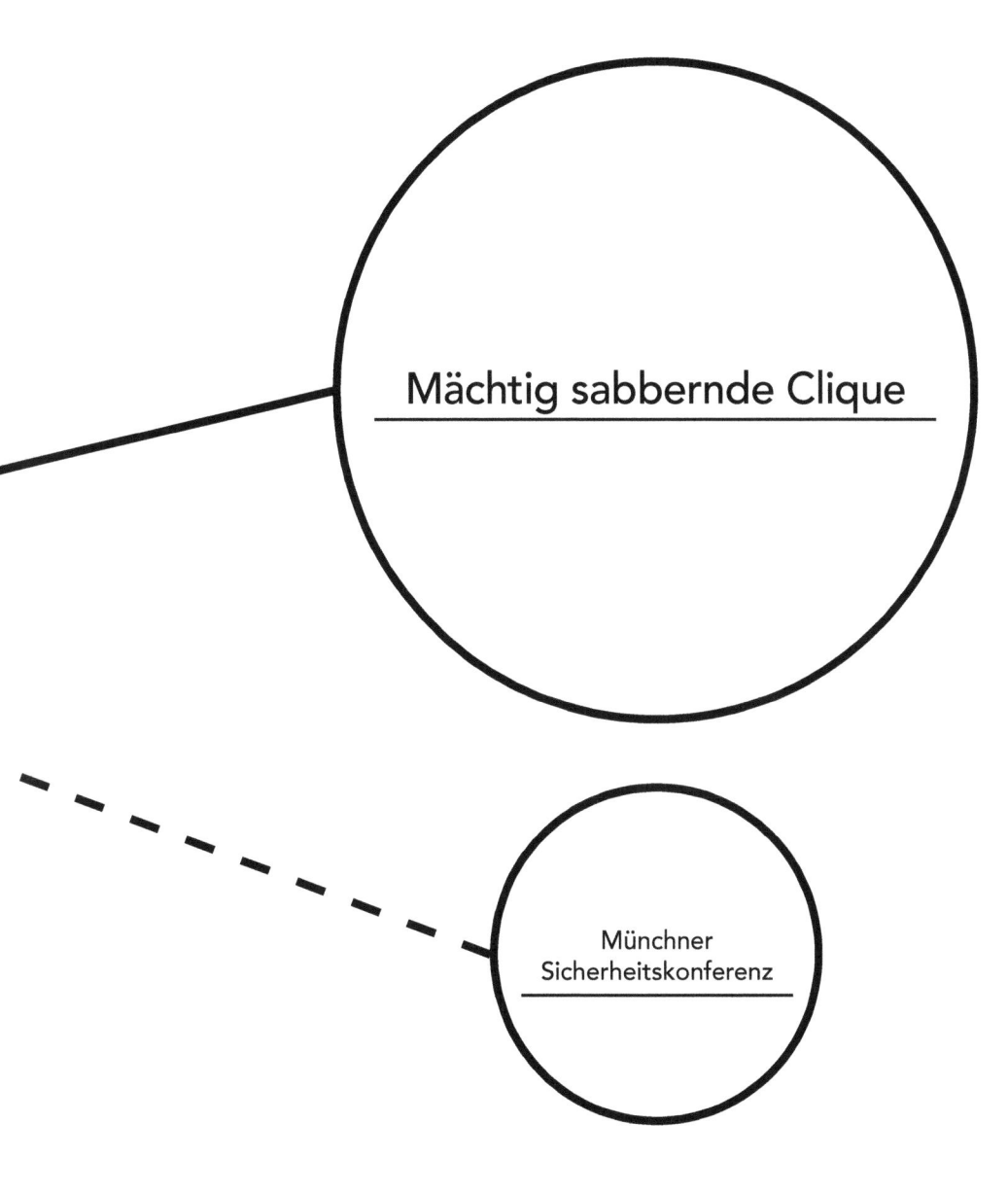

Mächtig sabbernde Clique

Münchner
Sicherheitskonferenz

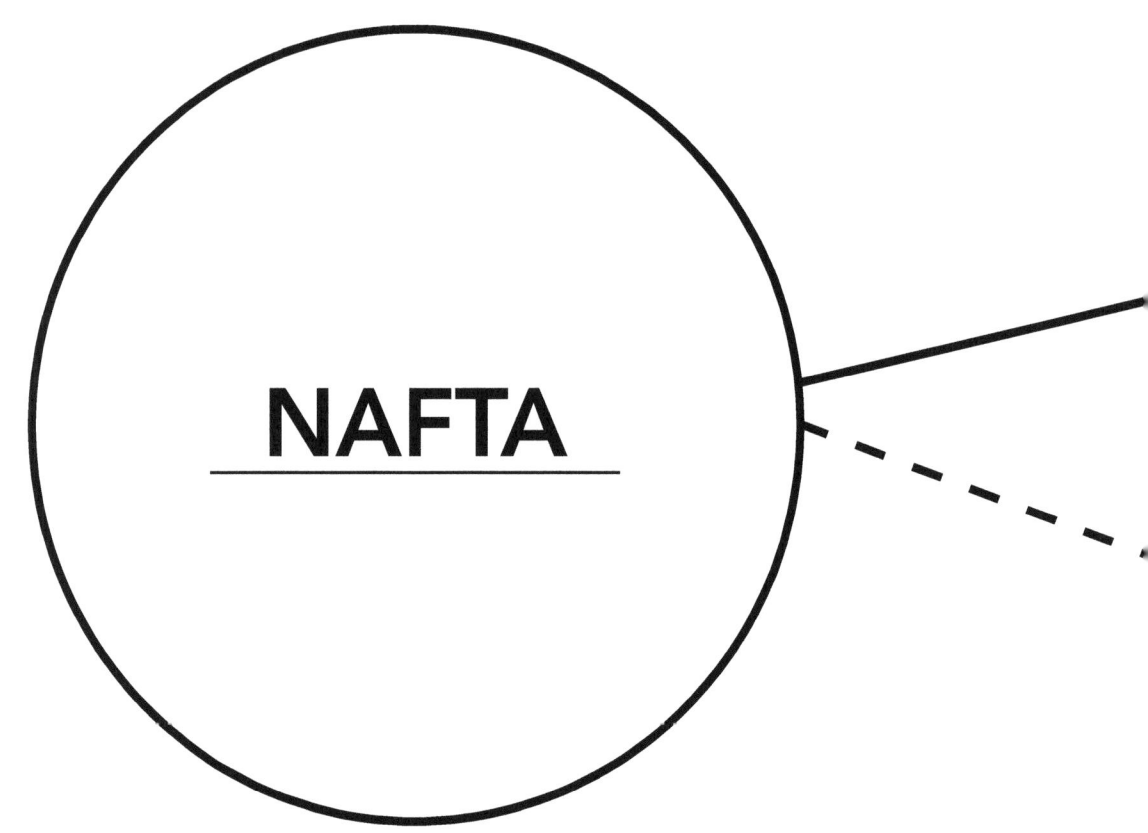

NAFTA

166
167

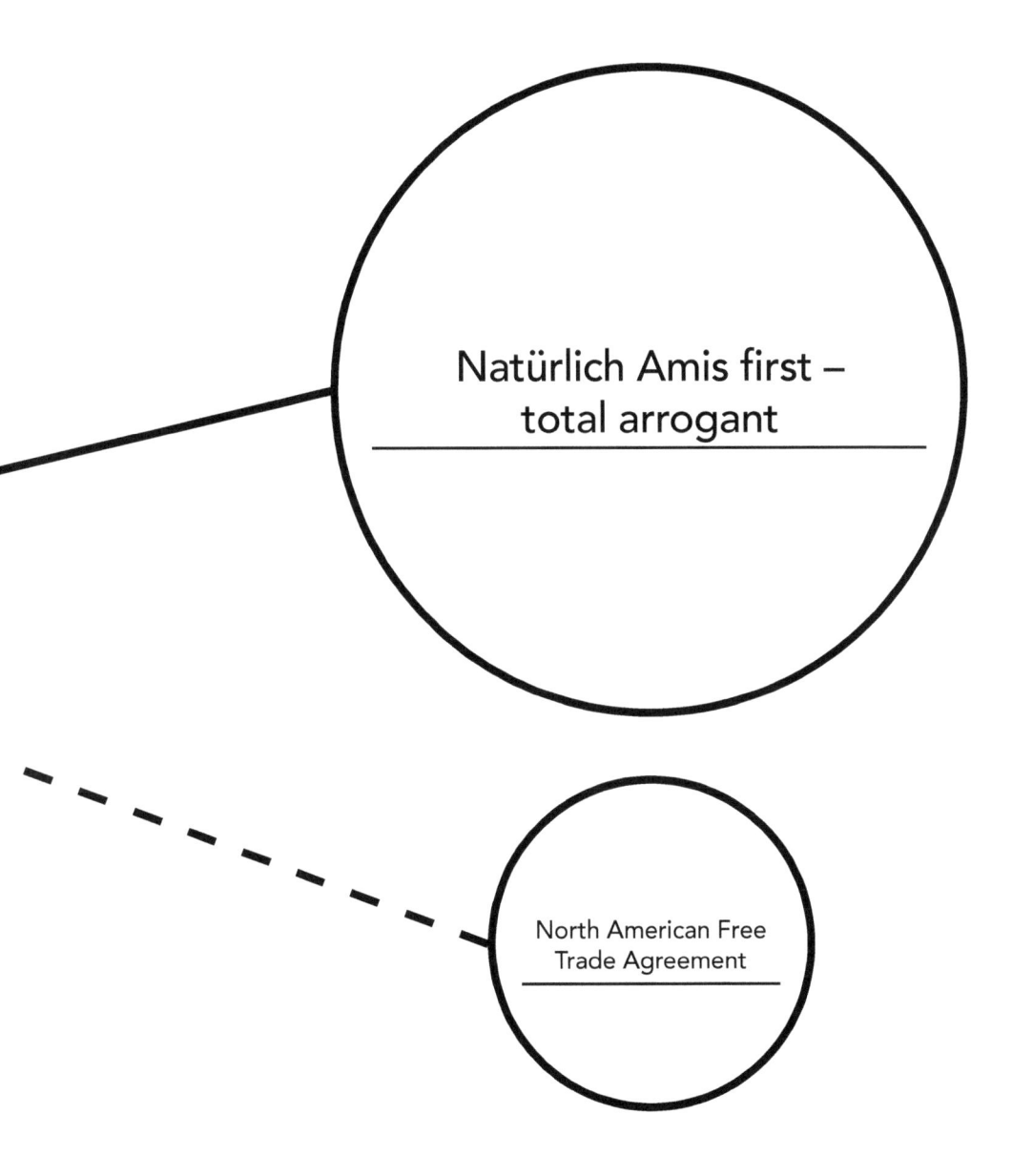

Natürlich Amis first –
total arrogant

North American Free
Trade Agreement

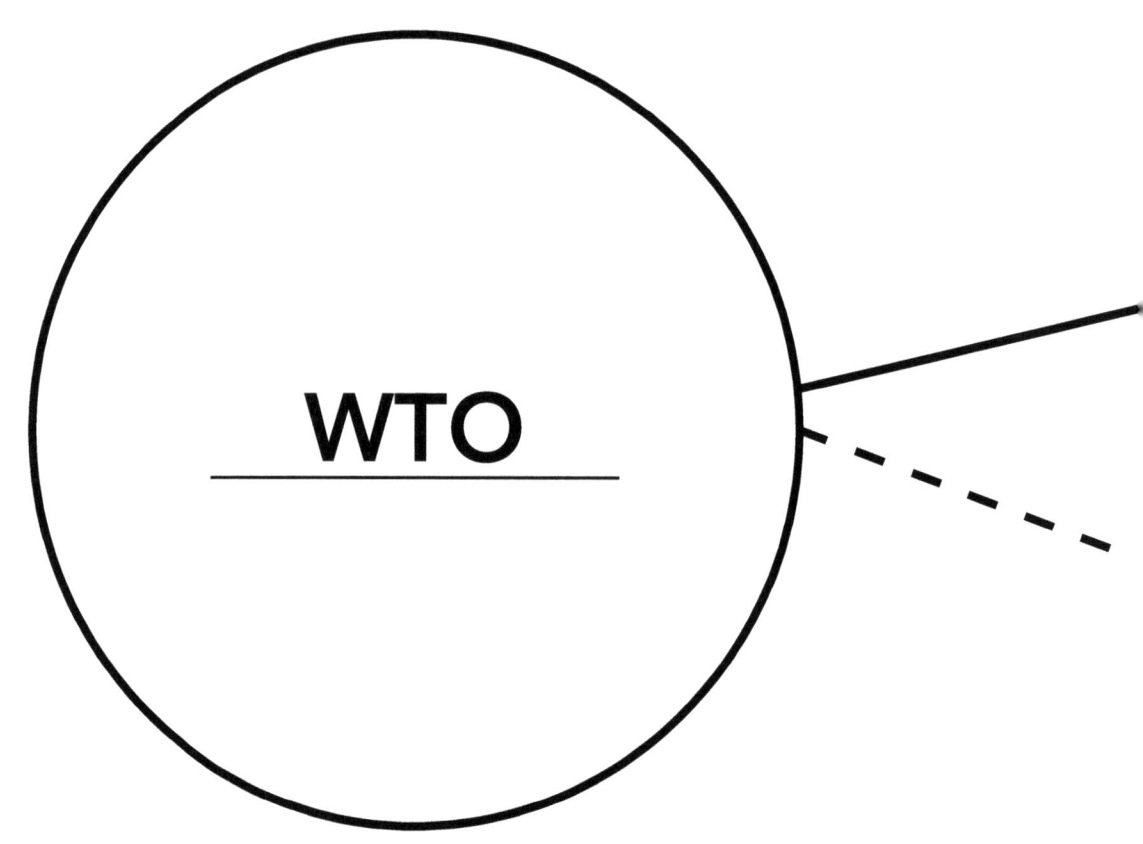

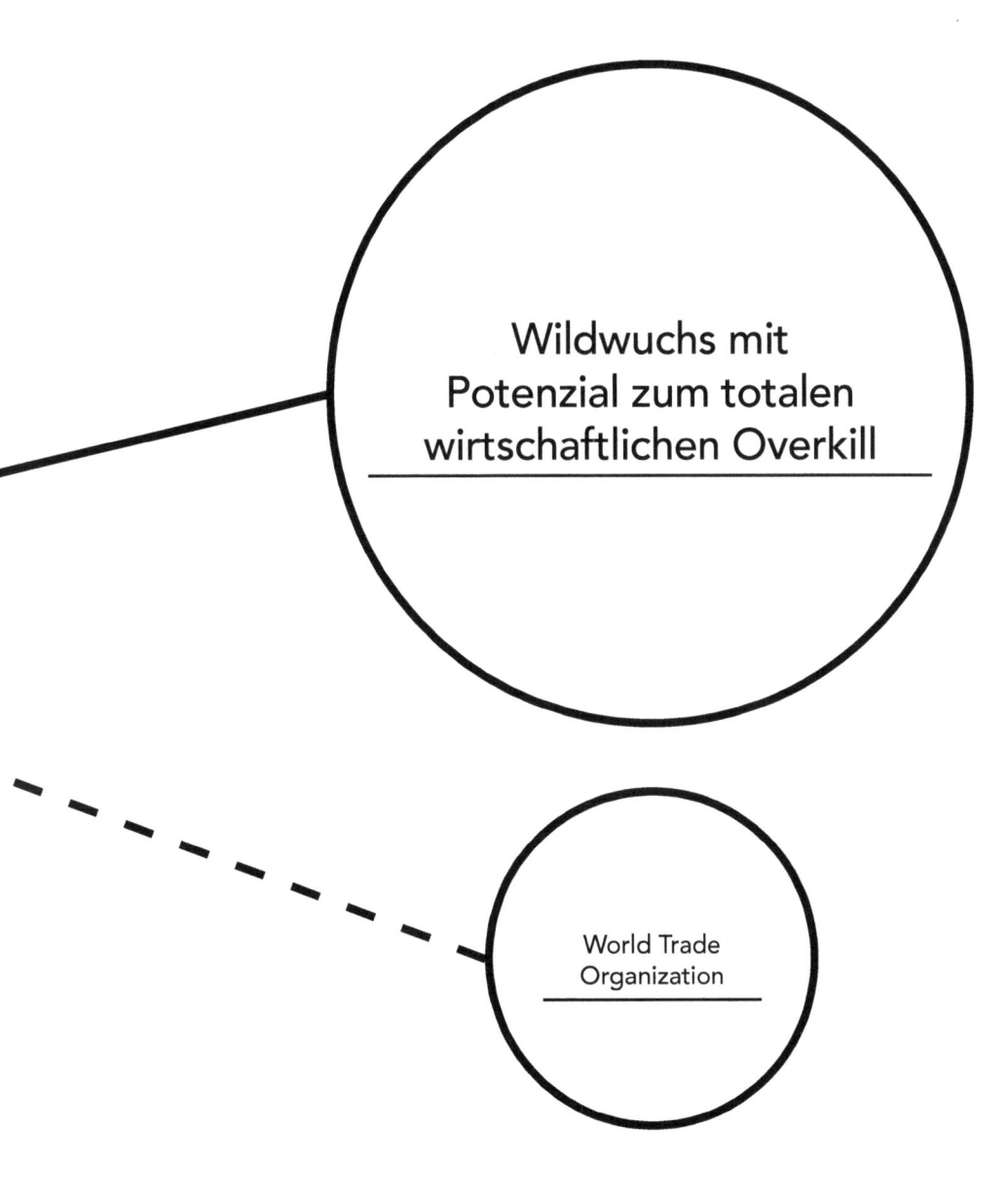

Wildwuchs mit
Potenzial zum totalen
wirtschaftlichen Overkill

World Trade
Organization

Verkehr-te Welt

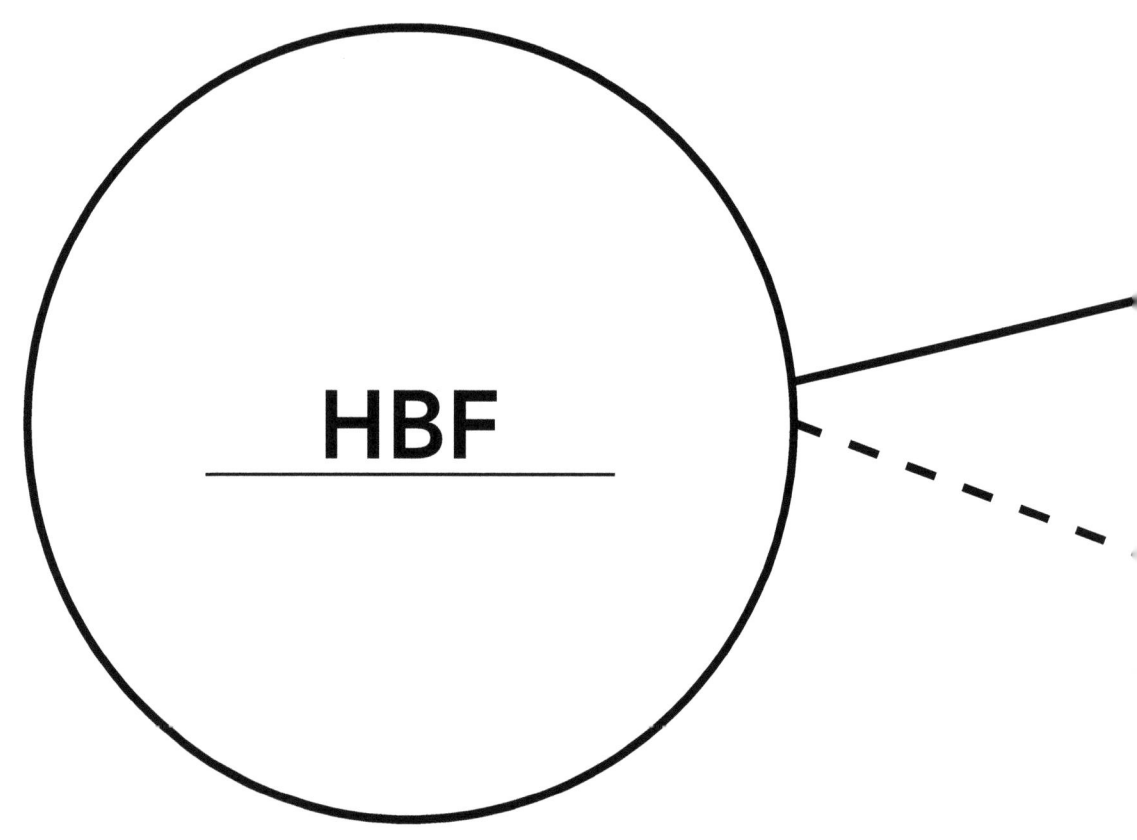

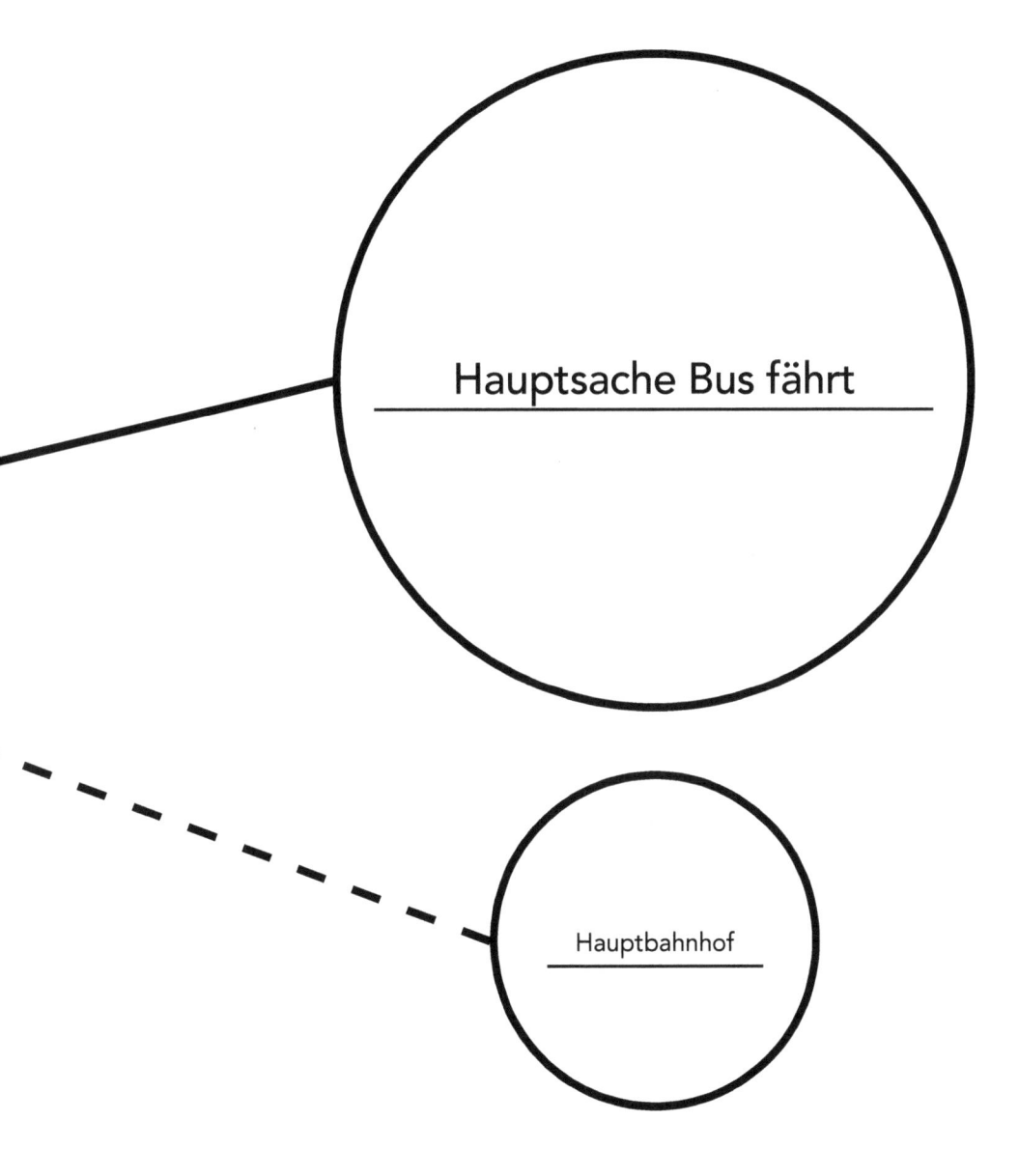

Hauptsache Bus fährt

Hauptbahnhof

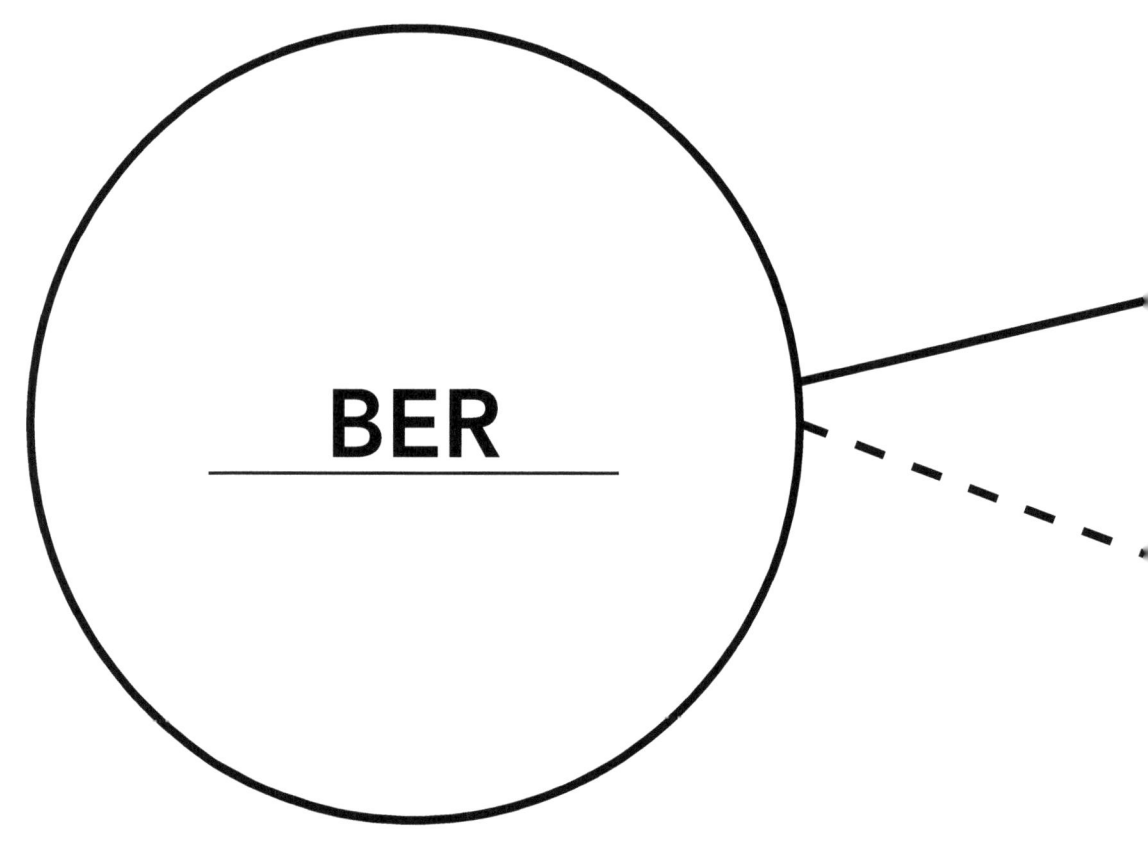

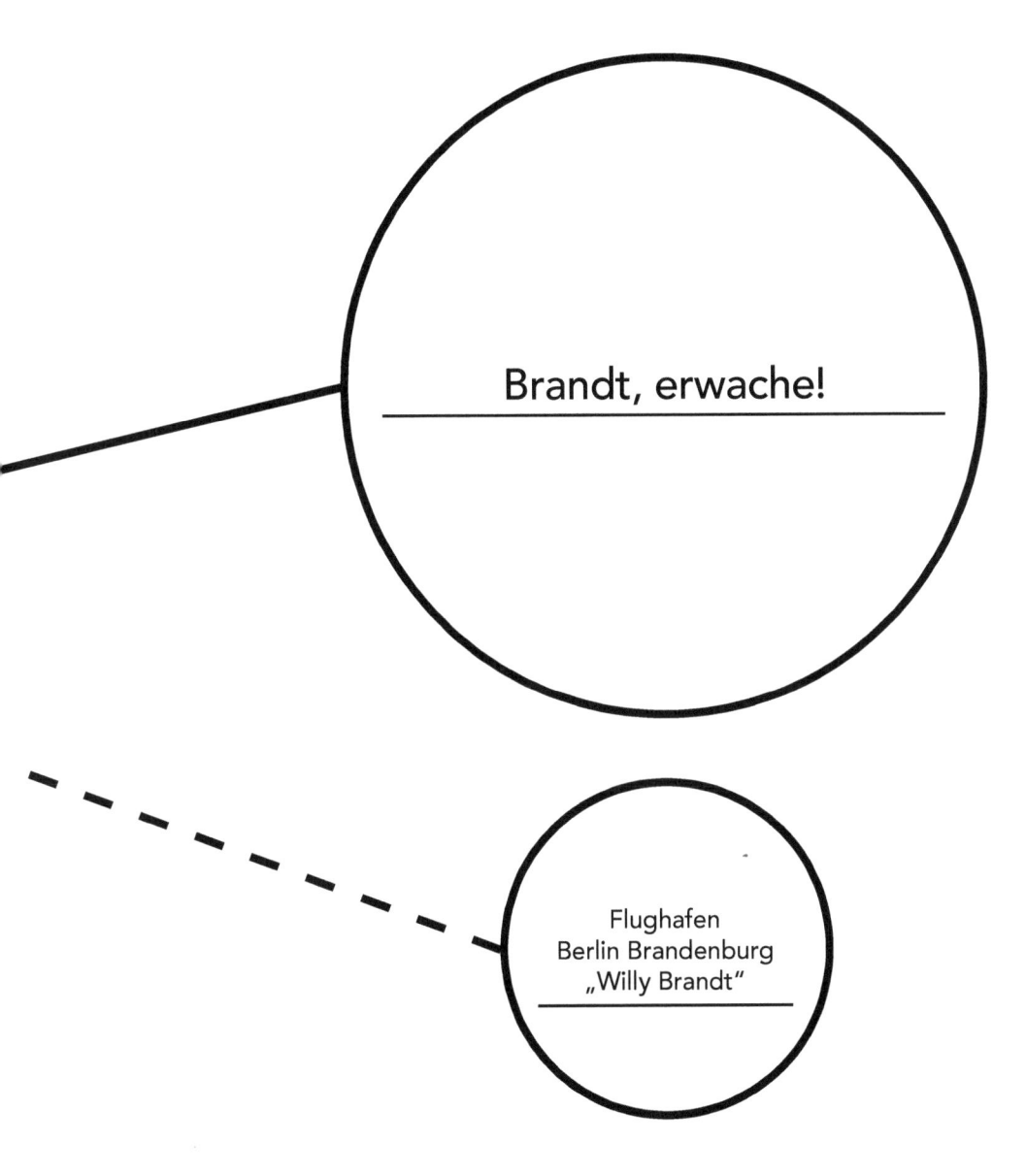

Brandt, erwache!

Flughafen
Berlin Brandenburg
„Willy Brandt"

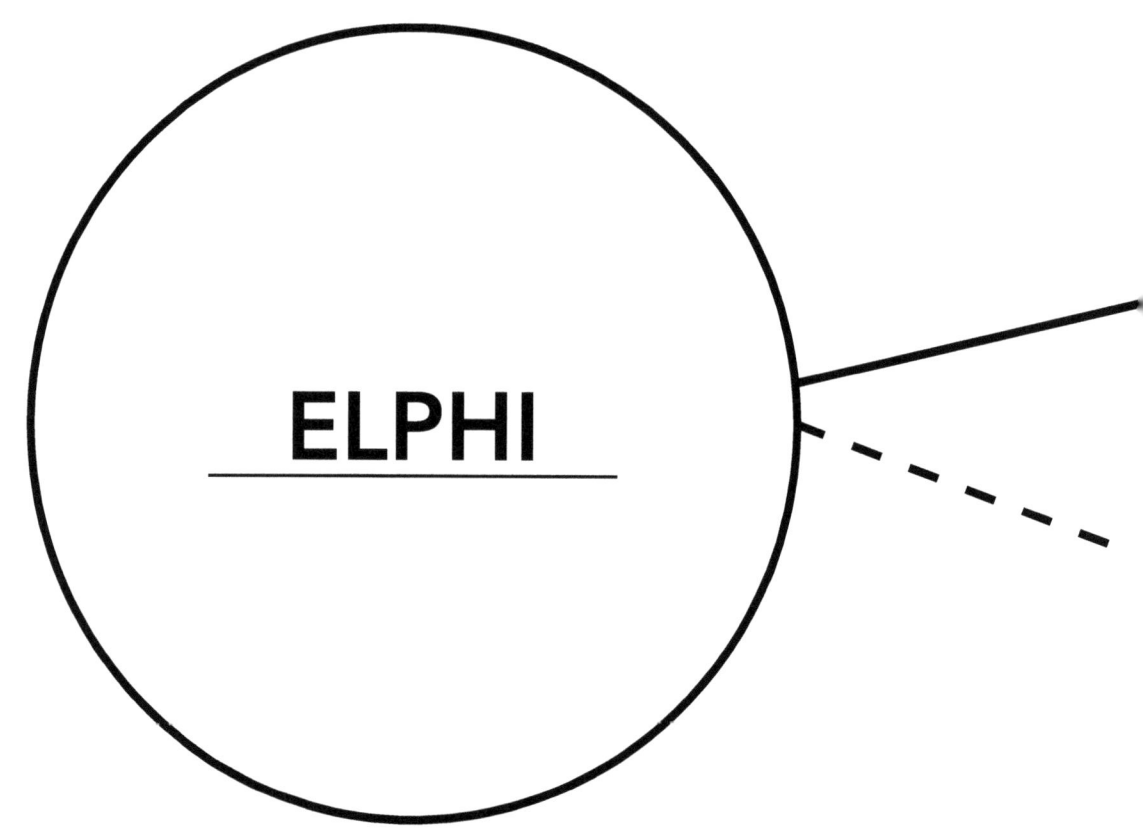

ELPHI

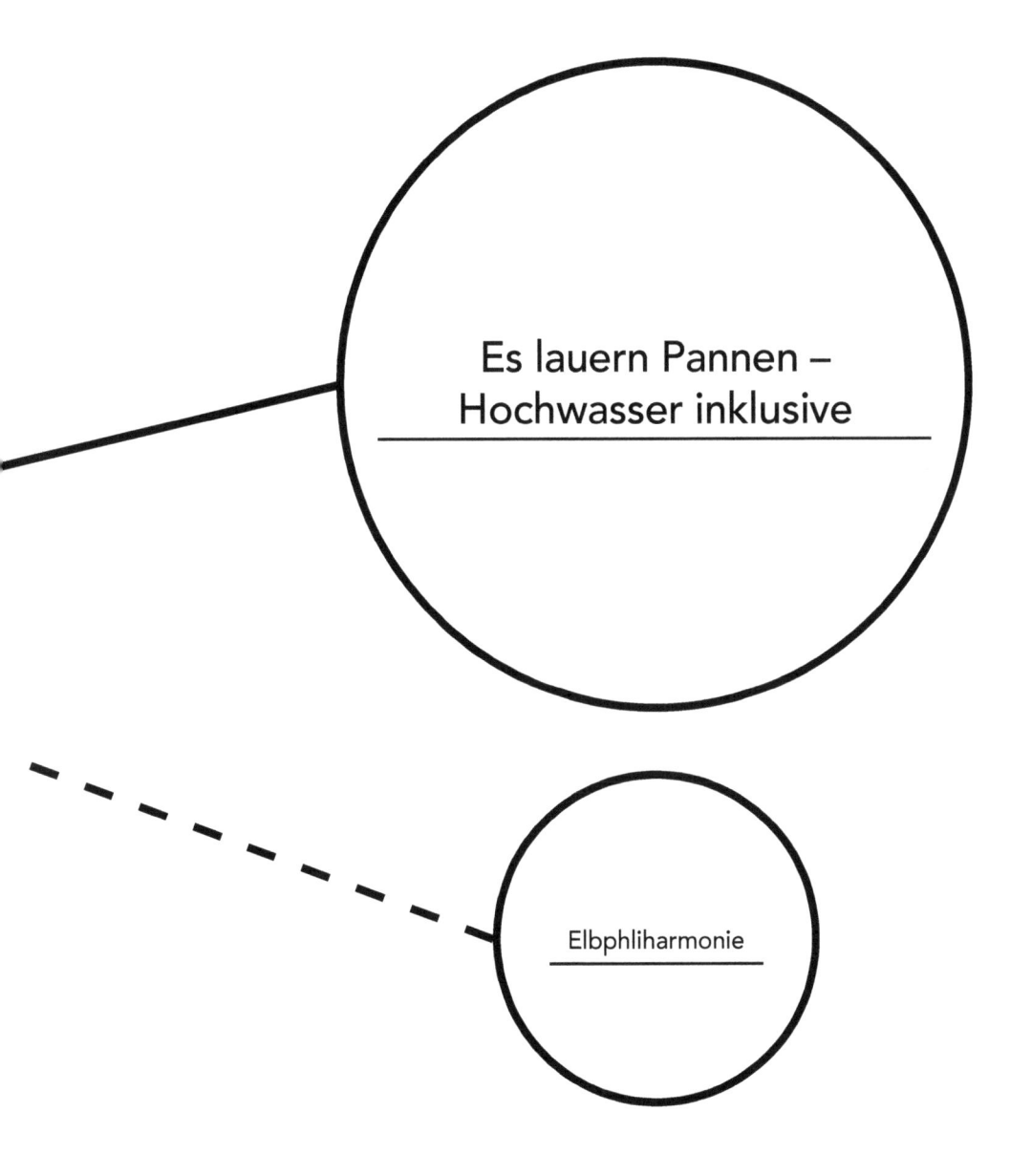

Es lauern Pannen –
Hochwasser inklusive

Elbphliharmonie

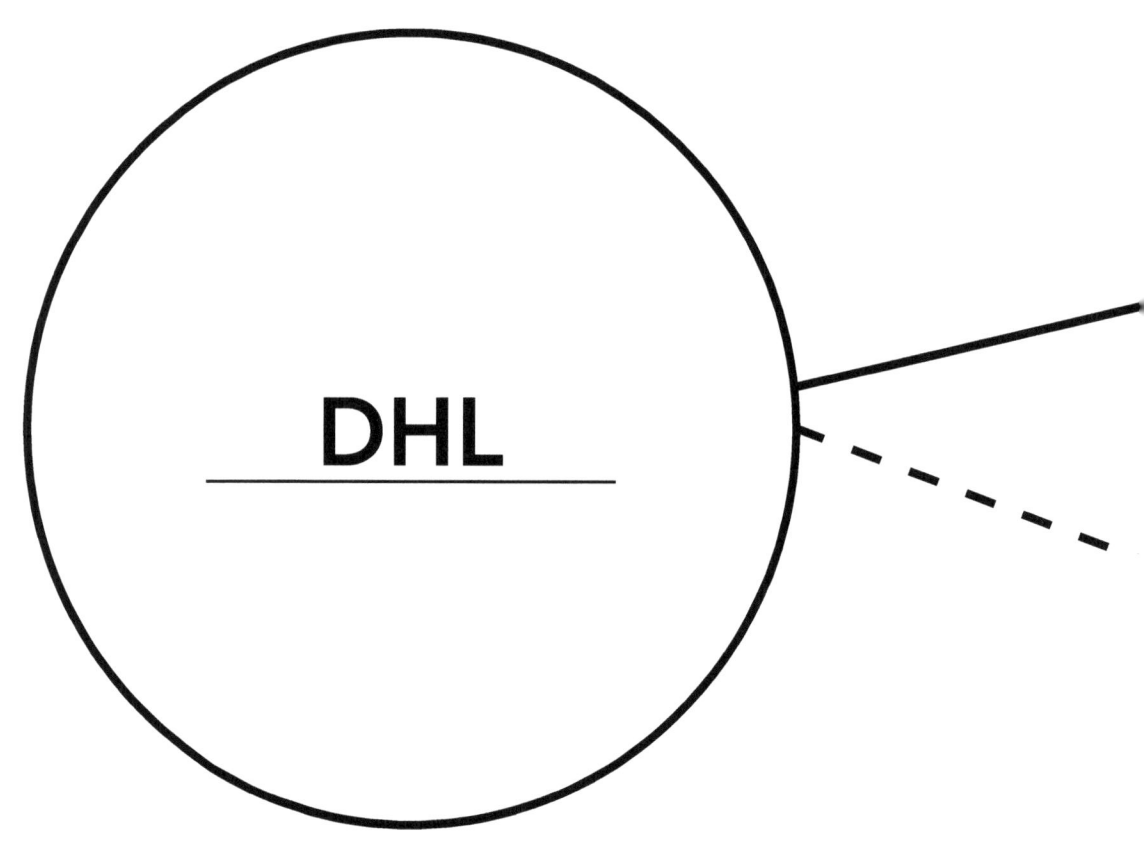

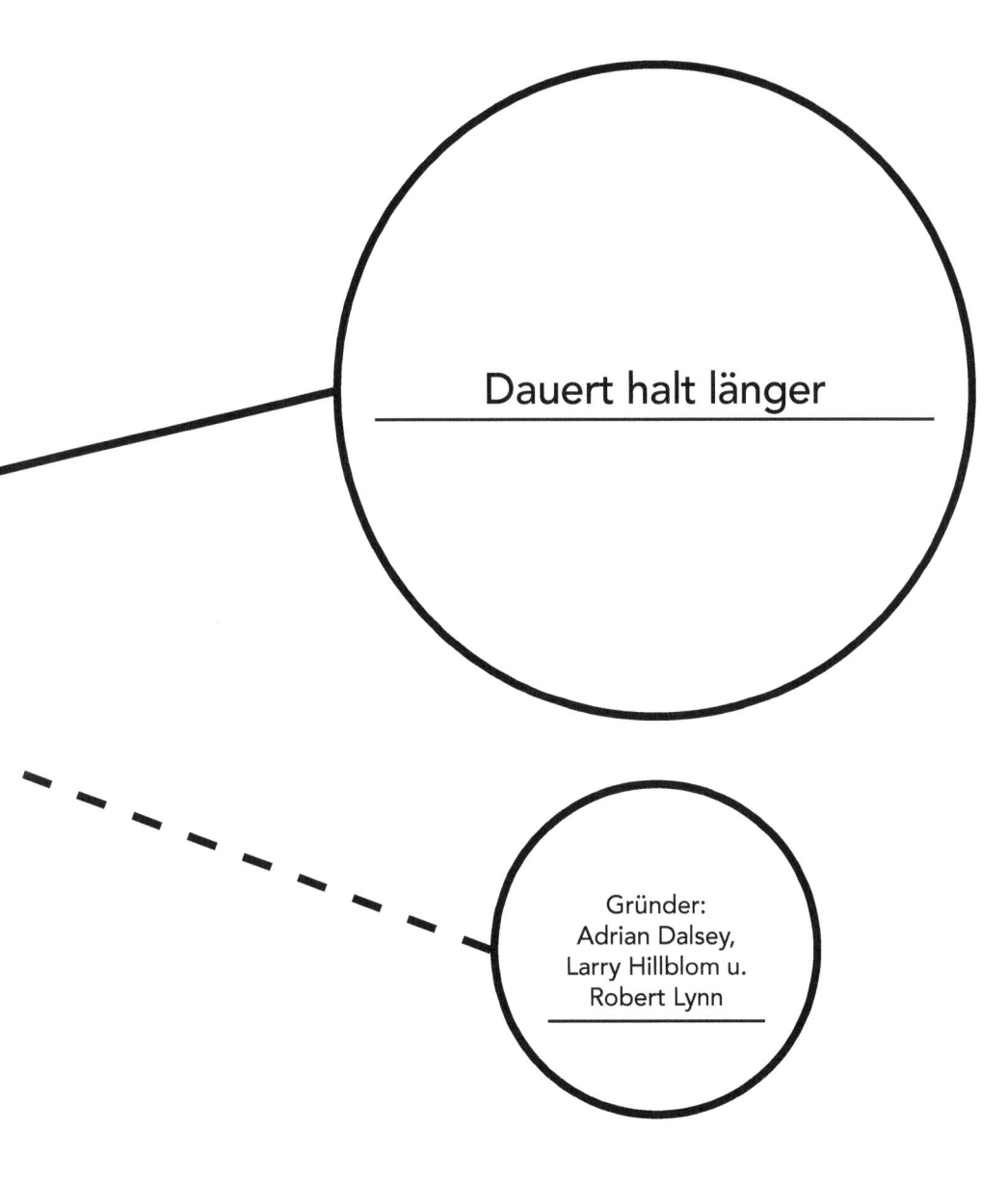

Dauert halt länger

Gründer:
Adrian Dalsey,
Larry Hillblom u.
Robert Lynn

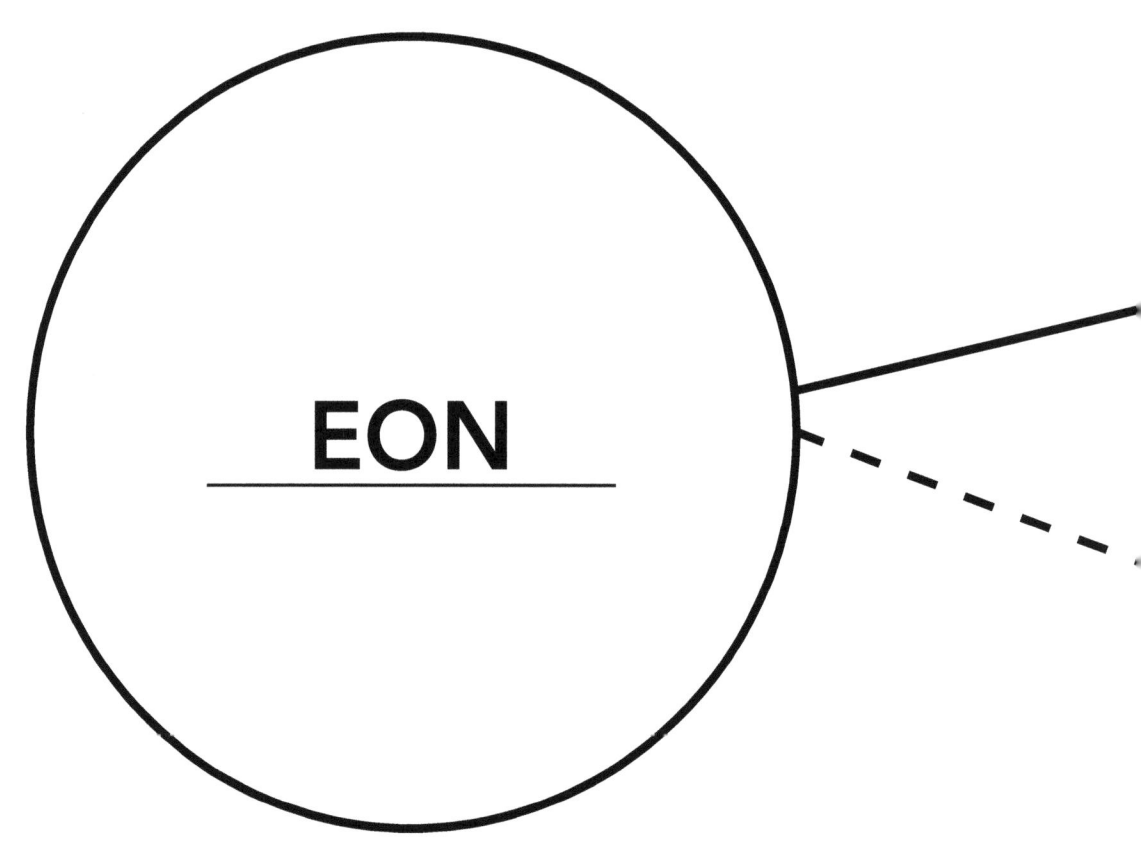

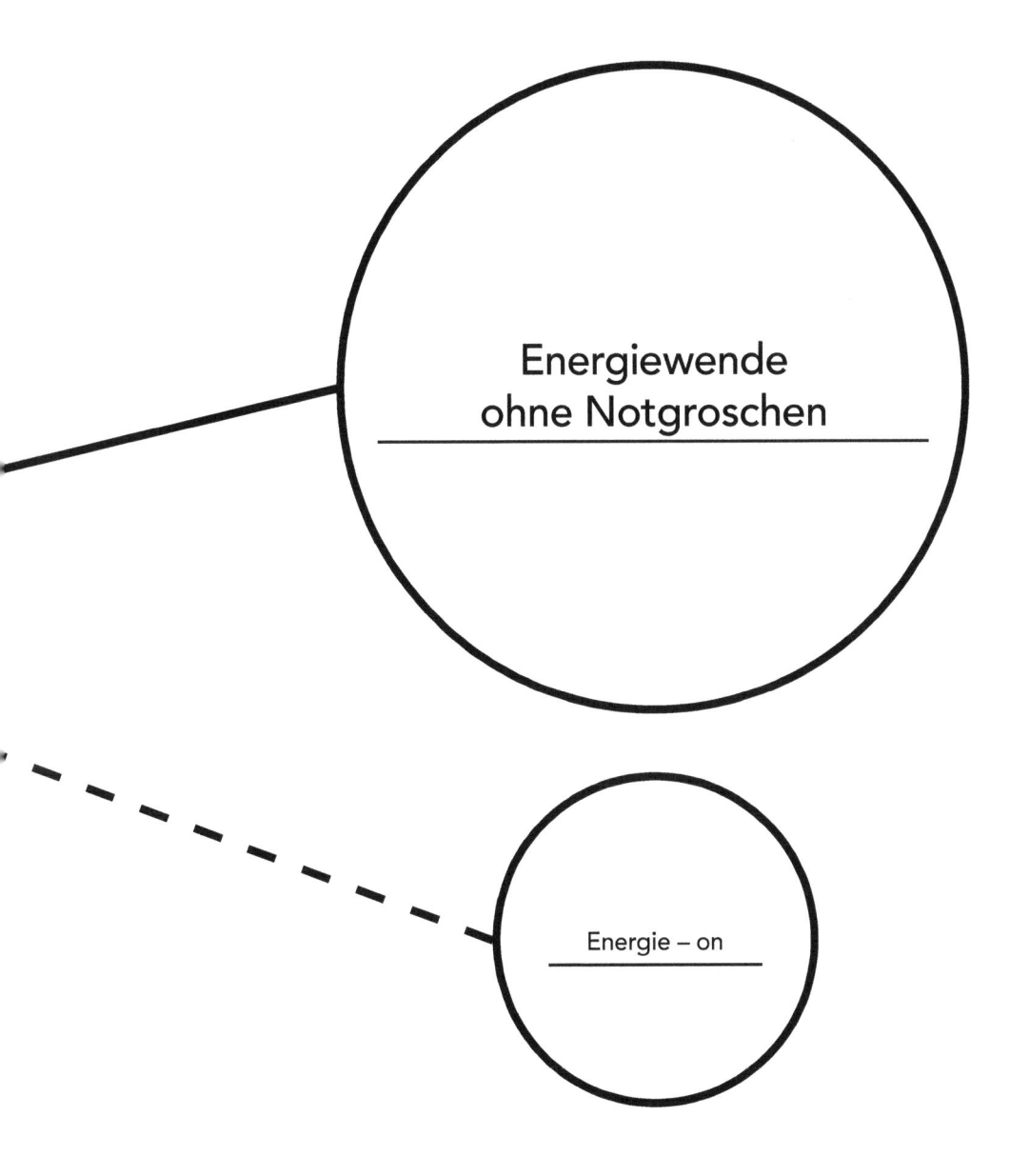

Energiewende
ohne Notgroschen

Energie – on

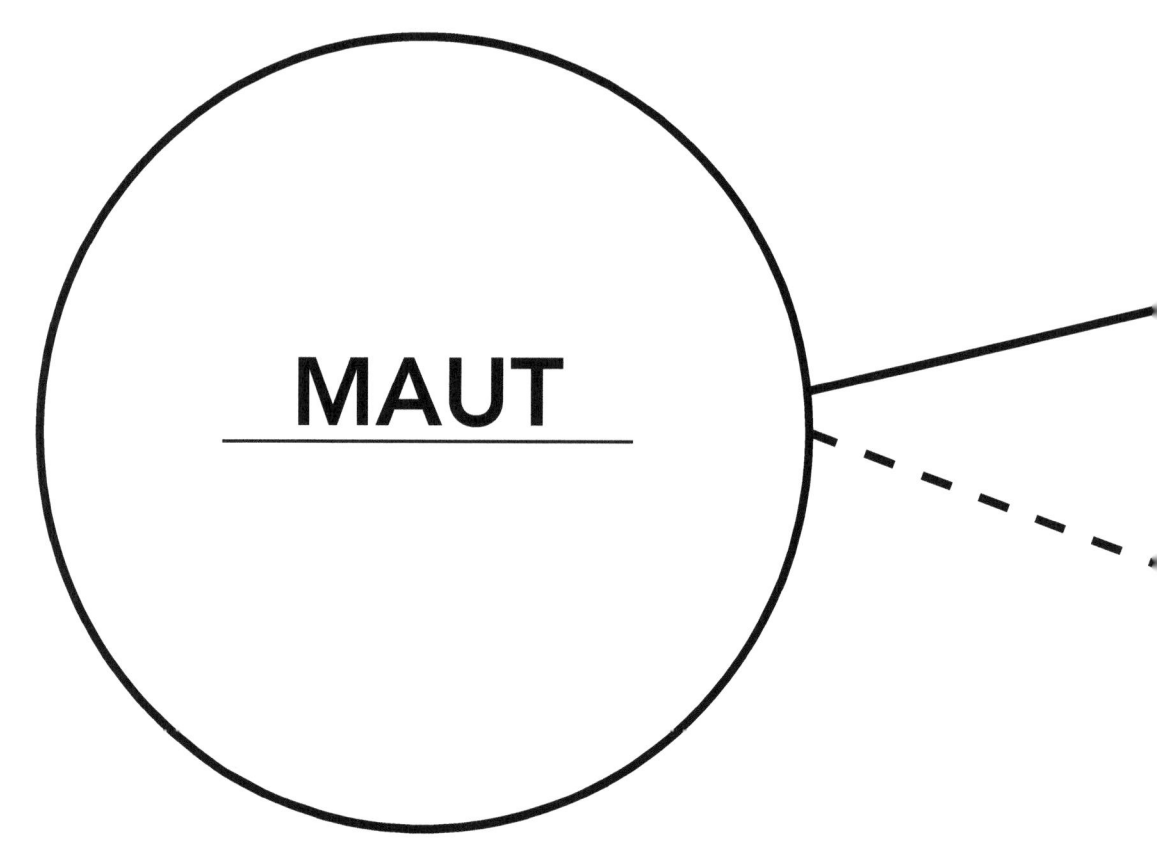

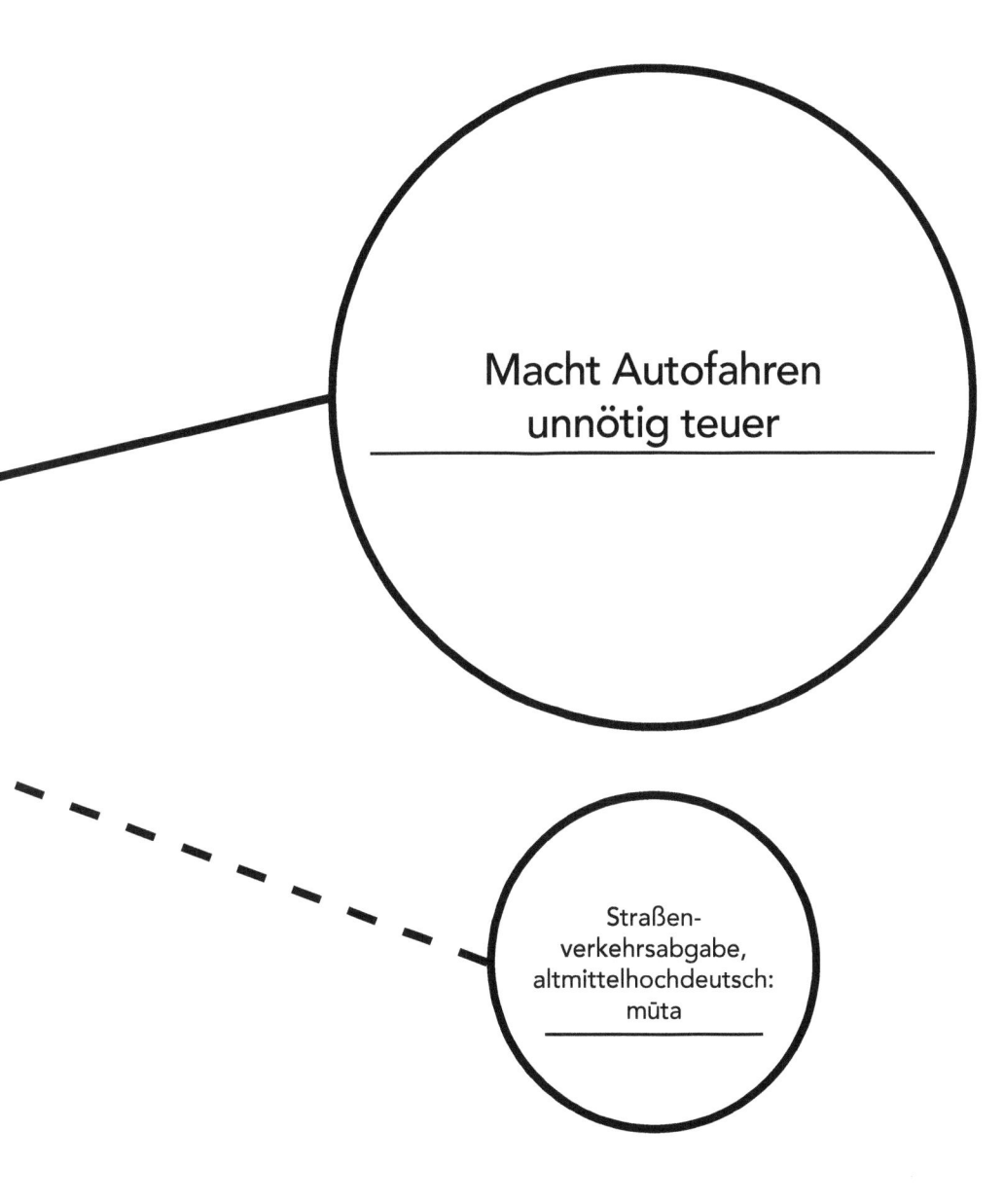

Macht Autofahren
unnötig teuer
_____

Straßen-
verkehrsabgabe,
altmittelhochdeutsch:
mūta
_____

Dieselgate –
verdampft in
alle Ewigkeit

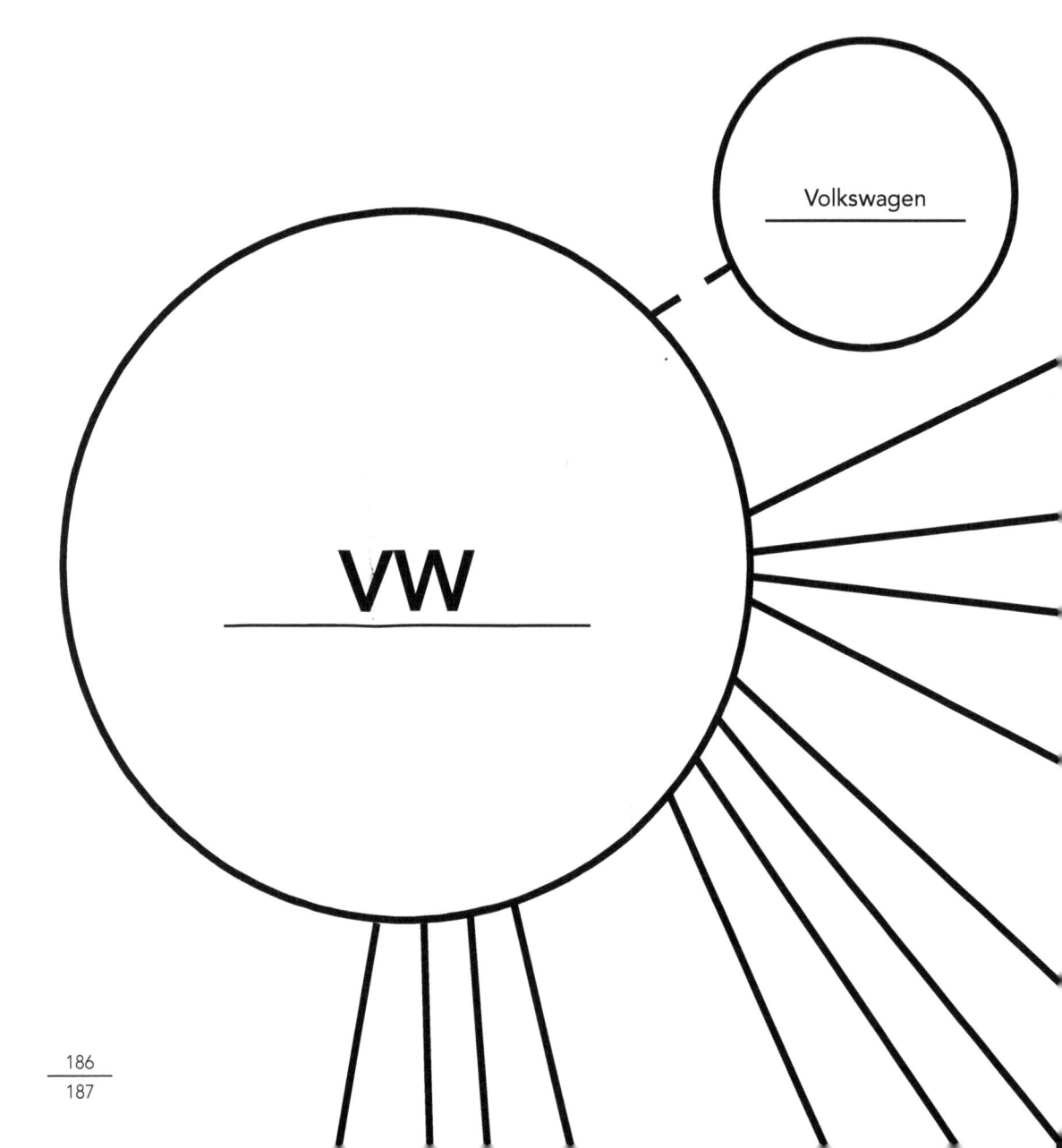

VW

Volkswagen

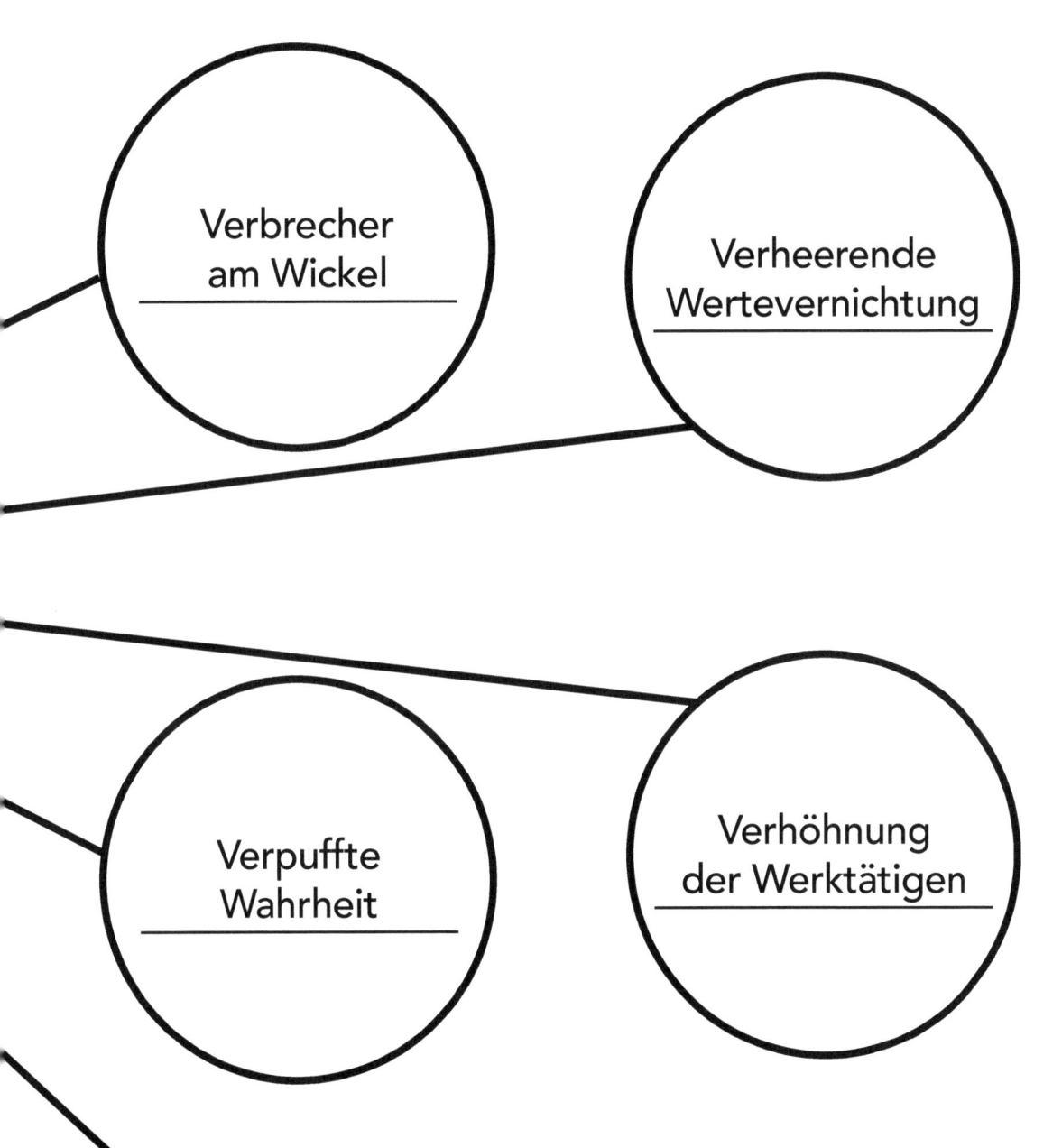

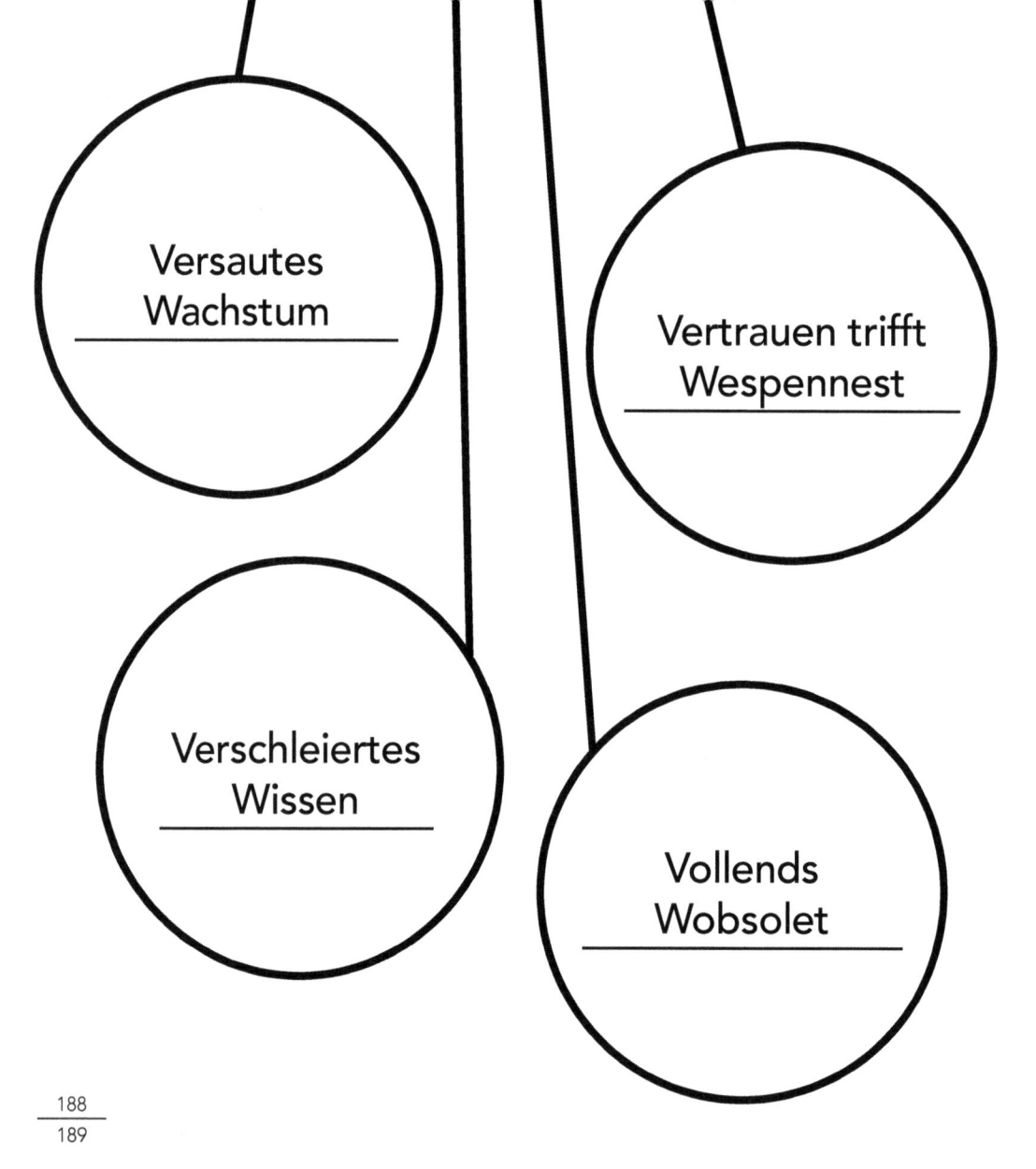

Versautes
Wachstum
_____

Vertrauen trifft
Wespennest
_____

Verschleiertes
Wissen
_____

Vollends
Wobsolet
_____

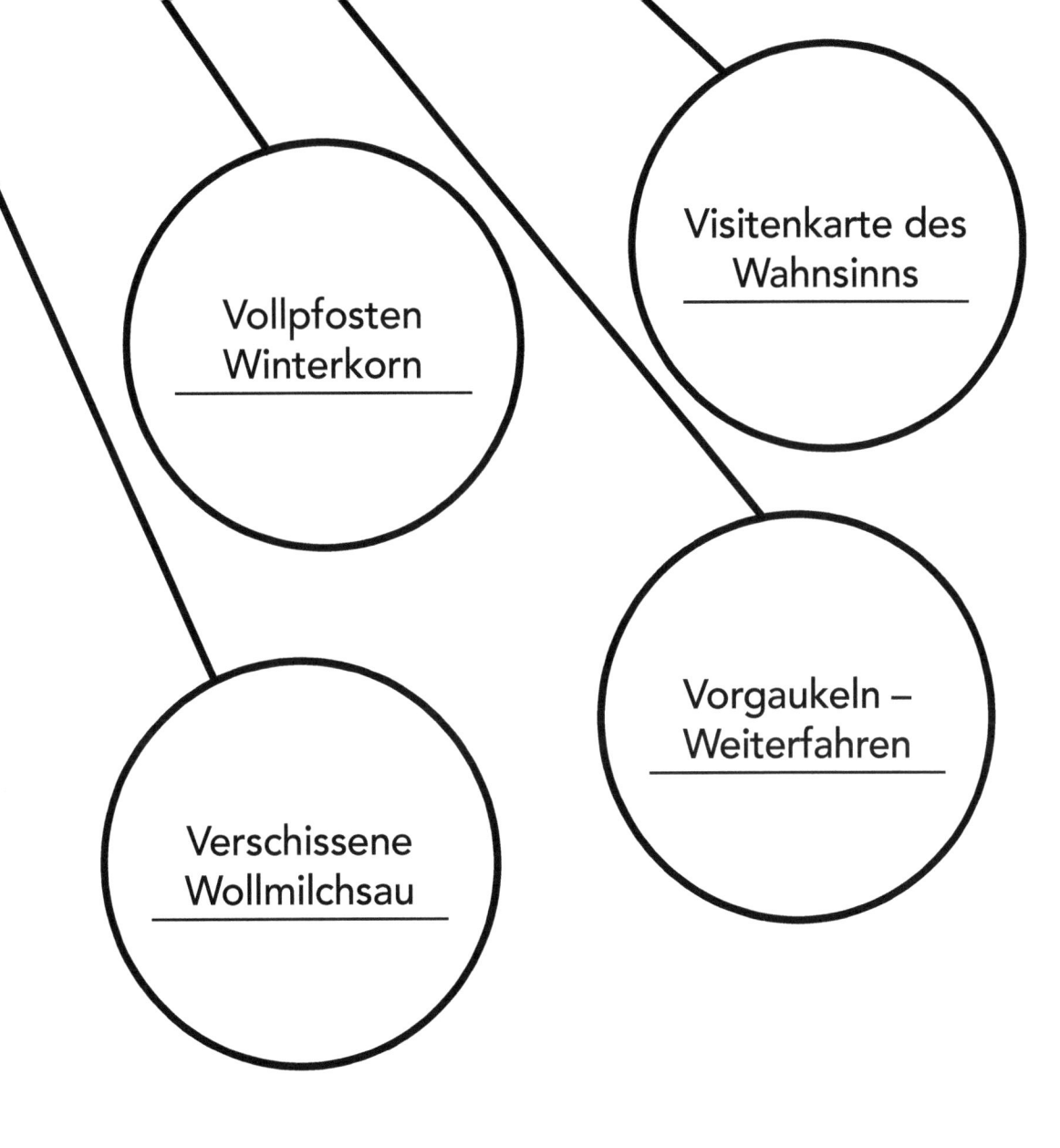

Vollpfosten
Winterkorn

Visitenkarte des
Wahnsinns

Vorgaukeln –
Weiterfahren

Verschissene
Wollmilchsau

Über den Autor

H. Engel, Jahrgang 1950, erblickte das Licht der Welt während eines Löschvorgangs in Duisburg-Ruhrort. Vater Otto löschte die Schiffsladung, Mutter Hilde löschte ihre Bauchladung. In schifferfernen Kreisen auch als Schwangerschaft bekannt. Die Ladung hört noch heute auf den Namen Horst. Drei Tage nach der Geburt wurde am 8. Februar in der ehemaligen DDR die Stasi gegründet. Ein Zusammenhang beider Vorgänge konnte indes nicht nachgewiesen werden.

Sein Lieblingsgetränk ist Bier. Schon als Kind wurde er tagtäglich mit diesem Nahrungsmittel konfrontiert – und das mehrmals in der Woche in der Bierpohlschule. Die Schule fühlte sich ihrem Namen nicht verpflichtet und schenkte stattdessen nur Milch und Kakao aus. Das hat sein späteres Berufsleben wesentlich geprägt. Entscheidende Wende war 1985, als er sich vom Quark dem Käse zuwandte.

Der künstlerische Urknall ist auf das Jahr 1993 datiert. Dem ersten Kunstobjekt „12 Blatt Toilettenpapier nach einer 60°-Wäsche-ohne Vorwäsche", folgte das weltweit „erste öffentliche Erbsenzählen" und die Premiere der Fleisch gewordenen „Spaghetti-Träger". Weit über zweihundert Objekte später legte er mehrere Extraschichten ein, um seinem Ruf als Mitbegründer der neokompressionistischen Kunstbewegung auch in der Literaturszene gerecht zu werden.

Im Herbst 2016 erschien Schöner kürzen. Jetzt legt Horst Engel mit Die Welt der Abkürzungen – den zweiten Band nach.

Noch mehr Abkürzungen gefällig?

Real existierende Abkürzungen neu aufgelöst mit Humor, Satire, Skurrilität und Ironie. Der Autor Horst Engel verarbeitet sowohl oft gebrauchte als auch seltene Kurzformen in neuen Ausschreibungen. Die inhaltlichen Kontexte bleiben zum Teil erhalten, zum Teil entstehen auch völlig neue Bezugsrahmen. So spielt er mit dem Bruch der Referenzmodelle einerseits, andererseits bedient er diese mit Witz und Charme. Übersichtlich und pur wird dem Leser die jeweils neue Langform dargeboten. Ironisch nimmt Engel sich ein Faktum unseres Alltags zur Brust und löst dies fantasievoll auf. „Schöner kürzen" wird jeden Um-die-Ecke-Denker erfreuen.

ISBN: 978-3-7412-8441-0
€ 9,90 (D)
Paperback
Herstellung und Verlag: BoD – Books on Demand, Norderstedt